Mira Morton

Zwei Singleflitterwochen zum Verlieben

Alle bisher erschienenen Romane von Mira Morton

Einzelromane:

›**Sommerglück. Traummann mit Plumpsklo**‹ – Österreich, irgendwo in den Bergen

›**Frühstück in Venedig**‹ – Wien, Venedig, Los Angeles

›**Inselblues & Flamingos**‹ – Providenciales, Karibik (Zuvor erschienen als ›Nur aus Liebe, Flamingo‹)

›**Ich schreib dich einfach weg**‹ – Malediven, Wien, Köln, Karibik

›**Unter den Flügeln deiner Seele**‹ – Wien, Andalusien

›**Mitten ins Herz versegelt**‹ – Mödling, Segeltörn in Kroatien, Maui

›**Immer wieder er**‹ – Wien, Neusiedler See

›**SOS! Versenkt den Milliardär**‹ – Mittelmeerkreuzfahrt (Teil 1 der Sieben-Sommersünden-Serie), Malta, Griechenland

›**Weihnachten ist nichts für schwache Nerven**‹ – Wien

›**Carol's Christmas. Ein Weihnachtswunder für die Liebe**‹ – Wien, ein kleines Dorf in den Bergen – nach Charles Dickens ‚A Christmas Carol‘

›**Ein berauschendes Weihnachten**‹ – Wien

»Miami Girls«-Reihe:

›**Verliebt ist auch verrückt**‹ (1) – Wien, Miami, Las Vegas – *Gloria*

›**Solitaire. Liebe doch nicht inbegriffen**‹ (2) – Namibia, Miami – *Lea*

›**Herz zu verschenken. Mit dir hab ich nicht gerechnet**‹ (3) – Österreich, Miami – *Lulu*

Alle Romane der Reihe sind in sich abgeschlossen und können unabhängig voneinander gelesen werden.

»Zauberhaftes Buchcafé«-Reihe:

›Zwei Tage Himmel‹ – Wien, Kambodscha

›Nächte voller Sonnenschein‹ – Wien, Los Angeles, Belize

Alle Romane der Reihe sind in sich abgeschlossen und können unabhängig voneinander gelesen werden.

»Marry me«-Zweiteiler:

›Eine Singlehochzeit zum Verlieben‹ (1)

›Zwei Singleflitterwochen zum Verlieben‹ (2)

Die beiden Romane gehören zusammen!

»Secrets-Geheimnisvoll verliebt«-Serie:

›Verbloggt. Ein Milliardär auf der Couch‹ (1) – *Emma* – Wien, Steiermark

›Bon Bini. When Love rocks‹ (2) – *Riki* – Wien, Bonaire in der Karibik

›Herzknistern. Blind verliebt im Pulverschnee‹ (3) – *Marlene* – Wien, Kitzbühel

Alle Romane der Reihe sind in sich abgeschlossen und können unabhängig voneinander gelesen werden.

»Hollywood Love Story«-Serie:

›Ich will kein Autogramm‹ (1) – Wien, Barcelona

›Ich will keinen Bodyguard‹ (2) – Karibik (Saint Lucia, Mustique)

›Ich will keinen Champagner‹ (3) – Wien, Mallorca

›Ich will keine Geschenke‹ (4) – Los Angeles, Mexiko

›Ich will keinen Hollywoodstar‹ (5) – Los Angeles, Bahamas

Jeder Roman der Serie ist in sich abgeschlossen. Die Serie hat jedoch die gleichen Hauptprotagonisten Mara und Aiden.

Mira Morton

Zwei Singleflitterwochen zum Verlieben

Roman

2. Auflage, April 2021

PINK CROWN Edition

Kontakt:
Mag. Sabine Lengyel-Sigl
Richard Wagner-Gasse 9b, 2340 Mödling, Österreich
info@resipsychology.com

Texte: Mira Morton
Satz: János Rudolf
Endlektorat und Korrektorat: Martina König

Coverdesign:
Mira Morton & János Rudolf
Bildmaterial:
© Smirnof - shutterstock.com, ID:91440461
(Beauty young bride dressed in elegance white wedding dress)
© GPPets - shutterstock.com, ID:1173241819
(Golden Retrieve Hund sitzend und paniert einzeln)
© Carlos E. Santa Maria - shutterstock.com, ID:6526579
(Bride tossing the bouquet isolated on a white background)
© Marius Dragne - shutterstock.com, ID:247196362
(Hochzeitskuchentopf einzeln)
© J. Zhuk - shutterstock.com, ID:116545369
(roter klassischer Sessel auf weißem Hintergrund und weißem Boden)
© Anntuan - shutterstock.com, ID:1503223526
(Vintage-Innensofa mit einer Vase aus Blumen im schicken Stil)
© Maquette.pro - shutterstock.com, ID:795478039
(three Invention satin pink ribbon bows with ribbons)

ISBN: 978-3-9033-6007-5

Böses Erwachen

Sonntagmorgen nach der Singlehochzeit

»Marisa? Mädel! Dir muss doch alles wehtun.«

Tja, tatsächlich. Die Holzbank muss schon ein Muster auf meinem Rücken hinterlassen haben! Etwas desorientiert starre ich Rupert in die Augen.

Kein schöner Anblick. Also ich, nicht Rupert. Und er hat recht. Alles tut mir weh. Wie tief kann man in nur einer einzigen Nacht sinken?

Sehr tief.

Meinen Nacken kann ich kaum bewegen, mein bodenlanges Abendkleid ist schmutzig und unten am Saum eingerissen, und ich bin meinen Kurzzeit-Freund los. Zum Glück habe ich keine Tränen mehr. Martin! Ich hasse dich so sehr!

»Stimmt!«

Ich hätte zu Rupert auch sagen können: ›Das ist eine lange Geschichte, Rupert. Kurz gesagt, ich habe meinen Schlüssel vergessen und mich vor der Haustür vom Taxifahrer absetzen lassen, nur um dann zu Fuß hierherzulaufen. Etwas Besseres als das Tierheim ist mir nicht eingefallen, da ich heute ja ohnehin Flodo abhole. Ich weiß bloß noch nicht, wie ich wieder zu meinem Handy und dem Schlüsselbund komme. Aber sonst ist alles gut. Mich hat niemand überfallen, aber mir hat auch niemand eine Decke oder ein Kissen gebracht, während ich geschlafen habe.‹

Mir wird kurz schwarz vor den Augen. Martins Singlehochzeit ist völlig aus dem Ruder gelaufen! Jetzt ist er mit Evelyn verlobt und ich bin zur Sandlerin mutiert. Von der Peinlichkeit mit der Stripperin, der ich vergessen habe, abzusagen, ganz zu schweigen.

Gott! Mimi wollte noch bei mir zuhause vorbeischauen. Ich hoffe, sie hat keine Vermisstenanzeige bei der Polizei aufgegeben.

Rupert ist nie ein Schneller, aber er liebt die Arbeit im Tierheim und ist der gute Geist hier. Jetzt steht er vor mir und streicht sich mit der Hand übers Kinn. Er betrachtet mich und seine Falten auf der Stirn kräuseln sich.

»Wir sollten hineingehen. Da gibt es eine Couch und Kaffee.«

»Das wäre lieb von dir!«

Flehend sehe ich den alten Mann an. Ich kann den Kaffee bereits förmlich riechen und er ist der Hüter des Schlüssels.

»Na dann, komm mit«, meint er lapidar, dreht sich um und sperrt Sekunden später den Hintereingang des Tierheims auf.

Rupert ist keiner von denen, die gern reden oder zu viele Fragen stellen. Mein Glück, denn ich hab mich die halbe Nacht lang so sehr gegrämt, dass ich keine weitere Runde vertragen kann.

Meine hohen Sandalen liegen am Boden. Ich sammle sie auf und schlüpfe hinein. Oh verdammt! Meine Fußsohlen brennen wie die Hölle. Nein. Das geht nicht.

Ich nehme die Schuhe in die Hand, ziehe das Kleid ein wenig hoch und tripple barfuß Rupert hinterher. Schwarze Fußsohlen werden mich auch nicht mehr umbringen. Passt auch irgendwie zu dem, wie ich mich fühle. Ist es nicht immer so? Wenn das Leben einem einen Arschtritt verpasst, dann immer so, dass man mit offenem Mund im Dreck landet.

Mist. Und da sind wieder alle Bilder! In Farbe. Die vor Martin kniende und um seine Hand anhaltende Evelyn. Sie hat so unverschämt bezaubernd ausgesehen. Wie eine Elfe! Und in den schlimmsten Moment meines Lebens platzt dann diese Burlesque-Stripperin und rekelt sich im übergroßen Champagnerglas. Ich hab alles versaut. Aber Martin noch mehr als ich. Warum hat er diesen Antrag nicht sofort abgebrochen? Hätte Rupert mich doch niemals aufgeweckt!

Ich tapse zu Flodos Zwinger. Schwanzwedelnd steht er da und sieht mich voll freudiger Erwartung mit seinen Kulleraugen an.

»Guten Morgen, Süßer. Komm raus.«

Er springt zur Begrüßung mit beiden Vordertatzen auf mein Kleid. Egal. Ich drücke ihn ganz fest.

»Geh du zum Kaffee, ich lasse Flodo hinten kurz in den Garten hinaus«, erklärt mir Rupert.

Ja. Garten ist gut. Kaffee auch.

Vollautomatisch schalte ich die Kaffeemaschine ein.

Ich hoffe, der Espresso wird helfen. Was meinen Körper betrifft. Mein Herz ist sowieso unwiederbringlich zerstört. Seit heute Nacht in Fransen aufgelöst. Martin hat es auf dem Gewissen. Aber es muss irgendwie weitergehen. So ein Schmarrn! Wie um alles in der Welt komme ich zu meinen Sachen?

Rupert kommt mit Flodo zurück. War ein kurzer Ausflug. Er schiebt mir wortlos zwei Häferln hin, ich drücke auf die Taste und geräuschvoll mahlt die Maschine den Kaffee. Langsam rinnt die dunkelbraune Flüssigkeit in die erste Tasse. Muss ein schlechter Tag sein, wenn weder – wie üblich – die Bohnen noch das Wasser aus sind.

»Hier. Für dich.«

Rupert nimmt sie lächelnd entgegen und Flodo kringelt sich vor dem Sofa ein.

»Danke. Ich geh dann mal an die Arbeit. Ruh dich ruhig auf der Couch aus. Ist nicht so hart.«

»Ich kann jetzt nicht mehr schlafen. Aber danke.«

Während die Maschine mein Häferl befüllt, sehe ich ihn direkt an. Es ist das erste Mal, dass Rupert nicht sofort das Weite bei einem sich anbahnenden Gespräch sucht.

»Nichts zu danken. Sieh zu, dass du deine Handtasche wiederfindest.«

Ich reiß die Augen auf. Woher weiß er denn, dass ich sie auf der Hochzeitsfeier vergessen habe?

»Mache ich. Ich werde mich gleich darum kümmern.«

So ausführlich haben wir noch nie miteinander gesprochen. Er klopft mir freundschaftlich auf die nackte Schulter und geht in den Nebenraum, wo die Kleintiere wie Hamster und Mäuse sind.

Der Kaffee ist stark, schmeckt seltsam wie immer, hilft aber überhaupt nicht, mich wieder wie ein Mensch zu fühlen. Eher bin ich ein schwarzes Loch, das man in ein hellgelbes Abendkleid gezwängt hat und jetzt nicht weiß, was es unter Menschen tun soll. Ob es überhaupt ist. Oder eben nach wie vor ein Nichts ist.

Ein Nichts, das jetzt nicht einmal seinen Hund mit nach Hause nehmen kann, weil es gerade keinen Zugang zum Zuhause hat. Und außer dem Hund alles verloren hat. Den Traummann und meine Zukunft mit ihm! Meinen Engel. Dachte ich jedenfalls, dass er mein Engel wäre.

Selbst meine beste Freundin glänzt durch Abwesenheit. Mimi hat doch versprochen, dass sie bei mir daheim vorbeikommt. Sie hätte doch erraten müssen, dass ich nur hier sein kann. Wo hätte ich ohne Geld, Schlüssel und Handy denn hingehen sollen? Sie ist ja auf der Party geblieben.

Oh!

Wir haben hier ja ein Telefon.

Barfuß und mit dem Kaffee in der Hand gehe ich in Susis kleines Büro. Sie wird sicher nichts dagegen haben, wenn ich privat Mimi anrufe.

Aber wie?

Herrgott! Ich weiß nicht einmal Mimis Nummer auswendig! So ein … Scheibenkleister aber auch!

Okay. Ihr Computer. Aber ich weiß weder Susis Passwort, noch kann ich sie anrufen und danach fragen.

Pfuh!

Mir ist plötzlich heiß. Wallungen. So müssen die sich anfühlen. Ich fahre den PC trotzdem hoch.

Mal nachdenken. Susis Tochter heißt Lea.

Falsches Passwort.

Shit.

Ihr Lieblingshund ist der lustige Zorro.

Mist.

Ich tippe ›Scheißmenschen‹ ein. Am liebsten würde ich laut brüllend zu Rupert laufen und ihn …

Rupert!

Das ist die Lösung. Wieso bin ich nicht gleich auf ihn gekommen?

Oh. Ich bin drinnen!

Susi, Susi. Wer hätte das gedacht? Aber ich versteh dich! Wenn man sieht, in welcher Verfassung unsere Tierchen hier oft ankommen, ist es genau das, was man sich denkt.

Ich googel unsere Firma ›Celebrate‹. Wunderbar. Und da ist auch schon Mimis Handynummer. Bitte? Es ist erst sieben Uhr vierundvierzig? Ich dachte, es sei viel später. So heiß und sonnig, wie es draußen schon ist. Egal, ich rufe sie an.

Super. Jemand trommelt an die Eingangstür aus Stahl, die Rupert nach uns anscheinend wieder verschlossen hat.

»Jaja, ich komm schon.« Ich stelle meine Tasse neben dem Computer ab und stehe auf.

Wunderbar. Jetzt bellen auch noch alle Hunde! Flodo nicht, der öffnet nur ein Auge, schließt es aber gleich wieder.

»Ist schon gut!«, rufe ich laut, was mir einige freudige Japser einhandelt. »Autsch!«

Na großartig. Wenns läuft, dann aber richtig. Ich kletzle mir ein kleines spitzes Steinchen aus meiner Fußsohle, hopse in Richtung Tür und reiße sie schwungvoll auf.

»Mimi!«

»Marisa!«

Oh … mein … Gott!

Wie sieht sie denn aus?

Mimi fällt mir laut schluchzend in die Arme und sieht genauso abgefuckt wie ich aus.

»Mimi! Es ist überhaupt nichts passiert. Du brauchst dir keine Sorgen um mich zu machen! Ich hab draußen auf der Bank geschlafen und Rupert hat mich reingelassen.«

»Das ... ist ... es ... nicht!«, schluchzt sie mir ins Ohr.

Nein!

Nicht noch eine Katastrophe.

Das verkrafte ich nicht.

Meine Güte! Martin hat dort auf der Stelle Evelyn geheiratet.

Ich drück sie weg und sehe ihr in ihre verweinten grünen Augen.

»Sag mir sofort, was passiert ist!« Auch wenn ich es gar nicht hören will. Da fällt mir ein: »Martin kann Evelyn gar nicht geheiratet haben, die müssen doch vorher ein Aufgebot bestellen!«

Warum schrei ich so?

Und warum sieht sie mich so erschrocken an?

»Hat er eh nicht! Es geht um Paul!«

Paul? Wieso geht es um Mimis Mann? Dem besten Ehemann auf der ganzen Welt? Was hat der denn jetzt mit Martin und Evelyn zu tun?

Oh, oh. Er wird doch nicht zu viel getrunken und die Stripperin angemacht haben?

»Was ist mit Paul?«

Tränen rinnen ihre Wangen entlang. Mimi wischt sie zwar mit dem Handrücken weg, aber die nächsten fließen bereits aus ihren Augen.

»Es ist aus.«

Mein innerliches Nichts füllt sich mit tausend Fragezeichen. Leider mein Kopf gleichzeitig mit einem surrenden Geräusch. Mir ist schwindlig.

Wortlos packe ich Mimi am Arm und bugsiere sie in den kleinen Aufenthaltsraum, in dem die Kaffeemaschine, eine kleine Essgruppe und das alte Sofa stehen.

Schwups. Schon sitzt sie.

Habe ich das richtig verstanden? Zwischen ihr und Paul ist Schluss? Das ist ja noch viel schlimmer als mit Martin und mir. Herrgott noch einmal. Die beiden sind mein großes Vorbild in Sachen Liebe. Die können sich doch nicht in derselben Nacht trennen. Was immer da geschehen ist, das muss doch zu kitten sein.

»Bevor du irgendwas sagst, mach ich dir einen Kaffee, Mimi.«
Weil ich das erst einmal selbst alles verarbeiten muss.

Ich hole noch ein Häferl aus dem Küchenkasterl und sehe im Augenwinkel, dass sich Mimi einfach auf die Bank fallen lässt. Sie rollt sich in ihrem Abendkleid ein, schließt die Augen und heult beinahe geräuschlos weiter. Ihre Clutch fällt mit einem »Klack« auf den Fliesenboden.

Das kann ich gar nicht mit ansehen, schließlich habe ich auch noch unsere Firma zerstört! Nie wieder werden wir einen großen Auftrag bekommen. Mit unserem Ruf? Hey, das sind die Mädels, die damals bei dieser Milliardärshochzeit die Stripperin haben antanzen lassen. Nein. Niemand wird uns je wieder buchen, und das geht allein auf mein Konto.

»Mimilein!« Ich setze mich auf die Sofakante und wiege sie, so gut es geht.

Paul! Was immer du meiner Mimi angetan hast: Du bist so gut wie tot! Das schwöre ich dir! Du kannst dich gleich mit Martin zusammenpacken und ins Totenland auswandern.

Mimi schluchzt ein paar Mal laut auf, aber sie wird langsam ruhiger. Ich streichle ihren Oberarm und ihr Haar.

Am besten, ich leg mich hinter sie. Dann kann ich sie besser halten, bis sie sich beruhigt hat.

Nicht einschlafen, Marisa.

Augen aufmachen.

Männer, ich tu euch was.

Ich weiß nur noch nicht, was genau.

Aber wenn ich für ein paar Minuten die Augen schließe, ist das nicht schlimm. Mimi dürfte nämlich eingeschlafen sein.

Nur ein paar Minuten.

Und nein, ich denke nicht an euch, meine Engel! Nie mehr wieder. Auch nicht daran, dass ich mir eingebildet habe, Martin und ich ... das wäre Bestimmung! Dann besitzt er eben das gleiche Gemälde in echt, das bei mir als Poster hängt. Dann weiß er eben, auch wenn ich mich umdrehe, welche dunklen Sprenkeln meine Augen haben. Dann heißt er eben Engel und ich Teufel. Was sagt das alles schon?

Eben.

Stille in meinem Kopf.

Also nichts.

Wahre Liebe?

Ich bin ein Opfer. Niemand glaubt mehr daran. Bloß ich. Und ... na ja, einige, die ich kenne. Meine Eltern zum Beispiel. Mimi bis gestern.

Eben. Das ist alles nur eine Frage, zu welchem Zeitpunkt man fragt. Wahre Liebe ist Einbildung. Wie so ein Escher-Bild. Man glaubt, etwas zu sehen, zu wissen, aber am Ende ist alles anders, als man denkt.

Was jetzt?

Später ...

Da sitzen wir beide also. In meinem Wohnzimmer. Mitsamt Flodo. Meinem Hund. Der uns treuherzig ansieht und auf meinen Füßen liegt. Aber erst nachdem er alles in der Wohnung beschnuppert und ein paar Leckerlis von mir bekommen hat. Wenigstens haben wir ein paar Stunden geschlafen. Susi hat dafür gesorgt, dass wir nicht gestört werden. Sie hat jede von uns dazu gezwungen, Hamburger samt Pommes zu verdrücken, die sie von McDonald's geholt hat. Damit wir was im Magen haben. Davon, dass mein Magen sich am liebsten um den Burger gestülpt hätte, um ihn postwendend Martin ins Gesicht zu spucken, wollte sie nichts hören. Tja, und dann hat Susi mir noch alles Mögliche für Flodo ins Taxi gepackt und wir haben uns zu mir chauffieren lassen. Ich hab es selbst bezahlt, obwohl Mimi es mit auf die Firmenrechnung schreiben wollte. Nein. Nie und nimmer würde ich mir von Martin nachsagen lassen, dass ich auf seine Kosten meinen Hund nach Hause gebracht habe. Leider wird er es nie erfahren, denn Peanuts wie diese interessieren ihn schlicht und ergreifend nicht. Außerdem ist er sicher im Glück mit seiner Evelyn.

Es ist zum Kotzen.

Seit Stunden fühle ich mich wie ein Kelomat, der kurz vor dem Explodieren ist. Meine Oma hat so einen Schnellkochtopf gehabt. Aus lauter Rücksicht auf Mimi habe ich es bisher unterlassen, sie darüber auszufragen, was denn genau nach meinem unrühmlichen Abgang zwischen Martin, Evelyn und der Tänzerin passiert ist. Damit muss ich noch warten. Also später. Vorausgesetzt, ich explodiere nicht vorher. Aber Mimi spricht ja nicht. Falsch. Sie redet ausschließlich Belangloses, wenn sie etwas sagt. Wie zum Beispiel »Ein Kaffee wäre jetzt gut«. Genau das! Sie tut es schon wieder! Das ist dann der dritte nach unserem Vormittagsschläfchen.

»Okay. Aber jetzt gibt es koffeinfreien Kaffee, Süße. Und dann wird geredet.«

Angstvoll weiten sich ihre grünen Augen.

»Ich kann nicht, glaube ich.«

»Mimi, es wird auch nicht besser, wenn du es in dich reinfrisst. Ich hab heute Nacht auch meinen Freund verloren und selbst wenn ich mit der Firma alles verbockt habe, bin ich doch deine beste Freundin. Also, ich hole den Kaffee später. Jetzt spuck einfach aus, was passiert ist. Ohne Schnörkel und Mascherln.«

Erzähl mir auch alles von Martin und Evelyn! Selbst auf die Gefahr hin, dass ich nach meinem Organzavorhang greife und in Versuchung gerate, ihn mir um den Hals zu schlingen und mich daran zu erhängen.

Bitte? Jetzt greift sich Mimi an den Hals.

»Okay. Ich ... also ... ohne Schnörkel hast du gesagt.«

»Ja. Hab ich. Und ich habs auch so gemeint.«

Mir dämmert etwas Furchtbares! Sie wird Paul doch nicht in flagranti mit irgendeiner Frau erwischt haben? Aber wo denn? Nach einer heißen Nummer hinter einem Busch im Schlosspark schaut mir Paul nicht aus. Aber was weiß ich schon von Männern?

»Paul hat sich ... also, er ist ... verliebt.«

In die Burlesque-Tänzerin?

Oh Gott! Was hab ich nur angerichtet? Und sie kommt trotzdem zu mir? Mimi ist eindeutig der Engel von uns beiden, und ich ... na ja, nicht umsonst heißt es *nomen est omen*. Sie sieht zu Flodo. Mir ist heiß und kalt gleichzeitig. Ich will nicht auch noch meine Mimi verlieren!

»Es tut mir so unendlich leid, Mimi! Es ist absolut alles meine Schuld.«

Keine Regung. Ich weiß nicht einmal, ob ich meine Hand von ihrem Oberschenkel nehmen soll oder nicht. Ob sie überhaupt von mir getröstet werden will. Ob ich sie jemals trösten kann.

Trösten? Wie einfältig bin ich denn?

»Weißt du was? Schlag mich, Mimi. Schrei mich an. Egal was. Aber brülls raus! Ich bin an allem schuld. Dann gib mir auch die Schuld, ja?«

Mimi krallt sich mein lachsfarbenes Zierkissen! Oh nein! Sie reißt mit ihren langen Fingernägeln ein Loch in meinen Lieblingsflamingo. Ihre aufgesteckten Haare lösen sich noch weiter und sie sieht wie eine Hexe aus. Eine verdammt angepisste Hexe.

Oh, oh!

Paul schlag ich kurz und klein und diese Stripperin wird sich auf Knien bei Mimi – wofür auch immer – entschuldigen!

Danke! Jetzt sehe ich wieder Evelyn auf Knien vor Martin rutschend vor mir.

Mimi schmeißt den Polster ins Eck, bläst eine der vielen Strähnen, die ihr wirr ins Gesicht hängen, aus den Augen, was nichts nützt, da dafür die anderen jetzt ins Gesicht hängen, und nimmt meine Hand. »Du? Wieso du? Paul, dieser ... dieser ... ich find gar kein Wort für ihn! Okay. Marisa!« Und jetzt schreit sie bereits: »Paul hat sich in Flavio verliebt. Kannst du dir das vorstellen?«

Sie stockt und meinen Mund muss ich gewaltsam wieder schließen. Meint sie jetzt etwa, was ich denke? Hat sie gesagt, was ich gehört habe?

Blödsinn. Schwachsinn. Nie und nimmer!

Paul ist doch nie im Leben schwul. Er ist hin und wieder eine Prinzessin und er kocht besser als Mimi, aber das ist doch nichts Außergewöhnliches. Im Gegenteil. In meiner Traumwelt verhält sich der perfekte Mann doch auch so! Und Paul wollte doch immer Kinder und Mimi war diejenige, die noch warten wollte. Genau. Er wollte doch auch ein Haus im Grünen mit ihr. Hat die gemeinsamen Urlaube Monate im Voraus geplant. Nein, nein. Da irrt sie sich.

»Mimi! Das kann doch gar nicht sein. Paul und schwul? Da musst du echt etwas völlig falsch verstanden haben.«

Sie schüttelt nur den Kopf.

Déjà-vu. Das ist doch genau wie beim letzten Mal zwischen Mimi und Paul, schießt mir durch den Kopf. Da ist sie auch in Tränen aufgelöst zu mir gekommen und am Ende ist es nur ein Missverständnis zwischen den beiden gewesen. Ja genau. Eine halbe Nacht lang hat sie gelitten und am Ende haben die beiden Versöhnungssex gehabt. Das hat sie mir doch nach Zadar erzählt. So wird es auch diesmal sein.

Ach, was bin ich erleichtert.

Ich umarme sie beinahe fröhlich. »Mimilein, da musst du dir keine Sorgen machen. Die beiden sind befreundet, und das war es dann schon. Paul hat doch nie im Leben was mit Flavio! Stell dir die beiden doch nur einmal bildlich vor.« Hach, das wird sie jetzt sicher belustigen. »Paul, der große Kahlköpfige, und daneben der kleine Flavio mit den gegelten Locken.«

Ich finde das Bild urkomisch. Und mich selbst hysterisch. Aber doch unterhaltsam. Was immer Mimi gesehen oder gehört hat, sie hat es überinterpretiert. Ist ja auch kein Wunder. Wir waren ewig auf den Beinen, dann habe ich ihr noch die Misere mit der Tänzerin eingebrockt und sie hat mit mir wegen Martin mitgelitten.

Übrigens: Jetzt bist du der Einzige, Martin, den ich geistig umbringen muss! Vielen Dank, Herr Engel!

»Marisa, du hast mich anscheinend nicht verstanden. Paul hat gesagt ...«, beginnt sie leise, schnieft aber jetzt laut. »Er wollte es mir schonend beibringen. Aber ... also ich habe die beiden schmusend erwischt. Da war sonst niemand mehr. Außer eben Paul und Flavio. Im Spielsalon. Na ja, und dann haben sie mir alles gestanden.«

Mein Herz tut rein gar nichts. Es schlägt nicht. Wie auch mein Hirn gerade nicht denkt. Auch gut. Ich bin ja das Nichts.

»Dass sie einander lieben, dass Paul schon länger weiß, dass er schwul ist, es aber nicht ausgelebt hat. Dass er sich aber leider heftig in Flavio verliebt hat und Flavio sich auch in ihn. Ja, Paul hat gemeint, er habe sich sogar gegen seine Gefühle für Flavio gewehrt, weil er ja auch mich liebt«, sie schnäuzt sich kurz, »aber auf dieser Hochzeitsparty konnten die beiden es nicht länger ... negieren. Ja. Er hat *negieren* gesagt.« Sie sieht mir direkt in die Augen. »Spinnt der? Und was war ich dann die ganze Zeit für ihn?«

Overflow.

Ich rutsche auf den Boden und kraule Flodo. Er schleckt meine Hand ab und es hat etwas Mitleidiges. So als verstünde er. Mehr als ich, wie es scheint. Mimi rutscht zu uns auf den Teppich und umarmt seinen Hals. Flodo lässt sie einfach in sein dickes goldbraunes Fell heulen.

Das kann alles nicht wahr sein!

Flavios Begrüßung und wie er Paul damals beim Heurigen angesehen hat, schießt mir durch den Kopf. Die Art, wie er Paul auf der Hochzeit betrachtet hat und ihm gesagt hat, wie umwerfend er aussieht. Wir beide haben gelacht und das nett gefunden, dass Flavio nicht nur uns, sondern auch ihm ein Kompliment gemacht hat. Aber dieses Miststück hat doch jedem erzählt, dass Mimi seine Lieblingsfee sei, fällt mir ein. Und ich habe sogar gedacht, er hat etwas mit Mimi! Wie hab ich nur so unsensibel sein können?

Oh Mann! Auf dieser Toteninsel wird es hochhergehen, wenn ich alle dahin verbannt habe!

»Mimi! Sag bitte, dass sich irgendwo ein Filmteam versteckt hat. Ja? Dass das alles nur irgendeine dämliche Show ist und ...«

Ich tätschle erst Flodos Rücken, dann Mimis Arm, und stehe auf, um meinen großen Kasten gleich neben der Couch zu öffnen. Schwungvoll reiße ich die Tür auf. »Mist. Da ist niemand drinnen, Mimi!«

Sie sieht verdutzt zu mir hoch.

Wie manisch sehe ich mich um. Wo sind die Typen von *Verstehen Sie Spaß*? Bitte, liebe Engel!

Ach nein. Vergesst es, mit euch rede ich ja nicht mehr.

In mir sickert, dass hier nirgendwo eine Kamera ist und wir das nicht träumen. Aber ich will, dass es so ist. Und wenn man etwas wirklich will, dann wird es doch Realität, oder? Irgendwo muss doch eine Kamera sein. Wenigstens eine ganz kleine.

Mimi steht plötzlich neben mir und fasst mich am Arm.

»Hör auf, Marisa. Es ist genau so, wie ich es dir gesagt habe.«

Sie wirkt mit einem Mal so abgeklärt und ruhig. Fühlt sie sich jetzt besser? Jetzt, wo sie mir erzählt hat, dass ihr Mann schwul ist? Ich hoffe es, denn mir geht es jetzt beschissener als zuvor. Das mit der Tänzerin hätte ich vielleicht hinbiegen können. Aber wenn Paul wirklich schwul ist, dann ist er es. Daran werde ich nichts ändern können.

Ich umarme sie und Flodo drängt sich zwischen unsere Beine.

Auf einmal beginnen wir beide völlig überdreht zu lachen.

»Das ist alles ein Alptraum«, kichert Mimi unter Tränen.

»Ja! Völlig abgefahren.«

»Und wir beide sind auf einen Schlag wieder Singles.«

»Und ich schwöre dir, du kannst mich grün und blau schlagen, sollte ich jemals wieder mit einem Mann antanzen.«

»Du mich auch!«

»Soll ich dir was sagen? Ich heirate dich, Mimi.«

Sie lacht hoch auf.

»Gute Idee! Und zwar bevor Paul Flavio heiraten kann!«

Ich sehe sie zweifelnd an.

»Vergiss es, war nur eine blöde Idee.«

Mimi nickt und wir werfen uns gleichzeitig auf meine Couch. Schnaufen. Ich für meinen Teil versuche, nicht mehr ganz so zu hyperventilieren. Mimi wischt sich Strähnen und Tränen aus dem Gesicht.

»Dafür hab ich eine gute Idee, Marisa. Du wolltest doch mit ihm auf Urlaub fahren, oder?« Mimi fragt mich nicht wirklich, denn sie kennt die Antwort. Ja. Mit Martin und Flodo. Aber sie hat geistesgegenwärtig nur auf meinen Hund gezeigt und Martin unerwähnt gelassen.

»Ja, und?«

»Wir hauen ab. Irgendwohin. Weit weg.«

»Und deine Firma?«

»Wir haben Betriebsurlaub. Und hör endlich auf, Marisa. Es ist noch immer unsere Firma, und dass du gleich wegen der Tänzerin kündigen wolltest, eine reine Überreaktion.«

Aber ... ich sollte doch diese Woche Claudia wegen des Vorstellungsgesprächs für den neuen Job als Hilfskuratorin beim Augusta Museum treffen.

Ich kann nicht weg. Was, wenn Martin plötzlich auftaucht und ich ihm verzeihen will?

Ja geht's noch? Auch wenn ich schon immer schlecht darin war, auf irgendjemanden wütend zu sein. Es wird Zeit, das zu lernen. Ich kann doch nicht ernsthaft mit dem Gedanken spielen, dass morgen alles vergeben und vergessen ist? Der Mann hat sich einen Heiratsantrag machen lassen. Vor seiner Mutter ... Oh, auf diese Kuh bin ich sauer. Sogar so richtig. Und vor all seinen Freunden. Der Presse. Und ich weiß immer noch nicht, wie alles ausgegangen ist.

»Ausgemacht. Wir fahren. Am besten sofort.«

Meine Kraft dafür ist enden wollend, aber wenn es Mimi hilft? Ich wüsste nicht einmal, wohin wir fahren sollten.

»Scheiße, ich will gar nicht weg! Ich will zu Paul zurück, Marisa!«

Wunderbar. Jetzt fangen wir beide wieder da an, wo ich seit zwei Uhr in der Früh bin: beim Heulen. Dabei habe ich gedacht, irgendwann geht einem auch die Tränenflüssigkeit aus.

»Pass auf. Wir gehen jetzt eine Runde mit Flodo spazieren. Der Arme hat das echt nicht verdient, dass er so einen ersten Tag mit mir hat.« Mimi kramt in ihrer Handtasche nach einem Taschentuch. »In meiner sind welche«, sage ich ihr.

»Okay«, schnieft sie und hat auch schon ein Taschentuch in der Hand.

Mimi war ja so geistesgegenwärtig und hat meine Handtasche noch mit ins Taxi genommen. Ich hab das nicht geschafft. Aber egal. Wir müssen uns aus dieser Endlosschleife irgendwie befreien, denn ginge es nach mir, läge ich längst im Bett. Vorhänge zu. Und ich würde dauerschlafen, nur damit ich nicht an Martin und Evelyn und jetzt auch noch über Mimi, Paul und Flavio nachdenken muss.

»Gehen wir jetzt spazieren?«

»Wenns sein muss«, sagt sie und putzt sich die Nase. »Übrigens, das ist nicht nur Paul, sondern meine Hunde- und Katzenallergie.«

»Du hattest noch nie eine Hunde- oder Katzenallergie, Mimi. Schon vergessen? Das hast du dir eingeredet, weil Paul immer ein Haustier wollte und du nicht.«

Sie strahlt mich für eine Sekunde an, verfällt aber gleich wieder in ein geknicktes Häufchen Elend.

»Stimmt! Umso schlimmer!«

Als wüsste Flodo, was wir vorhaben, steht er bereits schwanzwedelnd an der Tür. Ich bin echt der totale Versager. Ich schaffe es ja nicht einmal, dass mein süßer Hund einen schönen ersten Tag bei mir hat! Wenn ich so weitermache, sucht sich sogar Flodo auf der Hundewiese ein neues Frauchen.

Soll ich schnell mein Handy, das am Ladekabel hängt, weil der Akku komplett leer war, einschalten und nachsehen, ob Martin mir etwas geschrieben hat?

Hab ich vielleicht irgendeinen Funken an Stolz in mir? Auch wenn die Antwort Nein lautet, denn mit dieser Art von Stolz konnte ich nie etwas anfangen und sie schon gar nicht empfinden. Selbstbeherrschung! Okay. Ich schaffe es, den Button nicht zu drücken.

Das Handy bleibt hier und es bleibt aus.

Stattdessen nehme ich den Wohnungsschlüssel ... künftig werde ich wie ein Haftelmacher auf ihn aufpassen ... und Flodos Leine. Dann mal ab in den Wald. Ich werde Mimi einen Baum umarmen lassen. Vielleicht beruhigt sie das noch ein Stückchen und sie erzählt mir endlich, was mit Martin und Evelyn ist.

Er hat sicher den Antrag angenommen, höre ich tief in meinem Kopf.

Sicher.

Warum sonst hätte er diese ... Situation zugelassen?

Mir ist nach Schreien.

Schon wieder!

***

Ich lasse einen Urschrei vom Stapel und dresche auf den Baum ein. Der Arme. Er kann nichts dafür. Aber pfeif aufs Umarmen, das tut eindeutig besser.

Oh.

»Flodo! Schatzi! Alles ist gut. Entschuldige bitte.«

Er steht mit eingezogenem Schwanz neben mir und sieht mich vorwurfsvoll aus seinen Kulleraugen an.

Mimi streichelt ihn aber ohnehin schon. Hätte sie mir nur nicht erzählt, dass Martin samt Evelyn und der Stripperin angeblich direkt nach deren Performance das Fest verlassen hat. Sie weiß auch nicht, ob Martin zu Evelyns Antrag nun Ja oder Nein gesagt hat, aber das ist beinahe schon irrelevant. Im Moment bekomme ich dieses schreckliche Bild von allen dreien gemeinsam im Bett nicht mehr aus meinem Kopf. Halleluja! Warum nur hab ich zu diesem Mädel gesagt, sie soll ihn hinauf in die gebuchte Suite begleiten? So ein Schmarrn kann nur meinem kranken Hirn entspringen, und wer leidet am Ende am meisten drunter? Ich natürlich.

»Gehts jetzt besser?«, will Mimi wissen.

Wie sieht *besser* von am Tiefpunkt meines Lebens angekommen aus? Schwärzer als schwarz geht bekanntlich nicht. Und dass es Mimi noch beschissener als mir geht, macht die Sache nicht besser, sondern schlimmer. Bin ich egoistisch, nur weil ich mich gern von meiner besten Freundin in den Arm nehmen und trösten lassen würde? Aber bis vor fünf Minuten war das umgekehrt. Mein Mimilein ist noch mehr am Ende als ich.

Ausatmen. Tief einatmen.

Ich muss mich zusammenreißen.

Für Mimi. Und natürlich wegen Flodo.

»Nein, aber jetzt muss ich nicht mehr schreien.«

»Das ist ja schon etwas«, murmelt sie. »Komm, wir sollten uns langsam auf den Weg machen. Schließlich ist es ein Stück bis zu dir nach Hause.«

Stimmt. Wir könnten aber als Abkürzung eine Station mit der U-Bahn fahren.

Ich hake mich bei Mimi unter.

»Machen wir. Aber sag, willst du in dieser Situation wirklich wegfahren?«

Ich kann mir das nicht vorstellen, aber alle zehn Minuten hat sie davon gesprochen, dass wir unbedingt wegmüssen.

»Ja! Und das meine ich todernst. Und wehe, du weigerst dich, mitzukommen! Verschieb den Termin mit Claudia, okay?«

Ich drücke Mimi einen Schmatz auf die Wange.

»Nein. Das mache ich nicht.«

Das erste Mal, seit wir im Wald unterwegs sind, ist mir nach Lächeln zumute.

»Wie du meinst«, knurrt sie.

Mimi zupft sich ihre hochgesteckten krausen Haare zurecht. Aus Verlegenheit, wie mir scheint. Ich boxe sie in die Seite.

»Ja, genau wie ich meine, Mimi. Ich sage den Termin nämlich komplett ab und pfeif auf das Museum. Du bist mir wichtiger und ich muss den Schaden, den ich angerichtet habe, für *unsere* Firma wieder ausbügeln. Aber ich werde mich mal mit Claudia auf einen Prosecco oder so in der Stadt treffen.«

Plötzlich grinst sie übers ganze Gesicht und fällt mir um den Hals.

»Dann bleibst du?«

»Ja! Herrgott, erstens kann ich dich sowieso jetzt nicht im Stich lassen und zweitens, wo finde ich eine Chefin, die mir so eine Dummheit wie meine mit dieser saudämlichen Tänzerin einfach so verzeiht und meine Kündigung nicht annimmt?«

Mimi wischt sich ein paar Tränchen weg. Mich wundert es wirklich, dass überhaupt noch welche da sind.

»Danke!«, schnieft sie.

»Was heißt da *Danke*? Du bist doch die Nachsichtige und auch Umsichtige von uns beiden, schon vergessen? Ich bin die, die auf dem Pulverfass zündelt!«

Plötzlich lacht mein Lieblingszwerg aus ganzem Herzen.

»Ja, das kannst du! Da hast du wohl recht. Aber das heißt auch, wir fahren auf Urlaub, oder?«

»Können wir uns das leisten?«

Ich bin da nicht so sicher. Andererseits hat mir Mimi gestern Abend mehrmals zugeraunt, dass sie schon wieder einen weiteren Auftrag fix in der Tasche hätte.

»Natürlich. Das leisten wir uns ganz einfach. Ich brauche Abstand von Paul. Ich muss das alles echt erst verarbeiten und alles, was wir an Anfragen bekommen haben, ist erst für den Herbst. Also wer oder was hindert uns daran, irgendwo hinzufliegen?«

»Flodo!«

Sie sieht auf den Golden Retriever, der folgsam neben uns hertrottet.

»Stimmt. Aber auch wenn du es blöd findest, ich will unbedingt nach Florida. Und da müsste Flodo im Flugzeug in das Gepäckabteil, und ehrlich, das wollen wir nicht, oder?«

Moment. Ich dachte, wir fahren mit dem Auto nach Kroatien. Italien. Von mir aus bis nach Südfrankreich. Aber was in Gottes Namen will sie in Florida? Noch dazu, wo Flodo da nicht mitkommen kann?

»Nein, nein, nein. Das machen wir ganz bestimmt nicht, Mimi. Ich lass doch Flodo nicht hier, jetzt, wo er endlich ein Zuhause hat.«

Sie rollt die Augen und scheint nachzudenken. Ich sehe sie an und rolle meine Augen ebenfalls. Ich kann das bloß nicht so gut wie Mimi. Sie grinst mich schief an. Wir sollten uns aber – statt die Augen zu rollen – besser auf den Weg konzentrieren. Flodo schnüffelt mal an der linken, mal an der rechten Seite des steilen und schmalen Hohlwegs und deshalb muss ich aufpassen, dass keine von uns über seine Leine stolpert. Der Wald riecht herrlich. Ich liebe das. Auch, dass es hier um ein paar Grad kühler als in der Innenstadt ist.

»Hoppla!«

Ups. Im letzten Moment von Mimi aufgefangen. Beinahe wäre ich über eine Wurzel gestolpert, die quer über den Waldweg läuft, und am trockenen und damit harten Weg gelandet.

»Wir beide sollten schnellstens ins Bett. In Wahrheit sind wir eine Gefahr für uns selbst«, meint Mimi gedankenverloren und sie hat recht. »Wir nehmen uns, wenn wir unten sind, ein Taxi. Ich meine, Entschuldigung? Die Männer können tun und lassen, was sie wollen, und wir beide sind immer nur vernünftig!«

»Stimmt. Wir pfeifen von jetzt an auf vernünftig.«

Aber wie macht man das?

»Genau. Wir lassen uns zu dir chauffieren, nehmen uns am Weg irgendwo mindestens einen Liter Eis mit und dann buchen wir einen Flug nach Miami.«

Sie lässt offenbar nicht locker.

»Was sollen wir beide denn in Miami, Mimi? Hm?«

Ich sehe uns nicht an der Strandpromenade einen Cocktail trinken, auf Martin und Paul schimpfen und das genießen. Also warum sollten wir weit wegfahren, wenn wir die Probleme ohnehin mit einpacken?

»Ich hab doch meine Tante Tonie in Venice. Die ruf ich an. Wir mieten uns ein Auto, fahren quer durch die Everglades an die Golfküste und relaxen einfach mal.«

Wie zur Bestätigung, dass das eine mehr als saudumme Idee ist, bellt mich Flodo an.

»Siehst du, er findet auch, dass das eine blöde Idee ist, so toll es bei deiner Tante sicherlich auch ist.«

Mimi ist alle zwei oder drei Jahre bei Tonie. Die Schwester ihrer Mutter heißt eigentlich Antonia, aber das war ihr zu unamerikanisch. Und sie dürfte eine echte Düse sein. Wohnt allein in einem Bungalow an einem künstlich angelegten See. Ich kenne die Fotos von Mimi. Traumhaft. Und der absolute Hammer ist, dass dort immer wieder einmal ein Flamingo vorbeikommt und dann direkt vor dem Cage, der ihren Pool umschließt, im Rasen auf und ab stolziert.

»Genau, das ist es. Und für Flodo finde ich eine Lösung, lass das meine Sorge sein.«

»Hörst du dir auch selbst zu? Flodo braucht keine Lösung, er hat jetzt mich.«

»Und Susi.«

»Ruf ja nicht Susi an.«

»Aber wenn sie ihn privat zu sich ins Haus nimmt, dann fliegen wir. Versprochen?«

»Nein. Niemals.«

»Super.«

Sinnlos. Ich lass es besser sein.

Wir erreichen gerade die Asphaltstraße, wo der kleine Parkplatz ist. Nicht weit weg vom Tierheim. Mimi zückt ihr Handy und ordert ein Taxi für uns.

Ich setze mich auf die linke der beiden Holzbänke. Echt jetzt. Ich bin todmüde. Ausnahmsweise spielt mir Mimis Aktionismus in die Hände. Oder besser in die Beine, denn die fühlen sich bleischwer an.

»Kommt in vier Minuten.«

Weltklasse.

Ich starre ihr Handy an. Wenn wir bei mir sind, wird mir nichts anderes übrig bleiben, als meines endlich einzuschalten. Aber was, wenn mir Martin eine Nachricht geschrieben hat? So in etwa wie ›*Tut mir echt leid, aber den Heiratsantrag konnte ich leider nicht* nicht *annehmen. Ich hoffe, du verstehst das.*‹

Da muss ich durch. Ich kann ja schlecht wegen ihm mein Handy im Klo runterspülen. Obwohl das eine ziemlich gute Idee wäre.

***

»Du bist sauer?«

Ich krieg mich grad gar nicht mehr ein und starre abwechselnd auf das Display meines Handys und dann wieder auf die Wand meines Schlafzimmers.

Außerdem hab ich gewusst, warum ich mich so lange davor gedrückt habe, mein Handy aufzudrehen. Es ist natürlich genau so, wie es kommen musste, aber das?

Martin hat mir fünf WhatsApp-Nachrichten seit gestern Nacht geschrieben. Von ›*Es tut mir leid, was gestern Abend passiert ist*‹ – aha! – bis hin zu ›*Ich habe keine Lust mehr, nur per WhatsApp mit dir zu verkehren, noch dazu, wo ich nicht einmal eine Antwort bekomme. Also ich würde sagen: Du bist dran.*‹

Dran womit?

Soll ich jetzt auf Knien gekrochen kommen und mich für die Demütigung bedanken? Sicher nicht. Vergiss es, Engel. Du bist dran. Nicht ich.

Aber was zusätzlich eine bodenlose Frechheit ist, das ist Ben. Dieser Idiot hat mir doch anscheinend direkt nach unserem Zusammentreffen auf der Hochzeitsfeier ebenfalls eine WhatsApp-Nachricht geschrieben. Wer auch immer meinem Exfreund meine Nummer gesteckt hat, ist demnächst einen Kopf kürzer! ›*Du siehst umwerfend aus, Marisa! Wirklich toll! Gehen wir nächste Woche mal auf ein Glas Wein? Mittwochabend vielleicht? Melde mich noch, LG Ben!*‹

Ein Glaserl Arsen kann er haben. Belladonna ginge auch. Okay, Bittersalz. Aber dafür dann reichlich.

Mimi erscheint in ein Handtuch gehüllt in der Schlafzimmertür und wickelt sich ein weiteres wie einen Turban um ihren Kopf. Sie war duschen. Dann bin nun wohl ich die Nächste.

»Und? Was hat unser Engel nun zu seiner Verteidigung zu sagen gehabt?«

Ich hab echt keinen Bock, das alles noch einmal zu lesen, deshalb halte ich ihr mein Handy hin. »Lies selbst, jetzt hüpf ich unter die Dusche.«

Flodo, der tief und fest neben meinem Bett auf dem kleinen, aber sehr flauschigen Teppich geschlafen hat, stellt die Ohren auf, streckt sich in jede Richtung und trabt mir ins Bad nach. Ich finde das süß. Er darf vor der Dusche Wache stehen.

Herrlich. Auch wenn es bereits das zweite Mal am heutigen Tag ist, dass ich dusche, aber jetzt habe ich das Gefühl, irgendetwas wäscht sich von mir ab. Ich fühle mich jedenfalls definitiv besser, wenn auch todmüde.

Endlich Urlaub!

Fünf Tage später ...

Ich kann es noch immer nicht fassen. Da sitzen wir zu dritt auf dieser großzügigen Terrasse unter dem riesigen Käfig aus transparentem Insektengitter. Direkt neben mir ist ein türkisblauer Pool, wir haben einen wunderbaren Ausblick auf den See und trinken einen COCO Cocktail mit Prosecco. In Florida. Der Heimat der Flamingos. Und eine Schar kleiner weißer Vögel stolziert vor dem riesigen Moskitokäfig auf und ab. Mimi hätte mich gekidnappt, in den Frachtraum des Flugzeugs verladen lassen und mich dann hier in Venice ausgeladen, wäre ich am Ende nicht freiwillig mitgekommen. Sie und Susi haben auf mich eingeredet wie auf einen kranken Hund – wie passend – und am Ende habe ich zugestimmt, mit Mimi nach Florida zu fliegen. Aber nur, weil Susi mir versichert hat, dass Flodo bei ihr bestens aufgehoben ist und ich nach den zwei Wochen Florida keinen Hundepsychiater brauchen werde. Flodo fehlt mir allerdings.

Mimis Tante Tonie habe ich auf Anhieb ins Herz geschlossen. Die knapp Ende Sechzigjährige mit den wilden grauen Locken ist aber auch unglaublich. Ein bisserl schräg vielleicht. Aber unheimlich sympathisch. Wir haben den ersten Tag nur in ihrem Pool geplanscht und uns von ihr betüddeln lassen. Darauf hat sie bestanden. Jetzt ist es früher Abend und Tonie lehnt entspannt in ihrem Korbsessel, sitzt auf ihren angezogenen Beinen und nippt an ihrem Drink. Sundowner. Gehört für sie anscheinend zum täglichen Ritual, zumindest wenn Gäste hier sind.

»Mädels, was stellen wir denn morgen an? Sharky's Beach und Siesta Key müssen wir unbedingt machen, aber sagt mal, wonach euch so ist. Wir können auch weiter wegfahren.«

»Siesta Key! Unbedingt! Ich muss dem Strand gleich morgen Hallo sagen«, ruft Mimi, bevor ich erwähnen kann, dass sie mich bitte an irgendeiner Lacke aussetzen sollen, in der Flamingos herumstolzieren. Von mir aus können sie mich morgens da hinbringen und abends wieder einsammeln.

»Ich bin bei allem dabei, solange wir irgendwo auch mal Flamingos sehen.«

Mein Handy leuchtet auf.

Eine neue WhatsApp-Nachricht.

Ben, der Idiot? Was an ›*Ich fahre auf Urlaub und bin erst in zwei Wochen wieder in Wien*‹ hat er nicht verstanden?

»Ist es dieser Martin?«, fragt Tonie interessiert.

»Nein, mein dämlicher Ex-Ex.«

»Der schon wieder? Echt. Ein Fremdgeher bleibt ein Fremdgeher! Wehe, du schreibst dem irgendwas Nettes!«

Mimi verzieht ihren Mund und ich weiß, was sie denkt. Nämlich dass mich dieser Idiot von Ben, seit er mich im Abendkleid auf Martins Singlehochzeit gesehen hat, wieder anbaggert. Keine Ahnung, was in seinem kranken Hirn vorgeht. Ich werde doch nicht diejenige, die ihn mir ausgespannt hat, mit ihm betrügen. Und überhaupt. Gegen Martin erscheint mir Ben nicht gerade wie die hellste Kerze auf der Torte.

Martin!

Der ist ja noch sturer als ich. Kein Sterbenswörtchen. Sein ›Du bist dran‹ kann er sich eincremen.

»Also wenn du willst, machen wir ihn fertig«, grinst Tonie.

Es scheint, als würde ihr das Leben, das wir hier in ihre zauberhafte Villa bringen, richtig gut gefallen. Und Tonie liebt unsere traurigen Liebesgeschichten geradezu. ›Mädels, ein Leben ist zu kurz, um stehen zu bleiben. Es gibt immer ein Morgen, auf das man sich freuen kann. Selbst wenn es erst übermorgen kommt‹ hat sie uns mehr als einmal gesagt.

Bis zwei Uhr morgens habe ich ihr gestern alle Details der Engel-Teufel-Geschichte erzählen müssen. Davor waren der Nachmittag und frühe Abend, gleich nachdem wir mit dem Mietauto hier angekommen waren, Mimi und Paul gewidmet. Was in Österreich jede Mutter aus den Latschen kippen ließe, war Tonie nur ein ›Ach Mimilein! Ich habe zwei Freundinnen, denen das auch passiert ist‹ wert. Im Nachsatz hat sie gemeint: ›Aber weißt du, das Gute daran ist, mit solchen Männern kann man, nachdem man alles verarbeitet hat, ein Leben lang wirklich eng befreundet bleiben. Das hat auch was, denn Paul wird sich ewig schuldig fühlen und alles für dich tun.‹

Das war zwar nicht das, was Mimi hören wollte, aber nachdem Tonie ihr die Geschichte ihrer Freundin Karen erzählt hat, hat sie etwas relaxter gewirkt. Überhaupt tut es ihr gut, hier zu sein. Ich hoffe ja nur, mein armer Flodo fühlt sich bei Susi wohl. Aber ich werde mit ihm skypen.

Ja! Ich bin richtig vernarrt in meinen Hund. Aber das ist auch gut so. Er weiß, wie er mich um den Finger wickeln kann, und ich liebe ihn. Jetzt hab ich gleich doppelt Entzugserscheinungen. Von Flodo. Na ja. Und von Martin auch.

»Jetzt schreib ihm endlich, dass du nichts von ihm wissen willst«, keift Mimi.

Was? Martin? Oh. Nein. Sie hat Ben gemeint.

»Ich will ihn aber nach dem Urlaub treffen.«

Das mag völlig verbohrt sein, aber ich muss ihn noch einmal allein treffen.

»Hat dir einer ins Hirn gespuckt?«, mokiert sich Mimi.

Zu Recht. Aber es muss sein.

»Nein, denn ich hab dir schon mindestens fünf Mal erklärt, warum. Ich will aus seinem Mund hören, wie das damals alles mit Laura gelaufen ist. Zu Kreuze soll er kriechen und mir dabei in die Augen sehen. Und nach all den Jahren will ich das Wörtchen Entschuldigung aus seinem Mund hören. Ich will ja nicht mit ihm ins Bett!«

»Gott bewahre! Und solltest du es versuchen, dann zerre ich dich an den Haaren aus dem Zimmer, das schwöre ich.«

Tonie lacht auf. »Mädels! Ich bitte euch. Ein Waschlappen steht auch nicht von selbst, bloß weil er erkennt, dass er ein Waschlappen ist. Also Rückgrat darfst du dir von diesem Ben keines erwarten, Marisa.«

Wie hat sie das so schnell durchschaut? Egal. Ich will ihn trotzdem winseln und um Entschuldigung betteln hören. Vielleicht weil ich sonst nichts habe?

»Ben und Rückgrat? Dass ich nicht lache! Und Marisa, diesen Deppen noch einmal treffen zu wollen, bringt dir rein gar nichts. Selbst wenn es nur für ein Gespräch ist. Nicht einmal das hat er verdient.«

»Doch! Denn ich erwarte mir so was wie *Genugtuung*.«

»Wenn du dich da mal nicht täuschst. Aber dein Feind ist meiner, Süße. Gib mir das Handy und ich blase ihm den Marsch«, sagt ihre Tante und will tatsächlich mein Telefon.

Tonie ist eine Nummer. Allein wie sie da sitzt. Sie hat die gleichen krausen Haare wie Mimi, bloß steckt sie sie nicht zu einem Wuschelzopf am Kopf hoch wie sie, sondern ihre fallen bis über die Schultern und sind bereits grau. Dazu trägt sie ein einerseits modernes und andererseits seltsam anmutendes Batikkleid in Grau, das zipfelig geschnitten und bodenlang ist. Hat was von Eso mit Stil. Mimi und ich in weißen Jeans und T-Shirt wirken neben ihr geradezu farblos. Allein die langen Ketten, die Tonie um den Hals trägt, müssen ein Mordsgewicht haben. An einer hängt so was wie ein Amulett. An der anderen eine silberne Feder.

»Okay, okay. Vergesst ihn wieder, ich schreib im Moment einfach mal gar nichts.«

Schon wieder piepst mein Handy.

»Der lässt wohl nicht locker, was?«, lacht Tonie und schenkt uns allen ihren Spezial-Cocktail nach. Auch so was. Ich kann weder bei ihr noch bei Mimi Nein sagen. Seit gestern futtern und trinken wir ununterbrochen. Wie kann Tonie dabei so schlank geblieben sein? Aber sie kocht fantastisch. Völlig unamerikanisch. Kein Wunder, sie ist ja auch Österreicherin. Schade, dass ihr Mann schon verstorben ist. Was sie so von ihm erzählt hat, waren sie und Robert ein echtes Traumpaar.

Ups.

»Es ist ... Martin«, sage ich beinahe tonlos.

Offensichtlich hat er sein ›Du bist dran‹ dann doch nicht durchgehalten. Ich hasse ihn! Aber meine Hände zittern.

Verdammt!

Ich freu mich auch!

»Lies vor«, sagt Mimi nachdrücklich und rückt mit ihrem Stuhl gleich in meine Richtung, während ich die Nachricht öffne. Mir bleibt der Mund offen stehen, doch ein »Oh Gott!« entfährt mir.

Moment mal, Martin! Mit dir rede ich ja auch nicht mehr.

›*Liebes Frauchen! Wo immer du auch bist, komm und rette mich! Ein böser Mensch hält mich als Geisel. Dein Flodo!*‹

»Mimi! Siehst du das?«

Sie greift nach meinem Handy.

»Scheiße! Wieso hat der Flodo?«

Eindeutig. Es ist mein Hund und daneben steht *er*!

Mein Blut zirkuliert tsunamiartig durch meinen Körper. Gleich kipp ich vom Sessel.

Mimi reicht mein Handy an Tonie weiter. Auch okay, sie geht mittlerweile ohnehin als unsere Therapeutin durch.

»Der spinnt. Ganz eindeutig! Aber der arme Flodo. Verdammt! Ich bin Tausende Kilometer von Wien entfernt!«

Jammern wird meinen armen Hund auch nicht aus Martins Fängen befreien. Was denkt er sich eigentlich dabei? Nichts. Rien. Nada.

Männer denken sich nie was. Die lassen sich auch einen Heiratsantrag machen und erklären nachher vielleicht noch, dass sie einfach nicht unhöflich sein wollten und daher nicht ablehnen konnten. Als ob Unhöflichkeit je ein Grund für einen Mann wäre, irgendetwas nicht zu sagen oder nicht zu tun. Aber als Ausrede perfekt.

Tonie lacht schallend.

Das muss jetzt aber nicht sein.

Ich funkle sie böse an. »Also lustig finde ich das nicht!«

»Ich würde sagen, der Mann stellt sich äußert geschickt an. Mir gefällt der.«

»Du nennst es geschickt, wenn er meinen Hund stiehlt?« Nie und nimmer hat Susi Flodo freiwillig rausgerückt. Apropos. »Ich ruf sofort Susi an.«

»Um die Uhrzeit? Daheim ist es Mitternacht, und du weißt, Susi geht immer früh schlafen«, wirft Mimi sofort ein.

Daran habe ich gar nicht gedacht! Blöde Zeitverschiebung.

Wut kriecht in meinen Bauch.

Das hat er sich ja fein ausgedacht, der gute Herr Engel!

»So schlimm kann es aber gar nicht sein, sonst hätte eure Freundin euch doch schon angerufen, oder verstehe ich da etwas falsch?«

Tonie hat recht!

Ich schlag mir auf die Stirn. »Ich packs nicht. Susi hat ihm Flodo freiwillig rausgerückt!« Und frag mich, welche Geschichte er ihr reingedrückt hat.

Aber das wird ihm nicht schwergefallen sein. Schließlich sind er, sein bester Freund Flavio und Paul für mich jetzt sowieso das *trio infernal* schlechthin. Die passen alle bestens zusammen. Im Lügen und Hintergehen schlägt sie niemand.

»Wollte Martin nicht in Paris sein? Also ich verstehe seit Sonntag wirklich nur mehr Bahnhof. Kann ich bitte noch einen Drink haben?«

Ich kann es Mimi nachfühlen. Auch den dringenden Wunsch, das Gedankenkarussell durch Alkohol zum Erliegen zu bringen. Vielleicht einmal richtig gut zu schlafen. Aber wie, Herr Engel? Danke. Meine Liste an Problemen war dir anscheinend nicht lang genug. Jetzt steht außer Mimi und dir auch noch Flodo mit drauf. Sehr umsichtig. So gewinnt man Herzen zurück!

»Ich auch bitte.« Tonie grinst und steht auf.

Aber warum in aller Welt ist Martin nicht in Paris? Oder hat er Flodo nach Paris mitgenommen?

Evelyn!

Am Ende hat er mir lauter Lügen aufgetischt und doch *Ja* gesagt? Oder zumindest *Vielleicht*? Und jetzt vergnügt er sich mit meinem Hund und seiner Vielleicht-doch-Verlobten in der Stadt der Liebe?

Entweder geh ich jetzt kotzen oder ich sauf mich heute an! Möglicherweise beides. In umgekehrter Reihenfolge.

»Bleibt sitzen, ich bring euch gleich frische Cocktails! Und macht euch keine Sorgen. So wie der aussieht, wird es deinem Hund sicher gut bei ihm gehen. Würde mich wundern, wenn es anders wäre.« Tonie schnappt sich unsere Gläser, schiebt die Glastüren auf und rumort auch schon in der Küche direkt hinter uns, denn sie lässt gecrushtes Eis in unsere Gläser. Ich schnappe mir das Handy.

»Aus. Ich schreibe ihm jetzt.«

»Wunderbar. Dann hat er, was er wollte.«

Mimi ist logischerweise nur ein Schatten ihrer selbst. Normalerweise hätte sie mir das Handy weggenommen, aber so zuckt sie nur mit den Achseln und sieht in Richtung See.

Aber ich kann ihm jetzt doch nicht *nicht* schreiben, oder?

Aus. Ich schreib ihm.

›*Dies ist eine unfreundliche Nachricht an den Entführer meines Hundes: Bring ihn morgen früh unversehrt zu Susi zurück! Sonst...*‹

Ja, was sonst?

Ich habs ja von Anfang an gesagt. Ein Urlaub löst unsere Probleme auch nicht. Und jetzt haben wir den Beweis. Ich kann nicht einmal zu Martin fahren und Flodo befreien. Vorausgesetzt, er ist in Wien.

Wahhh! Ich könnte ihn umbringen.

Senden.

Soll er sich doch ausmalen, wozu ich fähig bin, wenn es um Flodo geht.

Martin schreibt?

Großartig.

›*Dies ist eine freundliche Nachricht deines Hundes: Ich will, dass du mich selbst abholst. Morgen um 10 Uhr? Du weißt ja, wo mein Entführer wohnt.*‹

»Was schreibt er?«, will Mimi wissen.

»Hier, eure Drinks, meine Damen.« Tonie sieht mich an. »Oh? Gibt es etwas Neues?«

Wir sind Kino für Mimis Tante.

Ich nicke und drücke mein Handy in Mimis Hand. Die Sache hier hat eine gruppendynamische Dimension, gegen die ich mich mittlerweile schlecht wehren kann. Erinnert mich an die Golden Girls, die ich so gern im Fernsehen gesehen habe.

Dann trink ich mal ein paar Schlückchen.

Mimi schiebt das Handy zu Tonie weiter und sieht mich an. »Jetzt einmal im Ernst, Marisa. Es war ja irgendwie schön, dass wir uns die letzten Tage gegenseitig bejammern konnten, aber wenn du mich fragst, liebt der dich wirklich.« Ich pruste den Cocktail unglücklicherweise in ihre Richtung. »Deshalb musst du mich ja nicht gleich anspucken.«

»Entschuldige! Das wollte ich nicht, aber bist du wahnsinnig? Du warst doch auch der Meinung, er soll in der Hölle schmoren.«

»Nein, da irrst du dich. Das hab ich in der ersten Emotion Paul und Flavio gewünscht und Martin nur aus Überschwang gleich mitgeschickt.«

So ... etwas ... darf sie nicht sagen! Ich hätte ihn doch schon gestern angerufen, wenn es nach mir gegangen wäre. Oder sogar vorgestern. Sie weiß doch, wie mies ich bin, wenn es darum geht, stur zu bleiben. Und er geht mir ab. So arg, dass er ohnehin der erste Gedanke in der Früh und der letzte vor dem Einschlafen ist. Wenn ich überhaupt einschlafen kann, weil er mir dauernd durch den Kopf spukt.

»Und was soll ich jetzt tun?«

Statt Mimi antwortet Tonie: »Schreib ein wenig mit ihm und dann lass es für heute gut sein. Du kannst von hier aus die Situation ja sowieso nicht ändern. Aber lass ihn zappeln. Je mehr er jetzt um dich kämpfen muss, desto wertvoller bist du anschließend für ihn. Lass dir das von einer alten Frau gesagt sein.«

»Du bist doch keine alte Frau«, sagen Mimi und ich gleichzeitig.

Der Rest muss erst sickern.

Heißt das, ich soll mich auf ein paar pseudolustige WhatsApp-Nachrichten mit ihm einlassen? Und dann? Ich habe keine Lust drauf, unser ganzes Drama vom vergangenen Wochenende über Skype mit ihm auszudiskutieren.

»Tonie hat recht. Schreib noch ein wenig mit ihm hin und her und dann lass es für heute gut sein. Er ist der, der sich was einfallen lassen muss, wenn er dich zurückhaben will, nicht du.«

»Okay, okay, Mimi. Ob das ein guter Plan ist, weiß ich nicht, aber ich machs.«

Weil mein dummes, völlig unbelehrbares, ja schlicht und ergreifend uneinsichtiges Herz ohnehin dauernd ›Ich will Martin zurückhaben‹ schreit.

»Ein Hoch auf mein Rückgrat«, sage ich und stoße mit den beiden an.

Tonie grinst, sogar Mimi lächelt das erste Mal seit Tagen wieder richtig. Nämlich auch mit den Augen.

»War vielleicht doch gut, dass wir hierhergekommen sind«, gestehe ich ein.

»Wenn ich auch noch etwas sagen darf, bevor Marisa sich mit Martin via Handy duelliert: Ihr solltet öfter kommen und du hättest Marisa schon längst einmal mitbringen können, Mimi.«

»Ich hab sie immer gefragt, aber sie wollte nie«, verteidigt sich Mimi schnell, was auch stimmt. Aber ich hab immer gesagt, mir ist das zu teuer.

Jetzt muss ich wieder mal die Augen verdrehen. »Wenn du uns nach zwei Wochen noch immer ein nächstes Mal sehen willst, komme ich wahnsinnig gern wieder. Danke, Tonie. Du bist echt ein Schatz.«

»Genug geplaudert, das wollte ich hören. Du schreibst jetzt, und du, Mimi, gehst mit mir eine kleine Runde an den See. Sieh dir doch diesen Sonnenuntergang an.«

Guter Plan.

Mimi sieht zwar nicht begeistert aus, aber sie nickt und folgt ihr.

Na gut, Herr Engel. Dann wollen wir mal kurz ein paar nette Worte wechseln. Oh! Jetzt kommt mir erst die Wut! Martin weiß doch sicher, dass ich gar nicht in Wien bin. Warum sonst wäre Flodo bei Susi?

›Dies ist eine liebevolle Nachricht des Frauchens an die Geisel: Ich weiß zwar, wo dein Entführer wohnt, lieber Flodo, aber unglücklicherweise bin ich in Florida, was deinem Entführer möglicherweise von Susi, deinem Vertretungsfrauchen, bereits zur

Kenntnis gebracht wurde, oder noch schlimmer, von zwei miesen Verrätern namens Paul und Flavio. Daher richte deinem Geisel-nehmer bitte aus, dieser Erpressungsversuch ist nicht sehr durch-dacht und er soll dich morgen deinem Vertretungsfrauchen über-geben!<

Senden. Dann schauen wir mal, was Martin dazu einfällt.

Wow! Der Sonnenuntergang spielt wirklich alle Stückerln. Von Pink bis zu Orange hat der Himmel alle Farben angenom-men. Unglaublich schön. Und das hätte ich alles mit Martin ha-ben können. Ich weiß zwar nicht, wo, aber er wollte seine Single-flitterwochen ja ebenfalls am Meer verbringen. Und so wie ich ihn kenne, wäre es bestimmt nicht Lignano gewesen. Malediven oder Seychellen. Vielleicht Mauritius? Ob er jetzt mit Evelyn sei-ne Singleflitterwochen verbringen wird?

Mein Handy macht »Bling«.

>Dies ist eine ebenso liebevolle Nachricht der Geisel an ihr Frau-chen, welches sie sehr vermisst! Der Entführer wäre bereit, mich freizulassen, wenn du ihm genau sagst, wo in Florida du bist! Aber er besteht darauf, dass deine Angaben objektiv überprüfbar und richtig sind. Wenn er diese hat, wäre er geneigt, mich morgen früh bei Susi abzugeben. Bitte tu, was er sagt! Es ist hier kaum auszuhalten!<

Martin! Tu das nicht, sonst muss ich heulen. Irgendwie ist das süß.

Oh. Er hat noch ein Foto geschickt.

Nicht wahr jetzt, oder?

Da liegt er mit Flodo auf seiner riesigen Couch in seiner Villa. So herzig.

Moment einmal. Jetzt kocht er mich weich? Tolle Strategie. Hammermäßig. Ich bin wirklich talentiert im Manipulieren. Merke nicht einmal, wenn ich das Opfer statt der Täter bin.

>Mein lieber Flodo! Jetzt mache ich mir aber noch mehr Sorgen um dich. Ich sag nur: Stockholm-Syndrom? Sieh dich vor! Beiß dei-

nem Entführer in die Waden und flüchte. Wie es aussieht, schläft er ja.‹

Martin schreibt bereits eine Antwort. Was tue ich hier?

›Würde ich ja gern! Aber wohin flüchte ich dann, wenn du nicht zuhause bist? Bitte erfüll seine Forderungen, dann wird alles gut!‹

Was meint er mit, es wird alles gut? Was soll denn noch gut werden? Klar. Wenn er da weitermacht, wo er aufgehört hat, bevor wir beide zusammengekommen sind, ist die Welt des Herrn Milliardärs einfach: Er hat einfach uns beide als Freundin. Aber nur über meine Leiche, Martin!

›Mein herzallerliebster Flodo! Bitte hab noch etwas Geduld. Ich werde mir bis morgen einen Fluchtplan überlegen, aber du kannst deinem Entführer ausrichten, so schwer es mir auch fällt, dein Frauchen ist nicht erpressbar. Und sag ihm, dass du einen Kauknochen und gesundes Futter brauchst!‹

Ein Foto nach dem anderen kommt herein.

Jetzt fällt es mir erst auf. Flodo hat ja ein neues Halsband. In Türkis! Und auch eine neue Leine, wie es auf dem Foto aussieht. Ach. Und einen richtig tollen Kauknochen hat Martin auch bereits gekauft.

Ist er verrückt?

Das ist ja ein total süßes Bett! Natürlich cremefarben und mit Hundepfoten drauf. Sieht flauschig aus.

Meine Güte! Der will mir doch hoffentlich nicht ernsthaft Flodo streitig machen? Wieso hat er denn das alles eingekauft? Mein Flodo ist kein Scheidungshund. Er gehört einzig und allein zu mir, auch wenn ich die schlechteste Hundemutter der Welt bin.

›Wie ich sehe, hält sich dein Geiselnehmer ja geradezu vorbildhaft an die bekannte europäische Tierrechtskonvention! Das beruhigt mich ein wenig. Schlaf gut, Flodolein! Ich melde mich zwecks Fluchtplan morgen. Halt die Ohren steif, mein Großer!‹

Und jetzt ist Schluss für heute. Sonst verliebe ich mich auf der Stelle ein zweites Mal in diesen Engel! Dabei weiß ich noch immer nicht, wo genau Evelyn ist oder was seine Mutter nun wieder vorhat. Selbst wenn er am Ende Nein zu Evelyn gesagt hätte, würde sie es sicher nicht einfach hinnehmen, dass er damit ihren ausgeklügelten Plan durchkreuzt hat. Mist. Wie soll das denn hier weitergehen?

Seit Sonntag hat sich nichts verändert, außer dass ich mittlerweile emotional weichgekocht bin.

›Florida war übrigens eine ausgesprochen gute Entscheidung! Genieß die Sonne, mein Entführer und ich müssen jetzt eine Runde schlafen! Ich träume von dir ... dein Flodo‹

Als hätte mir mein Handy einen Stromschlag versetzt, lasse ich es auf den Tisch fallen.

Aus und Schluss jetzt. Morgen rufe ich Susi an und bitte sie, Martin Flodo zu entreißen. Wenn es sein muss, mit Gewalt.

Tonie und Mimi kommen auch gerade zurück. Kein Wunder, mittlerweile ist es finster. Das geht hier sehr schnell. Ich werde mich jetzt ganz und gar auf Mimi konzentrieren. Wird Zeit, dass ich sie mit voller Inbrunst ablenke.

Morgen ist Morgen. Aber heute können wir auf jeden Fall noch die laue Luft und netten Gespräche mit Tonie genießen. Nach dieser anstrengenden Woche in Wien, in der wir nur dann zu Mimi in die Wohnung geschlichen sind, wenn Paul arbeiten war, um einige ihrer Sachen zu holen, darf das auch mal sein. Sogar die Abrechnung für Martins dämliche Singlehochzeit haben wir noch gemacht und versendet.

Jetzt ist Urlaub. Irgendwo in mir muss es doch so einen Knopf geben, mit dem ich auf Entspannung umschalten kann.

Noch einen Cocktail und ich finde diesen Knopf vielleicht!

Siesta Key Beach

Am nächsten Vormittag ...

Dass dieser Siesta Key Beach so dermaßen schön und breit ist, habe ich nicht erwartet. Noch dazu blütenweiß und das Meer türkisblau, wie in der Karibik. Hach! Ich bin im Glück. Vor allem, weil wir auf der Herfahrt Flamingos gesehen haben. Tonie hat mich nur unter dem Vorwand, dass sie mir morgen noch mehr zeigt, wieder zurück in ihr weißes viersitziges BMW Cabrio bekommen. *Convertible*, heißt das hier. Die mit den dunklen Autos kommen aus dem Norden, hat uns Tonie lachend erklärt. Das Auto haben wir geparkt und unsere Sachen an den Strand geschleppt. Ich kann gar nicht genug vom Meer bekommen. Raus, rein. Das ist unsere Beschäftigung seit Stunden.

Mimi spritzt mich mit dem über dreißig Grad warmen Wasser an. So ein Spaß. Dank der Goggles, die ich trage. Salzwasser in den Augen vertrage ich nämlich nicht. Aber Mimi trägt auch Schwimmbrillen, also ist die Spritzerei kein Problem.

»Komm jetzt! Wir schwimmen ein Stück raus und schauen, ob wir Sanddollars finden«, meint sie voller Euphorie.

Was sind Sanddollars?

»Jaja, dann schwimm halt mal vor. Aber ich weiß nicht, was das ist.«

Mit beiden Händen patsche ich auf die Wasseroberfläche, sodass ihr Gesicht einen Schwall vom türkisen Wasser abbekommt.

Sie kichert geradezu hysterisch. Wasser reinigt auch die Seele, sagt man. Muss so sein, denn ich fühle mich geradezu federleicht und pudelwohl. Das glasklare Meer ist ein Traum, ich liebe es, wenn es warm wie in der Badewanne ist. Davon habe ich immer geträumt, wenn ich von den Malediven oder Seychellen gelesen habe. Aber dieser breite weiße Strand ist um nichts schlechter.

Nicht umsonst wurde Siesta Key Beach laut Tonie schon einige Male zum schönsten Strand der USA gewählt.

»Du kennst keine Sanddollars? Dann hör auf, zu spritzen, und schwimm mir nach.«

Nichts lieber als das.

»Nein, nie gehört. Aber ich bin gespannt.«

Na dann mal los. Wir schwimmen zu einer Sandbank. Herrlich! Ich könnte ewig so dahin schwimmen. Ein Traum.

Mimi steht auf und steht, wie ein paar andere, nur bis zu den Knien im Wasser. Hätte ich nicht geglaubt, aber das ist sehr seicht hier. Draußen erstreckt sich der elend lange Sandstrand. Wie bunte Tupfer sehen die Menschen mit ihren Sonnenschirmchen aus. Diese *Baywatch*-Häuschen, die alle paar hundert Meter stehen, sind auch echt herzig. Stehen auf Stelzen und haben eine kleine Veranda. Und diese Farben! Ein Holzhäuschen ist blau, das andere in Gelb gestrichen. Klar. Die amerikanische Flagge darf nicht fehlen. Würde bei uns einer die österreichische Fahne am Neusiedler See hissen, der bräuchte sich über den Spott keine Sorgen machen. Hier ist das normal.

Mimi taucht im etwas tieferen Wasser ab.

Jetzt bin ich aber gespannt.

»Hab einen«, prustet sie und hält ein grau-beiges Etwas in die Luft.

Sie drückt es mir in die Hand. Noch nie gesehen. Das Ding ist rund, flach wie eine Flunder, hat vier ovale Löcher an der Seite, eines eher mittig, und in der Mitte eine Blume mit fünf Blütenblättern

»Was um alles in der Welt ist das?«

»Das Skelett eines speziellen Seeigels. Wir nehmen den mit. Tonie bleicht die immer und bemalt sie. Dann kommen sie auf den Christbaum oder aber auf ein Geschenk als Deko. Die Dinger sehen Weltklasse aus.«

»Ist ja irre. Glaubst du, wir finden noch mehr?«

»Ja. Aber nicht, wenn du da herumstehst. Komm, abtauchen und suchen.«

Nichts lieber als das!

***

Tonie winkt uns zu. Wir laufen samt unserer sechs Sanddollars zu ihr. Echt jetzt. Touristischer als wir drei kann man nicht sein, dabei ist sie eine Einheimische. Sie hat darauf bestanden, dass wir mit Sonnenschirm, drei Liegen und einer riesigen Kühlbox an den Strand ausrücken. Da ist alles drinnen: Sandwiches, Chips, Getränkedosen und Wasserflaschen.

»Na, ihr zwei? Ich habe schon gedacht, ihr kommt nie mehr aus dem Wasser raus«, lächelt sie.

»Es ist traumhaft, am liebsten würde ich gleich wieder reingehen«, sage ich.

»Wir haben sogar Sanddollars gefunden«, berichtet Mimi und lässt sich auf die blaue Liege fallen.

Wir drücken sie ihr in die Hand.

»Oh! Toll, mit euch sind meine nächsten Weihnachtsgeschenke gerettet!«

Sie wickelt die Dinger vorsichtig in ein Handtuch ein.

Soll ich mich abtrocknen? Nein. Es ist so heiß. Völlig unnötig.

»Mädels«, meint Tonie in der Kühltasche kramend, »ihr müsst hier viel Wasser trinken.« Sie reicht jeder von uns eine der Flaschen, die wir mitgenommen haben.

»Danke«, sagen wir gleichzeitig und Mimi hat sich auch schon ihr Handy geschnappt und liest irgendetwas.

»Wie spät ist es denn, Mimi?«

»Kurz nach vier Uhr. Warum?«

Oje! »Was? Schon so spät? Dann kann ich jetzt ja endlich Susi anrufen.«

Schmarrn-Zeitverschiebung. Sechs Stunden sind echt viel. Ich hole mein Handy aus dem Rucksack. Oh. Neun neue Whats-App-Nachrichten.

»Mach das, ich bin gespannt, was sie sagen wird. Vorstellen kann ich mir ja nicht, dass Susi auf Bad Guy macht und Martin Flodo einfach wieder wegnimmt.«

»Das wird sie aber müssen!«

Ich scrolle die Nachrichten durch. Die meisten sind von meiner Mutter. Sie hat mir lauter Links zu Berichten von Martins Singlehochzeit geschickt. Seh ich mir später an, denn Martin hat auch etwas geschrieben.

›Da du mich nicht in meine Singleflitterwochen begleitest, habe ich jemand anderen gefunden, der durchaus an einem Urlaub mit mir interessiert ist ... möglicherweise, weil er nicht widersprechen konnte!‹

Nein! Was hat er denn nun wieder gemacht?

»Der ist verrückt! Schaut euch bitte diese Fotos an.«

Ich halte Mimi mein Handy hin und auch Tonie beugt sich drüber. Im nächsten Moment lacht sie schallend auf.

»Der Mann gefällt mir immer besser. Ich weiß gar nicht, was dein Problem ist, Marisa!«

Was mein Problem ist?

»Ich sag nur: Evelyn. Ach ja, und seine Mutter! Und überhaupt. Er kann doch nicht mit Flodo einfach wegfliegen!«

»Ist das ein Privatflugzeug?«

Mimi hat das Foto von Martin, zu dessen Füßen Flodo eingekringelt liegt, aufgezoomt.

»Ja, das ist im Inneren seiner Maschine. Ich würg ihn, wenn ich ihn in die Finger bekomme. Jetzt ruf ich Susi an. Das ist doch illegal, einfach so meinen Hund einzupacken.«

»Mich wundert, wie er das macht. Selbst ein Martin Engel muss doch Papiere für den Hund haben, wenn er mit Flodo irgendwo einreisen will«, wirft Mimi ein.

»Stimmt!«

Ich ziehe das Handy weg und suche Susis Kontakt heraus. Anruf. Bin gespannt, was sie dazu sagt.

Es läutet.

Zum Glück! Susi hebt ab.

»Susi! Hallo! Stell dir vor, Martin hat Flodo entführt und fliegt mit ihm Gott weiß wohin.«

»Hallo, Urlauberin! Du, von wegfliegen hat er mir nichts gesagt. Aber ist der nicht süß? Mach dir keine Sorgen, Marisa, ich habe ihm gedroht, ihn wegen Tierquälerei in die Medien zu bringen, wenn er Flodo auch nur ein Haar krümmt. Es tut mir leid, Marisa, dein Martin hat sich einfach nicht davon abbringen lassen, auf Flodo zu schauen, während du weg bist.«

Und ich nehme an, sein Scheck für das Tierheim war ein weiteres verdammt überzeugendes Argument von Martin, ihm meinen armen Flodo auszuhändigen. Außerdem ist er nicht mehr *mein Martin!*

»Ach, und du glaubst ihm das?« Wobei? Den Fotos nach zu urteilen, ist er ganz vernarrt in meinen Hund.

»Wieso sollte ich nicht? Ich habe Flodo nämlich sehr wohl beobachtet. Der fährt auf Martin ab, das kann ich dir versichern. Und Martin hat mir auch gesagt, dass er Urlaub und daher viel Zeit für Flodo hat. Da habe ich mir gedacht, er ist im Moment doch bei ihm noch besser aufgehoben als bei mir.«

»Pfffh!«

Ich muss nachdenken. Mimi stupst mich.

»Frag Susi wegen der Papiere.«

Ach ja.

»Du, wie kann er mit Flodo eigentlich aus Österreich ausreisen?«

Nicht einmal ich wüsste genau, wie ich das anstelle.

»Das ist kein Problem. Ich habe Martin Flodos Papiere gegeben. Am Sonntag habe ich leider vergessen, sie dir auszuhändigen. Allerdings hat er mir nicht gesagt, dass er mit ihm wegfliegen will, sondern nur, dass er sie gern hätte, für den Fall, dass irgendetwas ist und er im Notfall mit Flodo zum Tierarzt müsste.«

Sehr clever, Herr Engel. Chapeau!

»Na gut, danke, Susi. Dann muss ich mir etwas anderes überlegen.«

»Meine Güte, Marisa! Glaubst du im Ernst, ich gebe Flodo so mir nichts, dir nichts einfach irgendjemandem? Ich habe wirklich gezögert, aber jetzt einmal im Klartext: Martin hat mir gestanden, dass er dir beweisen möchte, dass er dich liebt, und dafür den Hund braucht. Hätte ich da *Nein* sagen sollen?«

Mein Herz schlägt schneller. Das hat Martin zu Susi gesagt? Er will mir beweisen, dass er mich liebt? Oh Gott!

»Nein, nein. Natürlich nicht. Danke, Susi.«

»Genießt einfach den Urlaub und mach dir keinen Kopf wegen Flodo, ja? Lass Mimi lieb grüßen.«

»Danke, mach ich, Susi. Baba.«

»Und?«, fragen Mimi und Tonie gleichzeitig.

Ich erzähle ihnen, was Susi gesagt hat.

»Hab ich es doch gewusst, dein Martin ist ein Engel«, jubelt Tonie überschwänglich. »Und er liebt dich!«

Ja genau. Ich sollte ihr dringend von seiner Sex-App erzählen. So was fällt natürlich nur einem Engel ein!

Mimi rümpft die Nase. »Spannend. Dann haben die Karten also doch wie immer recht, auch wenn du gerade eine Krise damit hast.«

Nicht schon wieder das Thema! Mit Engeln bin ich durch. In jeder Beziehung. Auch wenn ich zugeben muss, dass das Foto, das ich mir gerade noch einmal ansehe, echt herzig ist. Doch das alles ist Show. Weil Martin nicht bekommt, was er haben will.

»Bitte hör mir mit den Karten auf, Mimi! Wer sagt denn, dass Evelyn nicht auch in dem Flugzeug sitzt?«

Und was ist mit seiner Mutter? Ich hab immer noch Angst vor ihr.

»Warum fragst du ihn nicht einfach nach ihr?«, will Tonie wissen und schlüpft aus ihrem hauchdünnen geblümten Kleid.

Ich schüttle den Kopf.

»Nein. Das kann er knicken. Niemals werde ich mich so vor ihm erniedrigen.«

»Wie du willst! Gibt es von Paul etwas Neues?«, wechselt Tonie geschickt das Thema.

»Ja. Jetzt sind wir mittlerweile so weit, dass ich ihn trösten muss, weil er schwul ist.«

»Wieso denn das?«

Bitte? Wann hat sich denn diese Wendung ergeben? Sie wollte doch nie mehr wieder mit ihm sprechen?

»Weil ich ihm, als ich ihn am Mittwoch zuhause getroffen habe, an den Kopf geworfen habe, dass ich blöd war und längst hätte checken müssen, dass er schwul ist.«

Was? Das hat sie mir gar nicht erzählt!

Tonie und ich sehen einander an. Stirnrunzelnd.

»Und warum musst du ihn jetzt trösten?«, stellt sie die Frage, die ich in der nächsten Sekunde ebenfalls gestellt hätte.

»Weil er mir jetzt andauernd schreibt, dass er sich kaum mehr aus dem Haus traut. Weil ihm jeder ansehen kann, dass er schwul ist. Und schließlich habe ich ihm ja auch gesagt, dass man hundert Meter gegen den Wind checkt, dass er das ist.«

Oh Mann, oh Mann.

Paul kann so was von eine Diva sein! Dummerweise habe ich ihr das Gleiche gesagt. Wir hätten es ahnen müssen. Allein, dass er jeden Freitag Blumen eingekauft hat, um damit die Wohnung fürs Wochenende zu dekorieren. Wer außer Paul stellt freitags frische Blumen ins Klo?

Mimi rupft sich ihre wie immer aufgesteckten Haare zurecht.

»Und was machst du jetzt?«, frage ich sie.

»Na was schon? Meinen armen schwulen Mann trösten!«

Auch wenn es angesichts der Gesamtsituation deplatziert erscheinen mag, muss ich grinsen. Das Ganze ist so absurd und skurril, dass ich nicht anders kann.

»Lacht nur! Aber ich gebs zu: Irgendwie wird es für mich mit jedem Tag einfacher. Wenn er eine andere Frau hätte, würde ich ihm den Hals umdrehen. Aber was bitte soll ich dagegen unternehmen, wenn mein Mann plötzlich erkennt, dass er eigentlich homosexuell ist?«

»Bi, würde ich sagen«, wirft Tonie ein.

»Auch schon egal. Aber für ihn scheint das ein Riesending zu sein. Paul ist keiner, der sich hinstellt und outet.«

Da hat Mimi auch wieder recht. Paul ist Banker. In der Branche kommt das weniger gut.

»Stimmt vermutlich. Dann tröste ihn mal und wir springen noch einmal ins Wasser«, sage ich mit Blick auf Tonie, die das ganz offensichtlich vorhat.

»Ist gut. Geht schon mal vor, ich rufe ihn an. Mir ist das zu blöd, jetzt stundenlang mit Paul hin und her zu schreiben.«

Ich mustere Mimi. Ihre Gesichtszüge wirken durchaus entspannt. Ich weiß ja nicht, wie man damit umgeht, wenn der eigene Mann plötzlich einen Mann liebt. Aber es dürfte emotional tatsächlich völlig anders sein, als hätte er sich in eine Frau verliebt. Vielleicht weil man dagegen machtlos ist? Oder sich gleich wie ein intoleranter Mensch fühlt, wenn man es ihm vorwirft? Keine Ahnung. Aber andererseits bin ich für Mimi froh, dass sich ihre Verzweiflung irgendwie langsam auflöst.

»Lass ihn trotz allem lieb von uns grüßen«, sagt Tonie und ich nehme meine Schwimmbrille. Das muss nicht gerade sein, aber okay.

Offensichtlich können wir ohnehin im Moment nichts ausrichten. Mimi muss das mit Paul und Flavio akzeptieren, und ich, dass Martin Flodo entführt hat.

Na dann. Meer, wir kommen!

Casey Key

Ein weiterer Tag Urlaub ...

Ist das ein Leben oder ist das Leben? Ich löffle frisches Ananaseis, das wir direkt bei einer Zitronen- und Orangenplantage gekauft haben. Klingt jetzt blöd, aber das haben sie auch dort. Mimi hat sich für Orangeneis entschieden. Tonie spielt die Rolling Stones und kutschiert uns mit offenem Verdeck gerade über eine kleine Brücke nach Siesta Key. Blackburn Point Bridge. Eine der ältesten Schwingbrücken in den USA, oder so. Ziemlich eng jedenfalls. Eigentlich ein Blödsinn, dass Mimi und ich uns einen Wagen für die gesamten zwei Wochen gemietet haben. Tonie hat, wie bereits gestern, darauf bestanden, selbst zu fahren. Sie dreht das Radio laut auf und singt laut »She's like a raaaainbow« mit. Wir stimmen mit »Da, da, da, da, damm!« ein.

Tonies Hut ist ein Schrei. Pink. Und erst ihr bodenlanges graubraunes Kleid in ... na ja, vielleicht ist es taupe? Ihre großen Klunker nicht zu vergessen. Sie sieht hammermäßig aus. Ihre braungrauen Locken wehen fröhlich im Fahrtwind. Aber das scheint ihr nichts auszumachen. Bei der Brille kein Wunder! Groß. Silberner Rahmen zu leicht pinken Gläsern.

»Tonie? Wo kaufst du eigentlich all deine Kleidung ein?«

Sie mustert mich von der Seite. Das fühle ich.

»Ich hab schon gedacht, ihr beide fragt mich nie mehr. Morgen machen wir einen Shoppingabend. Ich kenne da Läden, sag ich euch ...«

»Superidee!«, jubelt Mimi.

»Ja, gern!« Obwohl ich zweifle, dass uns ihr doch sehr eigenwilliger Stil auch steht. Hm. Aber Mimi ist unnatürlich high. Das Einzige, das ich aus ihr rausbekommen habe, war, dass Paul ein so schlechtes Gewissen hat, dass sie die Wohnung weiter behalten kann und er sogar mit zahlt. Warum hat Ben mich eigentlich mit Laura beschissen? Hätte der sich damals nicht auch einen Mann schnappen können, statt Laura zu schwängern? Denn wer ist damals in die kleine Wohnung umgezogen? Ich.

Tonie biegt nach rechts ab. »Wir fahren Richtung Norden, da sind die wirklich exklusiven Villen. Die müsst ihr einfach gesehen haben.«

»Können wir hier irgendwo einen kleinen Badestopp machen?«

Sosehr ich auch von diesen Villen in den unterschiedlichsten Baustilen beeindruckt bin, aber nachdem die Insel sehr schmal ist, rechts und links sehe ich das Meer, bezweifle ich, dass wir hier auf Flamingos treffen. Da wäre als Alternative ein wenig schwimmen und wenigstens ein paar Fische sehen nicht schlecht. Außerdem ist hier keine Menschenseele. Keine Fußgänger, keine Radfahrer. Gar nichts. Nicht einmal geparkte Autos am Straßenrand sieht man. Exklusiv bedeutet also auch gleichzeitig ein wenig einsam.

»Nein, das hier ist alles privat. Dafür müssen wir dann zurück in den Süden nach Nokomis Beach. Aber irgendwo hier ist das Haus von Stephen King. Das wollte ich immer schon mal sehen«, meint Tonie.

»Der wohnt hier?«, wiederholt Mimi die Info ungläubig.

»Ja. Zumindest zeitweise.«

»Sehr spannend«, sage ich, meine es aber nicht so.

Ich bin nicht so der Paparazzi-Typ. Eigentlich ist mir das völlig egal, wer hier wohnt. Tonie und Mimi tauschen sich weiter über Promis aus, die ich nicht einmal kenne. Aber ich gebe zu, allein die unterschiedlichen Häuser zu sehen, ist schon interessant. Mir gefallen die Villen im spanischen Stil mit den großen Einfahrtstoren aus Schmiedeeisen am besten. Das hat was.

Die ganze Insel ist laut Tonie acht Meilen lang, aber sehr schmal. Die Allee mit Palmen, die wir entlangschleichen, weil *fah-*

ren wäre übertrieben, sieht toll aus. Irgendwie komisch. Die Straße ist schmal und staubig, gesäumt mit Palmen in verschiedenen Größen. Ganz anders, als man es erwarten würde, wenn man bedenkt, wie viele Millionen die Villen rechts und links davon wert sind. Aber es ist schön hier. Herrlich. Immer wieder sehen wir den weißen Strand und das Meer auf beiden Seiten. Also mir gefällt Florida.

»Da vorn ist ein unbebautes Grundstück. Da bleiben wir für einen Moment stehen«, meint Tonie und schert auch schon nach rechts aus.

Im Aussteigen meint Mimi: »Wahnsinn! Allein wie es hier riecht!« Sie hat recht. Nach Sonne. Palmen. Und nach Salz und süßen Blüten. So duftet es.

»Frage: Dürfen wir dieses Grundstück einfach so betreten? In Amerika ist das ja nicht so easy, wenn das jemandem gehört.« Ich bin bei so was ein Hosenscheißer. Bitte! Ich hab das schon zigmal in den Nachrichten gehört, dass da gleich jemand über den Haufen geschossen worden ist.

Tonie lacht. »Keine Sorge. Hier ist das sicher nicht so. Wir sind in Florida. Da geht es doch etwas ruhiger zu.«

Hat sie noch nie *CSI Miami* gesehen? Ich kann nur hoffen, dass das hier an der Golfküste anders ist, und folge ihr. Das Grundstück ist sandig. Ein paar kleine und größere Steinchen gibt es auch. Außerdem ein paar Palmen. Da der unbebaute Grund auf der Bayside in Richtung Sarasota liegt, ist das Meer hier dunkler. Tonie und Mimi gehen die paar Meter schnurstracks ans Wasser, direkt auf den Holzsteg hinaus. Mir ist nicht so wohl dabei. Dieses Grundstück gehört ja doch jemandem. Warum sonst wäre hier ein Steg? Ich bleib lieber auf festem Boden.

Im Umsehen fällt mir auf der gegenüberliegenden Straßenseite die bombastische Villa auf. Mauer wie Haus sind weiß. Spanischer Stil, aber sehr modern gehalten. Und riesengroß. Ein Ferienhaus würde ich das nicht nennen. Ist es aber wohl.

Soll ich?

Egal. Ich gehe über die schmale Straße direkt zum großen Einfahrtstor. Habe ich mir nicht eingebildet, kein Paparazzi-Gen in mir zu tragen? Aber der große, moderne Engel, der auf der Hausmauer zu sehen ist, zieht mich magisch an. Wer macht denn so was? Und warum?

Das Ding ist ein Kunstwerk. Muss aus Nirosta sein. Ich fahre die Form nach. So ein schöner Schwung. Wirklich gelungen. Die Engelsilhouette ist aus einem Stück gemacht. Das war teuer.

Mein Blick fällt auf ein kleines weißes Schild mit silbernen Buchstaben: ›111 Flamingo Road‹.

Einhundertundelf? Flamingo Road? Das wäre die richtige Adresse für mich.

Oh nein! Wieso fällt mir dieses dumme Autokennzeichen ein? ›111 ME‹. Diese Zahl verfolgt mich offensichtlich. Als ich das erste Mal mit Martin mitgefahren bin, habe ich das Kennzeichen direkt vor uns gesehen. Einhundertundelf läutet eine wichtige neue Phase ein. Damals hat es gestimmt, aber warum schon wieder?

Mist. Ich wollte doch nicht mehr über Symbole und Engel nachdenken.

Ich schließe kurz die Augen. Martin Engel! Warum hast du mir das alles angetan? Und was soll das mit Flodo? Ich rate dir, gut auf ihn aufzupassen. Sonst ...

Wer hupt da?

Ich springe näher an die Hauswand. Ein hellblaues Cabriolet mit geschlossenem Verdeck bleibt jedoch direkt neben mir vor der Einfahrt stehen, statt an mir vorbeizufahren.

Seh ich Gespenster?

Zwei Frauen sitzen im Auto. So ein Shit aber auch! Die Beifahrerin sieht wie Evelyn aus. Ist sie es? Blöde Sonnenbrille! Ich kann ihr Gesicht nicht wirklich erkennen. Oder doch? Nein, die Frau auf der Beifahrerseite hat ganz eindeutig einen Latina-Einschlag. Zum Glück. Und das Cabrio ist doch etwas älter und hat Rostflecken. Nie im Leben würde Evelyn in so ein Auto einsteigen. Das würde eher zu mir passen.

Schnell zupfe ich mir die Haare ins Gesicht und laufe über die Straße.

Mimi und Tonie kommen mir entgegen.

»Können wir bitte weiterfahren?«

»Was ist denn mit dir los? Hast du ein Gespenst gesehen?« Mimi starrt mich aus ihren großen Augen an.

»So ähnlich. Ich halluziniere. Das muss an der Sonne liegen. Am besten wird sein, wir fahren irgendwohin und gehen etwas trinken.«

Plötzlich verharren beide und schauen an mir vorbei auf die weiße Villa.

»Da ist ja ein Engel auf der Mauer!« Mimi zeigt auf das Haus, in dessen Einfahrt das Cabrio soeben verschwindet.

»Lass das«, fauche ich und schnappe mir ihre Hand. Ist ja peinlich! Und genau diesen Engel will ich nicht weiter in meinem Gesichtsfeld haben.

»Dieser Engel scheint dich zu verfolgen, was?«, lacht Tonie.

Ihren Humor und ihre Leichtigkeit hätte ich gern. Immerhin könnte ich Zweifel und Ärger zum Tausch anbieten. Und einen echten Engel: Martin.

»Schaut so aus. Ich hab mir zuerst sogar eingebildet, die Frau im Auto sieht wie Evelyn aus. War sie aber nicht.«

»Okidoki! Tonie, wir brauchen einen frühen Sundowner«, grinst Mimi.

»Steigt ein, das lässt sich machen. Aber vorher müssen wir noch herausfinden, welches Haus Stephen King gehört.« Schwungvoll steigt Tonie ins Auto ein.

Ich für meinen Teil habe nun genügend Häuser gesehen. Nicht einmal hier bin ich vor Engeln sicher. Das ist ja absurd.

»Aua!«

Mist. Wo bin ich denn da mit meinen Flip-Flops reingetreten?

»So ein Topfen! Ich hasse Dornen!« Was solls. Ich hopse auf einem Bein. Etwas undamenhaft. Aber ich hab so ein Stachelzeugs erwischt und mein Fuß blutet. Dürfte es dumm von der Seite erwischt haben.

»Na zum Glück war es kein Skorpion«, meint Mimi.

Sehr hilfreich.

»Du hast mir einen Schreck eingejagt!« Tonie hockt sich hin und nimmt meinen Fuß in die Hand.

»Also so dramatisch ist das jetzt auch wieder nicht«, sage ich heroisch. Dabei bin ich bei solchen Sachen eine Memme.

»Stell dir vor, es wäre eine Coral Snake gewesen!« Tonie sieht mich ernst an.

Moment.

»Was ist das genau?«

»Diese Schlangen sehen wie ein Lederband aus und sind hochgiftig. Sie sind rot, gelb und schwarz. Es gibt auch die ungiftige Scarlet King Snake, die exakt die gleichen Farben hat.«

»Ist ja toll. Und du bringst uns hierher? Ist das nicht grob fahrlässig, Tonie?«, mault Mimi.

Kein Wunder, sie ist eine weit größere Schlangenphobikerin als ich.

»Kindchen! Das ist Florida. Wenn du Angst vor allem hast, solltest du in den Norden ziehen. Da, wo der Mensch den Swamps das Land abgerungen hat, darfst du dich nicht wundern, wenn sich die Natur wehrt.«

Ein weiser Satz, und dennoch wohnt sie hier.

»Ist schon gut, Tonie. Die Stacheln sind draußen. Wir können fahren.«

Tonie lässt von meinem Fuß ab und schiebt ihre Sonnenbrille zurück über die Augen.

»Sehr gut, dann mal los.« Tonie klatscht in die Hände. »Mädels, etwas Besseres, als mich zu besuchen, hätte euch nicht einfallen können.«

Sie ist einfach bezaubernd. So mitreißend und ständig gut gelaunt. Das ist sicherlich die positive Wirkung, wenn du in der Sonne wohnen darfst.

Wir steigen ins Auto ein.

Schau einer an. Ein Jogger biegt um die leichte Kurve. Und noch einer. Der zweite hat einen Golden Retriever im Schlepptau. Dass es hier auch Menschen gibt, die sich nicht verbarrikadieren, hätte ich gar nicht gedacht! Das sind bisher die ersten, die wir auf der Straße zu Gesicht bekommen.

So ein süßer Hund.

Meine Brust wird eng.

Der sieht ja wie mein Flodo aus! Niemals hätte ich mich von Mimi und Susi überreden lassen dürfen, hierherzukommen. Niemals! Beide Männer warten mitsamt dem Hund offensichtlich darauf, dass sich das große Einfahrtstor der Villa wie von Geisterhand öffnet. Gut trainiert, die Typen. Der eine überhaupt. Der zweite ist kleiner, aber immer noch groß. Wie kann man bei dieser Affenhitze eine Kapuze tragen? Auch wenn das Leiberl kurzärmlig ist. Und dann noch Sonnenbrillen und Kopfhörer. Die hab ich schon gefressen. Okay, hier fährt so gut wie kein Auto, aber in Wien finde selbst ich als Öffi-Benützerin das immer öd, wenn sich alle zudröhnen und absolut null von dem mitbekommen, was rund um sie passiert. Kann ja auch mal echt gefährlich werden. Aber ... nicht mein Bier.

Ich dreh mich schnell weg und sehe in die andere Richtung. Seltsam. Irgendwie habe ich das Gefühl, mir sollte das etwas sagen. Aber was?

Tonie startet und biegt zurück auf die Straße. Die Männer und der Hund sind verschwunden. Indessen beschäftigt sich Mimi mit ihrem Handy. Meines habe ich abgedreht, da ich nicht weiß, was ich Martin auf seine wohl versöhnlich gemeinten Nachrichten zurückschreiben sollte.

›Hat meine Teufelin eine Adresse in Florida? Vielleicht könnten wir Blumen zur Versöhnung schicken?‹, hat er geschrieben. Und wieder ein Bild von ihm und Flodo neben einem Pool mitgeschickt. Bisher habe ich Martin nicht darauf geantwortet. Aber langsam erscheint es unwahrscheinlich, dass er mit Evelyn unterwegs ist. Ich muss noch darüber nachdenken, wie ich damit umgehen soll. Daher sitze ich doch lieber hinten in Tonies Cabrio und lasse die Eindrücke der Umgebung auf mich einprasseln.

»Jetzt hab ich die Adresse von Stephen King«, ruft Mimi plötzlich freudig und hält Tonie das Handy vor die Nase.

»Oje. Das ist ja gleich bei der Brücke. Ich dreh mal schnell um.«

Tonie wendet in der Hauseinfahrt einer gelb angestrichenen Villa und wir fahren den Weg zurück, den wir gekommen sind. Rechts erscheint wieder die Villa mit dem Engel und versetzt mir einen Stich. Nun ein kurzes Stück mit freiem Blick aufs Meer. Unglaublich, wie schön es ist. Beinahe kitschig. Und wieder ist niemand weit und breit zu sehen. Tonie biegt nach links ab.

»Da. Da vorn! Das muss es sein!« Tonie scheint ziemlich aufgeregt zu sein und deutet in Richtung Bayside.

Meint sie die Mauer und das kaum sichtbare einstöckige Haus dahinter?

»Komisch. Ich hätte so eine verschnörkelte spanische Villa erwartet. Vielleicht Spinnweben auf dem Einfahrtstor. Nicht so ein modernes Haus!«

Ich kann Mimi verstehen. Da war die Engelvilla bedeutend prunkvoller als das, was wir von diesem Haus sehen. Na ja, riesig ist es schon auch. »Ich hab mir das jetzt auch spektakulärer vorgestellt, wenn ich ehrlich bin.«

»Ihr habt recht. Gut. Wir haben es gesehen, es hat uns nicht umgeworfen, also vergessen wir es.« Tonie wendet schon das

Auto. »Also: Dann ab nach Nokomis. Da trinken wir dann etwas und gehen schwimmen, ja?«

»Guter Plan«, sagen Mimi und ich gleichzeitig. Ich muss diese Engelbilder in meinem Kopf endlich vergessen. Aber schon eigenartig. Wir bleiben exakt vor einer Villa mit einem Engel stehen. Ich hasse diese blöden Zeichen!

Chillen oder so

Später am frühen Abend ...

Ich bin selig. Über eine halbe Stunde lang haben wir auf dem Heimweg von Nokomis Flamingos beobachtet. Ein rosa Vogel neben dem nächsten. So putzig! Und wenn sie abheben und fliegen ... einfach nur wow. Die Fotos sind einmalig. Vielleicht kann ich ein paar davon groß ausdrucken und rahmen lassen. Schade, dass sie so weit weg waren. Aber besser als gar keine.

»Danke, Tonie! Der Tag war ein echtes Erlebnis«, sage ich und tätschle sie an der Schulter. Sie biegt gerade in die Straße ein, an deren Ende ihr Haus an dem künstlichen See liegt.

»Kindchen, es ist mir ein Vergnügen. Ich darf gar nicht daran denken, wie öde es wird, wenn ihr beide wieder weg seid. Ihr müsst mich öfter mal besuchen kommen!«

»Oh, das werden wir!« Mimi sieht mich grinsend über den Rückspiegel an.

»Wer ist denn das?«, sagt Tonie verwundert und deutet auf ein rotes Auto.

Tatsächlich. Ein Sportwagen parkt auf Tonies halbrundem Driveway, in dessen Mitte sie drei Palmen und unzählige Blumen gepflanzt hat.

»Du hast wohl Überraschungsbesuch, Tantchen«, gluckst Mimi. »Kennst du eigentlich auch so um die vierzigjährige männliche Singles?«

So weit sind wir schon, dass Mimi über männliche Singles scherzt? Ich bin sprachlos.

»Aber natürlich! Die Kinder meiner Freundinnen«, lacht nun auch Tonie und parkt auf der anderen Seite der Palme.

»Das wäre mir wiederum egal«, antwortet Mimi, während sie aus dem Auto springt, fröhlich. Ich folge ihr zum anderen Wagen. Seltsam. »Komisch. Da sitzt ja niemand drinnen«, bemerkt Mimi, was wir alle selbst sehen. Das Auto ist nämlich leer.

»Na, dann wird es sich jemand im Haus gemütlich gemacht haben.«

Ich spüre, wie ich mal wieder meine Kuhaugen bekomme.

»Und da hast du nicht einen Funken Angst? Das könnte ja ein Einbrecher sein, Tonie.«

»Marisa! Ich sperre seit dreißig Jahren mein Haus hier nicht ab. Und ich lebe noch immer, also was soll mir alter Schachtel passieren? Außerdem: Soll ich Angst vor einem Einbrecher haben, der in einer nagelneuen roten Corvette vorfährt?«

Natürlich nicht, aber trotzdem erscheint es mir grob fahrlässig, nie zuzusperren.

»Ich hab dir doch schon beim letzten Mal gesagt, sperr endlich zu! Nicht alle Menschen auf der Welt sind nett, Tonie!«

Aha. Mimi teilt meine Ansicht also. Tonie winkt jedoch ab und marschiert schnurstracks in Richtung der Eingangstür aus Glas. Wir hinterher.

Wieso bellt hier ein Hund?

Tonie öffnet die Haustür und ein großes braunes Fellknäuel zwingt sich an ihr vorbei.

Auf einmal heult der Hund auf.

Mein Herz wird heiß.

Das kann jetzt aber nicht sein, oder?

Martin, ich bringe dich um, wenn du das bist! Nein!!!

Blödsinn! Jaaa! Es ist mein Süßer und er springt mir auf die Brust.

»Flodo!«

Ich drücke ihn fest an mich und spüre, wie sich meine Augen mit Tränen füllen. Schnell knuddle ich mein Gesicht in sein Fell.

Martin, du Mistkerl! Flodo, du Armer! Alles Mögliche strömt durch meinen Kopf. Wut. Ärger. Zorn. Selbstvorwürfe! Warum hab ich auch unbedingt wegfliegen müssen?

»Meine Herren! Entschuldigt, ich knöpf mir mal kurz den Engel vor!«, japst Mimi neben mir, nachdem auch sie Flodo getätschelt hat, und schießt ins Haus.

Tonie folgt ihr, sichtlich amüsiert. »Mit euch beiden ist wirklich immer was los!«

Flodo kann sich gar nicht beruhigen. Sein Schwanz fuchtelt aufgeregt hin und her und er versucht sogar, mein Gesicht abzuschlecken, weil ich mich vor ihn hingehockt habe.

Ich hab Wallungen vor Freude. Mein armer, von Martin entführter Hund!

»Süßer! Ich weiß! Das war alles mein Fehler. Kommt nie wieder vor, das verspreche ich dir!«

Flodo bellt mich freudig an.

Ich habe immer gewusst, er versteht mich.

Plötzlich wird mir flau im Magen.

Meine grauen Zellen habe gerade eine Warnung ausgespuckt: Hey! Da drinnen sitzt Martin!

Verdammt! Was sage ich ihm? Und wieso ist er überhaupt hier? Und wie kommt er auf die abwegige Idee, einfach in Tonies Haus zu marschieren? Woher weiß er die Adresse? Ich habe sie ihm jedenfalls nicht geschrieben.

Langsam stehe ich auf.

»Na, Süßer? Wir müssen da wohl rein«, versuche ich, mir selbst Mut zuzusprechen.

Moment. Was ist denn das für ein Halsband?

Ich hocke mich noch einmal hin.

»Süßer! Nicht abschlecken. Sitz!«

Brav ist er. Artig sitzt er da und sieht mich aus seinen dunklen Augen an. Ich kraule ihn und nehme den Anhänger in die Hand.

Sehr hübsch. Auf einem Silberanhänger steht ›Flodo‹. Klar. Musste ja eine Designermarke sein. Typisch Martin. Ich hasse solche Überraschungen.

»Komm, Flodo. Dann hören wir uns einmal an, was dein Herrchen zu seiner Verteidigung zu sagen hat.«

Er hüpft aufgeregt vor mir herum, allerdings – als kenne er sich hier bestens aus – zieht er in Richtung Eingangstür.

Soll ich Martin dankbar sein, weil ich – nur seinetwegen – ab jetzt Urlaub mit meinem Hund machen darf? Sollte ich wohl. Aber deshalb löst sich meine Evelyn-Wut keineswegs in Luft auf.

Gemeinsam gehen wir durch Tonies Wohnzimmer und da sehe ich ihn auch schon auf der Terrasse sitzen. Flankiert von Tonie und Mimi. Ich schiebe die Glastür auf und Flodo saust auf Martin zu und begrüßt auch ihn, als hätte er ihn schon hundert Jahre nicht mehr gesehen und unter Entzugserscheinungen gelitten. Geschieht mir recht. Warum bin ich auch weggefahren.

Martin dreht sich in meine Richtung und zieht sich die Sonnenbrille vom Gesicht.

Mein Bauch kribbelt. Verdammt, schaut der gut aus. Sein dunkles Haar glänzt in der Abendsonne, seine kantigen Gesichtszüge wirken indifferent, doch allein wie sich unter seinem T-Shirt seine Brustmuskeln abzeichnen, lässt mich innerlich heiß werden. Nein. Ich werde diesem dummen Impuls, mich ihm einfach an die Brust zu werfen, nicht nachgeben! Niemals.

»Ich hab mir schon Sorgen gemacht ...« Typisch Mann! Verkennt den Ernst der Lage vollends, denn warum sonst würde er mich angrinsen, als fielen Ostern und Weihnachten auf einen Tag?

»Ich sollte dann mal die nassen Badesachen aus dem Auto holen!«

Nicht! Mimi will sich drücken?

»Und ich gehe duschen und mache uns anschließend etwas zu essen.« Tonie will mich auch verlassen? Sind die beiden denn nicht imstande, meinen flehentlichen Blick, dass sie hierbleiben sollen, richtig zu deuten?

Sieht schlecht für mich aus, denn sie huschen an mir vorbei ins Haus.

Ich stehe da wie bestellt und nicht abgeholt. Flodo, der Verräter, legt seinen Kopf auf Martins Fuß und scheint sich wohlzufühlen.

»Ooo...kay. Du hast dir also Sorgen gemacht? Willkommen in meiner Gefühlswelt«, sage ich schnippisch und setze mich gegenüber von ihm hin. Nicht einmal Flodo denkt daran, sich zu erheben und sich zu mir zu gesellen. Die Nachwirkungen seines Stockholm-Syndroms, schätze ich.

Das hier ist unwirklich. Neben uns der türkisblaue Pool. Darüber der Cage, der das Ungeziefer abhalten soll. Und vor mir der friedliche See, an dem weiße Vögel immer wieder im Gras nach etwas zu fressen picken. Ich sitze ihm also tatsächlich in Florida gegenüber. Wenn ich auf alles gewettet hätte, darauf bestimmt nicht.

Und jetzt?

Warte ich, was er zu sagen hat. Ich bin schließlich nicht hier eingebrochen und habe auch niemanden entführt.

Mist! Hoffentlich hat er nicht vor, mit Flodo irgendwo anders hinzufliegen. Schließlich hat er die Papiere!

»Wie ich sehe, freust du dich über alle Maßen, mich zu sehen.«

Ja genau. Wie über Pickel mitten auf der Nase.

Gelogen. So sollte ich mich fühlen. Aber nein. Eigentlich hab ich damit zu tun, nicht wie ein Honigkuchenpferd übers gesamte Gesicht zu grinsen. Aber den Gefallen tue ich ihm nicht.

»Bist du hergekommen, um Small Talk zu betreiben? Dann war es ein langer Weg, der völlig umsonst war.«

Sehr gut. Das hat wenig freundlich geklungen. Er trinkt einen Schluck Kaffee, auf die ihm typische Art. Martin hält Espressotassen immer von unten. Nicht wie Paul und Flavio, die sie am Henkel nehmen und dann den kleinen Finger abspreizen. Er tut doch glatt so, als hätten wir alle Zeit der Welt. Haben wir theoretisch auch. Aber ich will dieses Gespräch so schnell wie möglich hinter mich bringen, sonst muss ich noch weinen. Nie mehr wieder werde ich in seinen Armen liegen. Nie mehr wieder mich in seinem Geruch aus Kräutern und Mann verlieren. Nie mehr wieder werde ich …

»Verstehe. Wir geben die Kratzbürste!«

Laut atme ich aus. Das ist ja eine Frechheit! So macht er es mir einfacher. Vielleicht sollte ich lieber denken: Gott sei Dank, muss ich nicht mehr … was auch immer?

»Und du den gelangweilten Milliardär, dem nichts Besseres einfällt, als mich zu stalken, damit du mich weiter demütigen kannst?« Und damit meine ich auch und im Speziellen den vorletzten Sonntag und seine dämliche Singlehochzeit. »Weißt du, ich war ein absolut zufriedener und glücklicher Single, bevor du aufgetaucht bist.«

Wegen dir fühle ich mich seit über einer Woche wie ein Stück Dreck. Wegen dir habe ich Ringe unter den Augen! Nicht schön. Und wegen dir bin ich der Meinung, dass es zu zweit schöner ist als allein! Selbst meine Engel-Diät geht auf dein Konto, Martin!

»Da haben wir doch etwas gemeinsam.«

Das … das ist ja die Höhe! Er und Single? Was war das dann mit Olga? Und gleichzeitig Evelyn?

Ich dreh mich um und laufe … So ein Scheiß!

»Aua!«

Lauter Sterne.

Schwarze Lichtpunkte.

Mein Kopf sticht. Oh Gott! Wer hat hinter mir die Glastür zugemacht?

Er steht neben mir und zieht mich auf einen Sessel zurück.

»Lass mal sehen.«

Den Brutpflege-Reflex kann er sich sparen. Nicht einmal vor ihm flüchten gelingt mir unfallfrei.

»Vergiss es. Ist schon gut.«

»Ich hol dir Eis.«

Martin geht ins Haus. Klar, ohne in die geschlossene Tür zu tuschen. So was passiert nur mir. Warum ist er überhaupt hierhergekommen? Will er mich weiter quälen? Macht ihm das Spaß?

Schon ist er mit einem Eisbeutel zurück und drückt ihn mir an die Stirn.

»Danke. Aber es ist nicht so schlimm. Und jetzt erklär mir, warum du hier bist. Und dass Flodo Urlaub braucht, zählt nicht als Erklärung.«

Martin schickt mir ein verkniffen, leicht gequält wirkendes Lächeln. Kannst du dir sparen. Ich brauche kein unehrliches Zahnpastalächeln.

Er nimmt meine beiden Hände in seine, aber ich ziehe sie wieder weg.

»Okay. Also: Ich bin hier, weil ich dich vermisst habe.« Er schickt mir diesen Blick! Das kann er. Das ist genau der Blick, von dem er weiß, dass ich schwach werde und er alles von mir haben kann. Aber das kann er knicken. Ich bin jetzt immun gegen Engel.

»Aha. Du hast mich also vermisst. In deiner Welt alles kein Problem, da packt man doch schnell mal meinen Hund ein und jettet nach Florida.«

»Marisa. Soll ich dir jetzt auf Knien erklären, was ich dir schon die ganze Zeit über gesagt habe?«

Ja. Doch. Das wäre ein Anfang.

»Und was genau hast du mir schon die ganze Zeit über gesagt?«

Wohin mit mir?

Besser, ich rücke meinen Sessel etwas weg. So dicht neben ihm zu sitzen, tut mir nicht gut. Das ist, als wäre ich in seinem Bannkreis. Allein wie er da sitzt! Helle Jeans, auf denen seine Hände liegen. Und ich stehe auf gepflegte Männerfüße. Und ja, die hat er. Sehen toll aus in den Flip-Flops. Ich habe schon verdrängt gehabt, wie verdammt gut Martin von Kopf bis Fuß aussieht. Aber egal, wie sehr mich der Blick aus seinen dunklen Augen durchbohrt oder was allein seine Anwesenheit mit meiner Bauchgegend anstellt, ich muss standhaft bleiben. Also rücke ich meinen Sessel weg, bis ich ihm gegenübersitze.

»Dass ich dich liebe.«

Man kann diesen Satz also auch mit einer gewissen Grundfeindseligkeit aussprechen. Damit wird auch nichts besser. So wollte ich ihn jedenfalls nicht hören. Nicht mit diesem Unterton.

»Ich liebe es, wenn deine dunklen Locken rechts in dein Gesicht fallen, du den Mund verziehst und sie wegbläst. Was natürlich nie gelingt, daher streichst du sie am Ende immer hinters Ohr. Ich liebe es, wenn du nachdenkst und dabei deine Nase ein klein wenig rümpfst und sich Fältchen an der Nasenwurzel und zwischen deinen Augen bilden. Und ich liebe es, wenn du deine Augen aufschlägst und mich ansiehst, als sei ich etwas Besonderes, und sie bernsteinfarben leuchten, womit die dunklen Punkte rundherum noch besser zur Geltung kommen. Und ich liebe es, durch dich irgendwie in kürzester Zeit zu einem besseren Menschen geworden zu sein. Hey, ich habe für ein Tierheim gespendet, mich in einen Hund verliebt und bin monogam geworden. Willst du noch mehr hören?«

Ja!

Ein Teil von mir ist geneigt, alles zu vergessen, sich in seine Arme zu werfen und ihm ins Ohr zu hauchen, dass auch ich ihn liebe. Weil ich es liebe, wie er beide Augenbrauen nach oben zieht und Querfältchen auf der Stirn bekommt, wenn er etwas sagt, das ihm wichtig ist. Egal, ob es ernst oder lustig ist. Und wie lebendig seine Augen sind. Sie sind immer bei dir. Beobachtend, alles aufnehmend, immer am Punkt. Oder wie er eine Kaffeetasse hält. Nie am Henkel. Immer unten am Boden. Oder wie er zwei Finger an die Wange legt, wenn er etwas sagen will, aber es lieber bleiben lässt.

Falscher Gedankengang. Ich darf mich doch nicht einfach wieder in ihn verlieben. Dann beginnt alles von vorn und am Ende lande ich womöglich wieder allein heulend im Tierheim.

Ich funkle ihn an. Ah! Da ist er ja, mein Kampfgeist. Das ist der Teil, der gerade verhindert, dass ich schwach werde.

»Nein. Sag mir einfach, was du dir dabei gedacht hast, dir von Evelyn einen Heiratsantrag machen zu lassen.«

Martin beugt sich in meine Richtung. »Marisa! Ich sage das nur ein einziges Mal. Schon allein, weil es lächerlich ist und mich verletzt hat, dass du das von mir geglaubt hast. Ich habe Evelyns Antrag *nicht* angenommen.«

Ufff. Wenigstens was. Aber das war nicht der Punkt. Mein Körper entspannt sich spürbar. »Ach, und das soll alles sein? Wie hättest du reagiert, wenn mir irgendjemand vor deinen Augen einen Antrag macht und ich das nicht in der Sekunde gestoppt hätte? Klar. Du hättest ruhig zugesehen und gewartet, ob ich Ja oder Nein sage. Ist das so?«

Martin legt die linke Hand auf seinen Mund. Jetzt muss er wohl nachdenken, was er darauf kontern könnte.

»Ich hätte darauf vertraut, dass du Nein sagst. Weil ich an uns geglaubt habe.«

Habe? Gefühlsblitze jeglicher Natur schießen durch mich hindurch. Mein Herz ist ins Bikinihöschen gerutscht.

»Verstehe. Dann bin ich also jetzt die Böse und du das Lämmchen? Opfer-Täter-Umkehrung? Lernt man das in einem Verhandlungsseminar?«

Ein Lächeln entwischt ihm.

»Könnte sein.«

Ich kann nicht mehr und springe auf. Der Eisbeutel fällt auf den Boden. Egal. Direkt vor ihm baue ich mich auf und stemme meine Hände in die Hüften. Scheint die einzige Geste zu sein, wie ich ihm halbwegs selbstbewusst etwas um die Ohren knallen kann.

»Jetzt pass einmal auf. Da kommt irgendeine Tussi daher und deine ach so um dich besorgte Mutter stiftet sie dazu an, dir aus heiterem Himmel einen Antrag zu machen? Und für wirklich jeden auf dem Fest hat es so ausgesehen, als wärt ihr in einer Beziehung. Sonst hätte Evelyn das ja gar nicht erst gemacht. So verrückt ist doch niemand! Also ich würde sagen, du bist dran mit Erklärungen!«

»Du willst Erklärungen?«, sagt er und erhebt sich. Flodo grummelt, schläft aber weiter. »Kannst du haben.«

Im nächsten Moment liege ich in seinen Armen und wir küssen uns.

Sternchen.

Ich sehe lauter Sternchen und wanke. Innerlich wie äußerlich.

Diesmal sind es weiße.

In meinen Ohren summt es. Aber er schmeckt so gut. Bitte lass mich nie wieder los. Küss mich ewig!

»Verdammt, Marisa! Ich liebe dich, falls du das noch nicht verstanden haben solltest«, flüstert er mir ins Ohr.

Wieso ist der Terrassenboden mit einem Mal so uneben? Meine Knie so weich und mein Herz so schnell?

Als spürte er es, hebt er mich einfach hoch!

»Nicht!«

»Oh doch! Wir beide kühlen uns jetzt einmal ab.«

Was meint er denn ...?

Neiiin!

Wirf mich nicht ins Wasser!

Platsch!

Prustend tauche ich auf. Er neben mir.

»Bist du komplett verrückt geworden? Ich bin angezogen!«

»Ich auch«, lacht er und umschlingt mich.

Flodo bellt uns von der Poolkante aus an.

Ich reiße mich von Martin los und schwimme zwei Tempi zu ihm hin.

»Alles gut, Flodolein! Du musst mich nicht retten!«

Ich streichle ihn und er wedelt mit dem Schwanz. In dem Moment erscheint Mimi in der Tür. Am Türrahmen festhaltend, beugt sie sich in meine Richtung. »Hallo, ihr drei! Tonie und ich müssen noch etwas einkaufen fahren. Ich schätze, wir sind dann so in … ähm, na ja, so in zwei Stunden wieder hier, ja? Viel Spaß noch!«

Weg ist sie.

Ja ist das zu glauben? Warum tun sie das? Sie können mich hier doch nicht allein meinem Schicksal überlassen. Zumal das Schicksal gerade dabei ist, mir von hinten auf den Busen zu greifen!

Zornig fahre ich herum.

»Das also nennst du eine *Erklärung*?«

»Ja, Babe. Ich habe dir gesagt, dass ich dich liebe. Jetzt sage ich dir, dass ich verrückt nach dir bin, und ich sage dir auch, dass ich es hochanständig von den beiden finde, uns zwei Stunden zur Versöhnung zu gönnen.«

Aha. So einfach ist die Welt von Martin Engel. Sag ein paar Sätze, dann ab ins Bett und alles ist vergeben und vergessen! Hat der eine Ahnung, was in meinem Kopf los ist? Vor lauter Fragezeichen ist mir völlig schwummrig.

Martin umschlingt mich.

»Und ich sage dir, dass wir noch lange nicht bei *Versöhnung* angekommen sind!«

Er verzieht den Mund und hebt die Augenbrauen.

»Okay. Dann sag mir, was ich dafür noch tun muss.«

Leiden? Zu Kreuze kriechen? Mir eine nachvollziehbare Erklärung dafür liefern, warum ich zu Recht Amok gelaufen bin? Gott! Was weiß ich, was ich brauche?

»Verstehe. Du willst vermutlich, dass ich *rede*!«

Warum klingt das bei Männern immer so, als hätte man sie gebeten, Gift zu schlucken? Was bitte ist an reden so verkehrt?

»Ja. Das wäre ein Anfang.«

»Ich weiß ja nicht, was du hören willst, Marisa. Aber ich habe dir gesagt, dass ich seit dir weder etwas mit Olga noch mit Evelyn hatte. Wie Evelyn auf die Idee gekommen ist, mir einen Antrag zu machen, weiß ich nicht genau.«

Ich schon. Frag mal bei Muttern nach. Außerdem habe ich das bereits gesagt. Zuhören ist die große Schwester von reden!

»Kann es sein, dass sie gar nicht mitbekommen hat, dass ihr euch getrennt habt? Hm? Sie war doch in New York.«

Er runzelt die Stirn.

»Kann sein, aber es ist doch völlig irrelevant, denn nun weiß sie es.«

Nur er schafft das. Jetzt hab ich auch noch Mitleid mit Evelyn!

»Und wie hat sie es aufgenommen?«

»Wie eine Frau eben.«

»*Wie eine Frau* heißt was? Pass auf, was du sagst, Martin! Ich bin, falls es dir entgangen sein sollte, nämlich auch eine Frau.«

Ich hasse es, wenn ich ihm jedes Wort aus der Nase ziehen muss, und ich hasse es, wenn er so tut, als wären wir Frauen ohnehin bloß gefühlsgesteuerte, nicht zurechnungsfähige Wesen! Hat der eine Ahnung, wie viel ich den ganzen Tag denken muss?

»Okay, okay. Sorry. Also, Evelyn hat getobt und geschrien, dass sie mich für diese Demütigung am liebsten umbringen würde.«

Sosehr ich Evelyn auch hasse. *Das* verstehe ich. Nur zu gut sogar. Sie könnte aber genauso gut seine Mutter zum Teufel jagen. Ich bin mir nach wie vor sicher, sie war es, die ihr den Floh mit dem Antrag ins Ohr gesetzt hat.

»Was hast du erwartet, Martin? Dass sie Danke sagt?«

Er schmunzelt. Plötzlich zieht er mich mit ... hin zu einer sehr breiten Stufe im Pool. Martin setzt sich darauf und hält mich am Bauch fest.

»Können wir bitte, wenn schon, über uns sprechen? Welchen Canossagang muss ich antreten, damit du mir verzeihst? Wobei ich meiner Ansicht nach völlig unschuldig bin.«

Gute Frage. Aber auch das weiß ich nicht. Ich liebe ihn doch auch! Und er ist hergekommen. Das zählt doch auch etwas. Aber unschuldig ist er keinesfalls.

»Kurze Zwischenfrage: Woher wusstest du die Adresse von Tonie?«

Er grinst verlegen.

»Von Paul natürlich.«

Klar. Hätte ich selbst drauf kommen können. Aber was jetzt? Im Moment hält er seine Hände im Zaum, doch er hält mich noch immer mit einem Arm an sich gedrückt. Daher liege ich quasi auf seinem Bauch. Und muss ihn direkt ansehen, egal ob ich will oder nicht. Seltsame Position, um zu reden. Wenn sie es nicht gar unmöglich macht. Wie soll ich klar denken, während ich den Mann, den ich liebe, unter mir spüre? Wenn ich nur wüsste, was ich jetzt tun soll.

»Und was hast du jetzt genau vor?«

»Meine beiden Singleflitterwochen mit dir zu verbringen«, schmunzelt er.

»Aber das geht doch nicht.«

»Wegen Mimi und Tonie oder wegen mir?«

Wegen allem, aber ich sage: »Mimi und Tonie natürlich.«

»Dann machen wir eben Singleflitterwochen zu viert.«

Wirklich anzutörnen scheint ihn diese Option wohl nicht.

»Zu fünft. Flodo zählt ja auch, oder?«

Jetzt lacht er.

»Klar! Ist ja jetzt *unser* Hund, oder?«

Damit hat er mich, und Martin weiß es! Denn Flodo sitzt neben uns am Pool und verfolgt aufmerksam unser Gespräch.

Pfeif auf die Vergangenheit. Die ist so oder so nicht zu ändern. Und im Hier und Jetzt gibt es niemanden außer Martin und mich. Im Moment zumindest.

Ich streichle schüchtern über seine Brust. Eigentlich über sein nasses T-Shirt.

»Und wie stellst du dir diesen Urlaub vor?«

Seine Augen werden einen Tick dunkler und gleichzeitig leuchten sie auf.

»Zunächst einmal mit verdammt tollem Versöhnungssex. Anschließend sollten wir mit Mimi und Tonie sprechen, was wir gemeinsam alles anstellen wollen.«

Ich bin Wachs in seinen Händen. Das war von Anfang an irgendwie so. Aber im Moment habe ich das Gefühl, ich bin am Verhungern. Ich brauche ihn. Seine Liebe. Seine Berührungen. Die Sicherheit, dass er mich liebt. Und nur mich.

»Sag mir doch noch einmal, dass du mich liebst«, hauche ich.

Er zieht mich eng an sich.

»Ich liebe dich, Marisa Teufel. Dich und niemand anderen auf dieser Welt.«

Ich schließe die Augen. Genieße, dass er meine Schultern küsst. Ich liebe dich auch, Martin Engel. Aber ich kann es nicht aussprechen.

»Ist das nicht der beste Zeitpunkt, an dem ich es dir auch durchaus eindrucksvoll zeigen könnte?«, will er wissen.

Wehe, du kommst jetzt wieder mit deiner dämlichen App. Dann kannst du es vergessen!

»Könnte sein ...«

»Gibt es hier ein Schlafzimmer?«

»Ja. Mimi und ich haben je ein Extrazimmer.«

»Das klingt gut. Sehr gut sogar.«

Sein anzügliches Lächeln spricht eine eindeutige Sprache.

Warum habe ich das gesagt? Ich bin so was von eine Memme. Am Sonntagabend wollte ich ihn auf den Mond schießen. Nie mehr wiedersehen. Und jetzt? Er kommt daher, und schwupp, nach ein paar Minuten soll alles wieder nach seinem Willen laufen?

Sicher nicht.

Wenn er mich zurückhaben will, dann soll er um mich kämpfen. Sonst ist das Ganze ohnehin nichts wert und bei nächster Gelegenheit macht er wieder irgendetwas, das mir gegen den Strich geht.

Martin hebt mich hoch. War ja klar. So sexy und anziehend ich es auch finde, ich muss Nein sagen!

Triefend steigt er mit mir auf den Armen aus dem Pool. Himmel. Ich mag es, wie sich seine klatschnasse Brust auf dem völlig durchnässten T-Shirt abzeichnet. Und ich mag diese Grübchen, die sich an den Enden seiner Lippen bilden, wenn er etwas im Schilde führt.

»Bitte lass mich runter.«

»Sehr gern, wenn du mir sagst, wo dein Schlafzimmer ist.«

Ich strample mit den Beinen.

»Nein! Jetzt gleich. Martin, so geht das doch nicht. Ich bin keine Lampe, die du an- und ausknipsen kannst, wie es dir in den Kram passt.«

Mit mir – nach wie vor in seinen Armen – steht er auf der Terrasse. Selbst Flodo ist aufgestanden und nun sehen mich beide erwartungsvoll an. Hund wie Mann, mit definitiv unterschiedlichen Erwartungen an mich. Ich werde Flodos erfüllen und mit ihm eine Runde drehen. Jetzt ist es kühler.

Sanft lässt Martin mich nach unten gleiten.

»Verstehe. Du willst also, dass ich winsle, um dich wiederzubekommen.«

Also so, wie er das jetzt gesagt hat, klingt das dämlich.

»Nein. Du sollst nicht winseln, weil du ja kein Hund bist, sondern du sollst mir das Vertrauen zurückgeben, dass das mit uns etwas Ernsthaftes sein kann.«

Da steht er. Arme über der Brust verschränkt, triefend nass, und mustert mich. In seinem Gesicht arbeitet es. Was hab ich denn jetzt wieder gesagt, das ihm nicht passt?

»Du willst also etwas *Ernsthaftes*?«, wiederholt er meine Worte, als wären sie giftig.

Super. Der Zauber, der mich für kurze Zeit im Pool eingelullt hat, ist endgültig verflogen. Und ich bin selbst daran schuld.

»Ja, will ich. Für Herumspielen bin ich zu alt«, erwidere ich trotzig.

»Gut. Kann ich irgendwo warm duschen?«

Äh. Was heißt das jetzt?

»Ja. Komm, ich zeig dir das Gästebad.«

Schweigend folgt mir Martin durch die Tür, die direkt von der Terrasse zu den beiden Gästezimmern und besagtem Badezimmer führt.

»Wenn du willst, stecke ich deine Sachen in den Trockner.«

»Sehr umsichtig.«

Hm. Ist er jetzt sauer? Kann er ruhig sein, denn ich bin es auch. Wenn er die Wahrheit nicht verträgt und keine Lust dazu hat, etwas für uns zu tun, dann soll er es eben bleiben lassen.

Ich zeige ihm das Bad und lege ihm ein frisches großes Badetuch auf das Waschbecken. Schnell öffne ich den Wäschetrockner und deute auf ihn.

»Wirf deine nassen Sachen einfach hier rein und drück den weißen Knopf hier!« Was ist jetzt wieder? Er sieht mich an, als spräche ich Chinesisch. »Okay. Darf ich vorstellen? Das ist ein Wäschetrockner. Man wirft nasse Kleidungsstücke in die Trommel, schließt die Tür, drückt auf den Knopf und, oh Wunder, kurze Zeit später ist dein Gewand trocken.«

Ohne Vorwarnung zieht er mich an sich.

»Und darf ich dir vorstellen: Das ist ein Mann, der Tausende Meilen geflogen ist, um dir zu sagen, dass er dich liebt. Weise ihn zurück, sag ihm nicht, dass auch du ihn liebst, und, oh Wunder, wird er sich kurze Zeit später frustriert aus dem Staub machen.«

Kuhaugen. Nach unten geklapptes Kinn. Meine Standardmimik, wenn wir ein Problem haben.

»Martin ...«, krächze ich daher.

»Ja?« Er sieht durch meine Augen hindurch in meinen Kopf. Außer lauter Fragezeichen wird er nichts finden.

»Ich ... also ich ...« Nein. Ich kann ihm jetzt nicht sagen, dass ich ihn liebe, obwohl ich es tue. »Gib mir ... ein wenig Zeit, um alles zu verdauen, ja?«

Er zieht mich eng an sich und ... küsst mich.

Eines meiner Beine klappt nach oben, stößt an die Wand.

So plötzlich, wie er mich geküsst hat, lässt er mich auch wieder los.

»Warum müssen Frauen immer alles zerreden? Wir hätten Versöhnungssex haben können und unsere Welt wäre wieder in Ordnung«, meint er süß-sauer lächelnd, schlüpft aus seiner Hose und ...

Nein! Ich werde ihm nicht bei seinem Strip zusehen, sonst werde ich doch noch schwach, daher schnappe ich mir ein Handtuch und laufe in mein Zimmer. Unabsichtlich knalle ich die Tür hinter mir zu. Mir ist saukalt! Also raus aus den nassen Klamotten.

Abfrottieren und rein in einen frischen Bikini. Minikleid drüber. Fertig.

Kratzen an der Tür?

Ich öffne sie und Flodo kommt schwanzwedelnd herein.

»Süßer! Ich weiß, du magst spazieren gehen. Das machen wir jetzt auch. Versprochen. Komm.«

Bloß in ein Handtuch gehüllt, kommt mir Martin entgegen und murrt: »Es ist bereits dunkel.«

Ja. Eh. »Du kannst uns ja begleiten.«

»So?« Er deutet auf das Handtuch und schneidet eine Grimasse.

»Warum nicht? Sieht heiß aus. Die alten Nachbarinnen von Tonie würden sich sicher freuen!«

»Genau. Der Traum meiner schlaflosen Nächte.«

»Okay, okay. Dann warten wir eben, bis dein Zeugs trocken ist.«

Heißt das jetzt übersetzt, wir gehen spazieren und *reden*? Vielleicht einmal so richtig? Und er erzählt mir endlich, was genau nach der Stripperin passiert ist und wo Evelyn jetzt ist?

Ich hoffe es.

»Nein, Marisa. Ich fahre zu mir und du denkst besser in Ruhe einmal darüber nach, was, oder besser *wen*, du wirklich willst oder vielleicht auch nicht.« Martin tätschelt Flodo am Hals. »Mach's gut, mein Großer! Und vergiss nicht, du bist noch immer meine Geisel und musst mit mir zurückfliegen.«

Ohne ein weiteres Wort verschwindet er wieder im Gästebad.

Ist ja großartig! Es dauert keine Viertelstunde und schon wieder hat er das Heft in der Hand!

Argh! Es ist zum Aus-der-Haut-fahren mit Martin! Warum können wir nicht wie Erwachsene über alles reden? Ist das *so* schwer für ihn? Er könnte doch einfach sagen: ›Das mit Evelyn war ein dummer Fehler. Ich wollte dich nicht verletzen. Mittlerweile weiß sie Bescheid und sie wird unserem Glück nicht mehr im Weg stehen.‹

Oder zumindest so etwas in der Art.

Aber nein. Er muss jetzt auf beleidigt machen, damit ich mich schlecht fühle!

»Komm, Flodo! Wir gehen.«

Nachdem Tonie ihr Haus ja ohnehin nie absperrt, brauche ich mir auch keine weiteren Sorgen zu machen.

Wir gehen durchs Haus, an seinem Angeberauto vorbei, und biegen nach links ab. Am gescheitesten wird sein, wir laufen einmal rund um den künstlich angelegten See. So finde ich sicher wieder nach Hause. Pine Road 1215. Das muss ich mir merken.

Flodo saust los. Schon spannt die Leine, aber ich renne ihm keuchend hinterher. Hätte ich bloß Turnschuhe statt Flip-Flops angezogen.

Flamingo Inn

Beim Frühstück ...

Wann hören die beiden endlich auf, auf mich einzureden? Ich hab die Botschaft schon gestern Abend kapiert. *Nimm ihn zurück*, lautet sie. Vergessen wir mal die Kommentare wie ›Da warst du ja richtig zickig, so bist du doch sonst nicht‹ oder ›Du schickst einen heißen Mann wie Martin, der noch dazu stinkreich ist und vor dir winselt, in die Wüste? Deine Nerven wünsche ich mir‹. Letzteres ist von Tonie gekommen. Sie haben ja recht. Irgendwie. Aber ich doch auch. Nur weil er reich ist, kann er sich doch auch nicht alles erlauben, oder? Auf jeden Fall hat sich Martin seit gestern nicht mehr bei mir gemeldet. Okay. Ich mich bei ihm auch nicht.

»Also ich glaube ja, ihr denkt heutzutage alle zu viel nach. Ich bin damals nach New York gekommen, hab diesen unheimlich attraktiven Bob Rosenstin kennengelernt und nicht lange gefackelt, als ich bemerkt habe, dass er auch ein Auge auf mich geworfen hat. Tja, und dann, ein paar Monate später, war ich Jüdin und verheiratet.« Mimi verdreht die Augen und Tonie löffelt genüsslich ihr Müsli mit Mangos, während sie scheinbar in noch ganz anderen Erinnerungen schwelgt. »Ach, das waren Zeiten. Ich sag nur: richtig guter Sex.«

Ja, sie ist echt schräg. Meine Mutter ist ja auch nicht unbedingt bieder, aber solche Kommentare würde sie nie vom Stapel lassen.

»Aber ich nehme nicht an, dass dein Bob vergessen hat, seiner Gespielin zu erklären, dass er eine feste Freundin hat, oder? Oder dass er deren Heiratsantrag beinahe angenommen hat? Das ist jetzt schon irgendwie etwas anderes, Tonie.«

»Papperlapapp. Dein Martin war hier. Er hat sich entschuldigt. Er will mit dir Versöhnungssex. Mit dieser Logikkette hat ein Mann alles gesagt und getan, wozu er fähig ist. Glaub das einer Frau, die über vierzig Jahre verheiratet war. Flamingos können auch nicht Schlittschuhlaufen, egal wie putzig es aussehen würde, oder?«

Soll jetzt allen Ernstes *ich* das Problem sein? Mimi spuckt prustend und lachend ihren Kaffee quer über den Tisch. »Sorry! Aber der Vergleich war ... echt Weltklasse, Tonie!«

»Also ihr seid beide der Meinung, einem erwachsenen Mann, der es immerhin irgendwie geschafft hat, eine Milliarde zu verdienen, ist ein Gespräch, und ich meine ein *echtes* Gespräch, nicht zumutbar? Wenn ihr das glaubt, dann ist es nicht weiter verwunderlich, dass hier drei alleinstehende Frauen an einem Tisch sitzen!«

So. Jetzt sollen sie mal darüber nachdenken!

»Weißt du, Kindchen, das ganze Reden wird von uns Frauen überbewertet. Es geht doch mehr darum, was jemand tut. Und er hat sich immerhin etwas wirklich Originelles mit Flodo einfallen lassen und er ist hier. In Florida. Was soll er denn noch alles machen?«

Oh! Da fiele mir viel ein. Von einem Rosenstrauß bis hin zu einer Entschuldigung.

»Und ich sag dir was: Den ersten nicht Hundertjährigen, der demnächst bettlägerig wird, der mir über den Weg läuft, fische ich mir.«

Jetzt hab ich mich verkutzt. »Tonie! Ein bisserl höher sollte dein Anspruch an einen Mann aber schon sein?«

»Wieso? Kinder habe ich mit Bob schon keine bekommen und jetzt bin ich weit drüber hinaus, Geld habe ich dank Bob genügend, also hätte ich gern etwas Unterhaltung. Oder dass er ab und zu mit in den Club geht. Mal mit mir rudern geht oder so.

Und er sollte gut im Bett sein. Das wärs dann. So kurz ist meine Wunschliste.«

Wenn die Sache mit der Liebe bloß so einfach wäre, wie Tonie sie eben darstellt! Aber das ist sie nicht, sonst hätte sie ja bereits einen Freund.

»Sei einfach froh, dass er nicht schwul ist«, meint Mimi lapidar und steckt sich ein Stück Ananas in den Mund.

Wie bitte?

»Klar. Ich bin auch überaus dankbar, dass Martin zwei Arme und zwei Beine hat.«

»Kannst du auch!« Tonie sieht mich tadelnd an. Himmel! So hab ich es ja nicht gemeint. Ich muss was tun. Allein. Ich komme mir wie in einem Verhör vor.

»Wisst ihr was, ich geh mit Flodo eine Runde und denke einmal über alles nach.«

»Gute Idee. Wir fahren aber zuerst runter an den Pier, da kannst du spazieren gehen und Mimi und ich ein wenig sonnenbaden. Oder nein. Wir fahren rüber nach Siesta Key. Ja. Das ist besser. Da sind die jungen Leute.«

Sie kichert. Springt auf und klatscht in die Hände.

»Wunderbar. Dann haben wir ja einen Plan?« Mimi zupft sich ihren Wuschelkopf, den sie wie immer mit einem Haargummi direkt am Kopf zusammengebunden hat. Irgendjemand hat es einmal ›explosive Frisur‹ genannt. Kommt hin. Ihre Locken fallen wild in jede Richtung und einige stehen lustig in die Höhe. Aber es macht sie gefühlt um mindestens zehn Zentimeter größer, deshalb ist das ihre Lieblingsfrisur.

»Ja. Haben wir.«

Einsprüche haben bei Tonie ohnehin keinen Sinn und Mimi liebt den Strand von Siesta Key.

»Wunderbar. Ich mache uns einen Snack zum Mitnehmen, ihr beide packt Wasserflaschen in die Kühltasche und frische Badehandtücher in mein Auto, ja?«

Ich salutiere vor Tonie. »Sehr wohl, Ma'am.«

Sie lacht und dreht sich so schnell in Richtung Küche um, dass ihr weites hellgrünes Kleid wie ein Ballon schwingt. Heute trägt sie dazu ein Amulett der Seminolen, wie sie vorhin erklärt hat, an einem Lederband um den Hals. Und Flip-Flops. Lustige Kombination.

Flodo hat bemerkt, dass sich irgendetwas tut, und streckt sich. Sieht herzig aus.

»Na, Süßer! Jetzt geht's ab an den Strand!«

Er kommt zu mir und ich kraule ihn am Ohr. Das mag er. Ach! Es ist so schön, dass Martin ihn mitgebracht hat. Das muss ich ihm lassen.

***

Flodo liegt zusammengekringelt unter dem Tisch, direkt zu meinen Füßen. Oh ja. Der Schatten tut gut und das Lokal im Siesta Key Village ist echt süß. Am Strand wäre ihm jetzt eindeutig zu heiß. Wasser hat er hier auch bekommen. Das war so eine nette Runde durch diese Gassen hier. Kann was. Ich wusste gar nicht, dass es hier so schön ist.

Ich hab mich einfach in eines der unzähligen Lokale fallen lassen. Weil es eine rosarote Mauer und Dekoflamingos hat. Und vermutlich weil es ›Flamingo Inn‹ heißt. Überall sind Holztische, Sessel und Bänke. Alles typisch spanisch oder karibisch dekoriert. Es gibt eine lange Bar aus Holz und alles ist überdacht, aber nach drei Seiten hin offen. Und die gesamte Deko hat etwas mit Flamingos zu tun. Sie sind omnipräsent. Selbst die Salz- und Pfefferstreuer auf den Tischen sind Porzellanflamingos. Eindeutig mein Lokal.

Dieses Siesta Key Village ist zauberhaft. Bunte kleine Häuser. Fast alle sind spanisch angehaucht. Überall kann man draußen sitzen. Der Strand ist nur zwei Straßen entfernt. Ich hab Mimi getextet, wo ich bin. Die beiden kommen nachher vorbei. Blöd, dass ich mir kein Buch mitgenommen habe!

»Marisa! Da bist du ja!«

Mimi schießt auf mich zu. Hochrote Wangen, schief sitzender Zopf!

»Um Gottes willen, was ist denn nun wieder passiert?«

»Martin bombardiert mich mit WhatsApp-Nachrichten.«

Hä?

»Was will er denn?«

Aber vor allem: Warum schreibt er Mimi und nicht mir?

Sie lässt sich neben mich in den Sessel fallen und fächelt sich mit der Hand Luft zu. Na ja, schwül ist es hier schon. Aber ich mag die Hitze.

»Ich brauche erst etwas zu trinken. Und bevor ich anfange, muss ich dir sagen, dass wir wegen deiner blöden Engel-Diät die Karten völlig außer Acht gelassen haben.«

Meine Engel-Diät? Mimi nennt das auch so? Ich weiß grad nicht, was ich davon halten soll. Ist das Zufall, dass wir dasselbe Wort verwenden?

Sie winkt dem jungen Kellner und bestellt kaltes Wasser und einen Cappuccino.

»Hör mal, ich will nichts von den Karten hören. Von den Engeln auch nicht. Und egal, ob die Karten recht haben oder nicht, ich weiß einfach nicht, woran ich bei Martin bin. Einmal ist er so, dann wieder so. Im Grunde ist er vermutlich beziehungsunfähig. Also kann ich ihn mir abschminken.«

Denke ich das wirklich? Oder hoffe ich nicht eigentlich genau das Gegenteil? Nämlich dass er mir beweist, wie wichtig ich ihm bin? Wie sehr er mich braucht? Oder stimmt es, was Tonie und Mimi behaupten? Dass ich jetzt am Zug bin und er es gestern bewiesen hat?

Mimi schneidet eine von diesen ›Du bist echt doof‹-Grimassen. In dem Moment erscheint der junge Bursch mit dem Heavy-Metal-T-Shirt und den schwarzen Baggy-Shorts und serviert ihr das Wasser und den Kaffee. »Enjoy!«

Sehr sympathisch. Der Kellner. Wie alle hier. Und jeder wirkt fröhlich und offen.

Bis auf mich.

Echt. Ich mag mich heute selbst nicht. Schau grimmig drein, obwohl die Sonne scheint, obwohl ich in Florida bin. Im Land der Flamingos!

Mit einem breiten Grinser marschiert unser Kellner zum Nachbartisch, während Mimi mindestens einen halben Liter Wasser runterstößt.

»Ahhh! Das hab ich gebraucht. So. Und nun zu dir, Marisa.«

Oje. So klingt die Einleitung immer, wenn mir Mimi ins Gewissen redet.

»Punkt eins. Du weißt, wenn dir jemand etwas antut, wäre ich bereit, zu töten. Oder mich zumindest auf ihn zu werfen«, beginnt sie zerquetscht lächelnd. Klar. Sie will mir den Kopf waschen. Unwillkürlich setze ich mich aufrecht hin.

»Ja, weiß ich. Ich für dich aber auch.«

Sie nickt. »Klar. Und du weißt auch, dass ich Martin und Evelyn am liebsten in kleine Stücke gerissen hätte.«

»Ja. Wie ich.«

»So. Aber nun sage ich dir ein letztes Mal: Beweg deinen Hintern. Lass dir was einfallen. Tu irgendetwas, statt hier zu sitzen und zu grübeln. Wenn dieser Mann dich nicht liebt, dann will ich auf ewig nie wieder Sex haben.« Sie zwinkert mir verschmitzt zu. »Und du weißt, das würde ich nicht aushalten. Und das sag ich sogar jetzt, wo mir Männer im Moment echt gestohlen bleiben können.«

Ich umarme sie.

»Mimi, ich weiß, du willst das Beste für mich. Aber ehrlich: Wieso sollte das Martin sein? Du weißt doch mittlerweile auch, wie er tickt.«

Schließlich will ich nicht eine seiner Gespielinnen sein. Dafür liebe ich ihn viel zu sehr. Von Anfang an. Das könnte ich nicht ertragen. Da ist es mir lieber, ich gewöhne mich daran, ihn weder zu sehen noch zu hören.

»Ja. Das weiß ich. Und ich sag dir, wie er tickt. Er tickt so, dass, nachdem ich ihm eigenmächtig gestern Nacht noch eine WhatsApp-Nachricht geschickt und ihm gedroht habe, dass er dich ja in Ruhe lassen soll, wenn er es nicht ernst meint, weil ich mich sonst wie ein Bullterrier auf ihn stürze, er mir heute mindestens fünf Nachrichten geschickt hat wie ... Moment. Ich lese sie dir vor.«

Mein Herz klopft im Hals. Mimi hat ihn noch kontaktiert? Und ich habe Paul gestern Nacht ebenfalls noch eine Nachricht geschickt! Es ist richtig angsteinflößend, wie wir beide immer und immer wieder auf die gleichen Ideen kommen.

»Okay. Also erste Nachricht: *Mimi, jetzt hab ich wirklich Angst bekommen. Smiley. Aber ich finde es toll, wie du dich vor deine Freundin stellst. Auf deine Frage, falls es eine war: Ja, ich meine es ernst mit Marisa. Bitterernst. Eventuell solltest du aber sie fragen, ob sie es ebenfalls ernst mit mir meint.*«

Er ... er zweifelt an *meinen* Gefühlen? Ich dachte, die sind doch sonnenklar!

»Nachdem du nichts sagst, weiter im Text. Also wir haben halb lustig hin und her geschrieben und dann hat er gemeint, ich lese wieder vor: *Mimi, ich wollte von Anfang an meine Singleflitterwochen mit Marisa verbringen. Und wie wir alle wissen, bin ich hier. In Florida. Ab jetzt liegt es an ihr. Wenn ich allein mit Flodo zurückfliegen muss, dann muss ich wohl annehmen, dass sie kein Interesse hat. Ich habe mehr getan, als ich jemals für eine Frau zu tun bereit war. Her turn.*«

Jetzt bin ich am Zug?

Laut atme ich ein und wieder aus. Mein Herz dürfte mir ins Höschen gerutscht sein, denn gerade fühle ich mich ziemlich niedergeschlagen. Ich hab wohl doch einen verdammt großen Fehler gemacht! Dämlicher Stolz!

»Scheiße, Mimi. Was soll ich denn bloß tun?«

Außer Himmel und notfalls auch Hölle in Bewegung setzen, um herauszufinden, wo er ist, und dann auf der Stelle zu ihm zu fahren?

Mein Blick bleibt auf der Speisekarte des ›Flamingo Inn‹ hängen. Da ist eine Werbung für ›Spiritual readings‹.

Ist das schon wieder ein Zeichen, Engel? Hat Mimi recht und ich sollte noch einmal die Karten von damals durchgehen? Ich hab die Karten unserer Legung schließlich in der richtigen Reihenfolge fotografiert und noch auf dem Handy.

»Du sollst ihn anrufen, zu ihm fahren und den restlichen Urlaub mit ihm verbringen! Gott, Marisa! Deine Engel-Diät schlägt auf deine Logik, wie es aussieht!«

Also *das* war jetzt unlogisch.

»A...ber was soll ich ihm denn sagen?«

Flodo streckt sich unter mir und tritt mir dabei auf meinen nackten Fuß.

»Autsch, Großer!«

Er schüttelt sich und sieht mich an, als müssten wir gehen.

»Was weiß ich? Ich bin im Moment die Falsche, die dir sagen kann, was sich Frischverliebte so schreiben. Drohen kann ich grad besser.«

Oder heimlich weinen. Ich hab Mimi gestern Nacht gehört. Aber ich kenn sie. Wäre ich in ihr Zimmer gekommen, hätte sie mich rausgeworfen. Gut, dass ich Paul geschrieben habe.

»Stimmt. Wenn es darum geht, mir Angst zu machen, reicht dir niemand das Wasser, Lieblingszwerg!«

»Lenk nicht mit Komplimenten ab! Ich will wissen, wie du das mit Martin jetzt angehst.«

»Ich frag Flavio, ob er rausfinden kann, in welchem Hotel Martin wohnt, und fahr hin?«

»Das wäre eine Möglichkeit. Zwar völlig unromantisch, aber okay. Bloß mit Flavio redest du selbst. Ich hab keine Lust drauf.«

»Okay. Lass mich noch nachdenken, vielleicht fällt mir ja noch etwas Besseres ein.«

»Genau. Ich schlag vor, wir schicken Tonie eine Whats-App-Nachricht und essen hier erst einmal was.«

Zeit gewonnen!

Langsam entspanne ich mich wieder. Außerdem hoffe ich, dass Paul endlich anruft. Ich habe ihm gesagt, ich bringe ihn um, wenn er nicht endlich aufhört, Mimi die Ohren voll zu singen, wie arm er ist, weil er schwul ist, und damit beginnt, sich um sie zu kümmern. Sie zu fragen, wie es ihr geht und was sie von ihm braucht, um über das alles hinwegzukommen. Ich bin so sauer auf seine Egotour. Herrgott! Paul kann sein, was immer er will, aber er soll gefälligst auch auf sie eingehen und diesen Egotrip beenden. Daran zerbricht sie, auch wenn sie es niemals zugeben würde. Männer! Warum ist mit denen immer alles so kompliziert? Warum ist es nie so wie zwischen Mimi und mir? Wir denken ähnlich, tun das Gleiche, ohne es abzusprechen, und können uns aufeinander verlassen, egal wer von uns welchen Mist baut.

»Tonie ist schon am Weg«, verkündet Mimi.

Super. Dann schreibe ich mal Flavio.

Sonnenuntergang

Etwas später ...

Liebe Engel! Bitte macht, dass Martin auch wirklich kommt! Ich muss ihm doch so viel sagen.

Hm. Ich kann es wohl doch nicht lassen. Kaum wird es wirklich eng, ist es aus mit meiner Engel-Diät. Aber ich weiß, dass sie so oder so immer da sind. Egal, ob man an sie glaubt oder nicht. Und sie helfen. Immer. Schade, dass so wenige Menschen das wirklich begreifen. Na egal.

Hier sitze ich und warte auf Martin. Auf einer großen Picknickdecke, direkt am weißen Strand. Nur wenige Menschen sind noch am Beach von Siesta Key. Mithilfe von Tonie hab ich alles organisiert: eine Kühlbox mit ein paar Dosen COCO Cocktail, Plastikbecher, Eiswürfel, Nachos, zwei Dips und Nüsse. Ob eine Flasche Wein oder Prosecco besser gewesen wäre? Stilvoller? Aber Glas ist ja am Strand nicht erlaubt. Vielleicht hätte ich doch länger herumtelefonieren sollen, bis ich herausgefunden hätte, in welchem Hotel er abgestiegen ist? Aber Flavio hat mir noch nicht zurückgeschrieben.

Hm. Ob die Idee, Martin hierher zum Sonnenuntergang einzuladen, eine gute war? Ich hab mir das so romantisch vorgestellt. Und jetzt ist es schon weit nach siebzehn Uhr und keine Spur von ihm.

Dabei war ich mir so sicher, dass ein Treffen am Meer das richtige Signal an ihn ist. Wir haben doch gesagt, uns verbindet unsere Faszination und Liebe zum Meer. Zum Sommer. Zur Hitze. Apropos: Mir ist verdammt heiß. Die Sonne hier kann es echt. Gut, dass ich Flodo bei Mimi und Tonie gelassen habe.

Zum wievielten Mal checke ich jetzt mein Handy?

Nichts. Nur meine eigene WhatsApp-Nachricht. Aber er hat sie gelesen. Sie hat zwei blaue Häkchen. *>Hi, Martin! Ich weiß, ich habe wegen Evelyn womöglich etwas überreagiert. Ich weiß, ich hätte dir bei Tonie etwas Bestimmtes sagen sollen. Und ich weiß auch, dass ich genau das gern nachholen möchte. Können wir uns heute um 17 Uhr am Beach von Siesta Key treffen? Eingang vom Parkplatz der Beach Road, links vom Drum Circle? Ich setze mich vorn ans Meer und würde wahnsinnig gern mit dir den Sonnenuntergang ansehen! Bitte komm! Bussi, Marisa<*

Es hilft nichts, mir ist heiß. Ich muss aus meinem Kleid raus. Schade. Ich hab gedacht, es würde ihm gefallen. Es ist lachsfarben. Luftig. Gehäkelt. Na ja. Nur im Bikini ist es eindeutig besser. Dabei ist der Himmel gerade heute besonders schön. Allein diese dicken Wolken. Wie Wattebäusche sehen sie aus. Manche eher rosarot. Andere haben einen Touch von Orange. Dazu die vielen Nuancen von Blau.

Warum bin ich immer so kompliziert? Und warum denke ich die ganze Zeit? Ich hätte mich doch auch einfach freuen können, dass Martin plötzlich mit Flodo auftaucht. Wieso habe ich immer all diese Fragezeichen im Kopf, die beantwortet werden wollen? Ich hätte einfach mit ihm schlafen können. So ein …

Ein Schatten fällt auf mich.

»Du wolltest mich sehen?«

Wow! Mein Herz beginnt zu rasen, mein Bauch zu kribbeln. Martin schaut so was von sexy aus, wie er da in einem T-Shirt und weißen Jeans barfuß mit Flip-Flops in der Hand vor mir steht. Ich springe auf und umarme ihn.

»Es tut mir so leid, Martin! Ich war so ein Idiot!«

Ich vergrabe meinen Kopf an seiner Schulter. Aber er steht stocksteif wie ein Brett da.

Okay, okay. Vielleicht war das jetzt zu viel auf einmal. Und zu schnell.

»Magst du dich zu mir auf die Decke setzen?«

Er nickt und lässt sich nieder.

Ich öffne meine Kühlbox. »Wein oder so darf man hier ja nicht an den Strand mitnehmen, aber ich habe etwas Tolles: COCO Cocktail. Magst du einen?«

Martin sieht mich an, wie andere Menschen Kinder betrachten, die etwas Seltsames tun, das sie sich nicht erklären können. Eine Mischung aus Verwunderung und Belustigung. »Kenn ich nicht, probiere ich aber gern.«

Fröhlich. Ich muss fröhlich und locker sein. Leicht und unbekümmert. Sonst wird das hier nichts. Ich reiche ihm eine der schlanken weißen Dosen.

»Hier, bitte! Tonie schwört drauf.« Mit meiner stoße ich an seiner Dose an. »Danke, dass du gekommen bist.«

Er nickt mir nur zu und trinkt einen Schluck. Lehnt sich zurück, stützt sich auf den Ellbogen ab. Verstehe. Ich bin dran mit reden.

»Martin, es tut mir echt leid! Du bist extra wegen mir mit Flodo nach Florida gekommen und ich hab überhaupt nicht realisiert, wie großartig das von dir ist.«

»Und wenn ich sowieso nach Florida wollte?«

Wie bitte?

»Äh, aber du wolltest doch deine Flitterwochen auf den Malediven oder so verbringen?«

Seine Mundwinkel zucken leicht.

»Wer sagt das?«

»Niemand. Aber ich habe immer angenommen, dass du ...«

Martin setzt sich auf und sieht mir direkt in die Augen.

»Siehst du, und genau das ist das Problem. Gut, das mit dem Urlaubsziel ist ein schlechtes Beispiel, denn eigentlich wollte ich dich damit überraschen und hab es dir deshalb verschwiegen. Aber das Problem ist, du malst dir ständig etwas aus, anstatt mich zu fragen. Hättest du auf der Hochzeit gewartet, bis Evelyns Farce vorüber war, hättest du gewusst, dass ich erstens nicht Ja gesagt habe und dich zweitens sofort suchen gegangen bin. Aber so wie du dich verhalten hast, zeigst du mir damit nur, dass du mir nicht vertrauen kannst oder willst.«

Das sitzt. Ich muss schlucken.

»Du hast recht und das tut mir auch echt leid.«

Irgendwie versagt meine Stimme. Schon wieder komme ich mir klein und dumm neben ihm vor. Ist das mein Problem? Dass mir sein Erfolg und sein Geld eine Heidenangst einjagen? Mich minderwertig fühlen lassen?

Martin packt mich an den Oberarmen. »Marisa. Hab ich dir irgendeinen Grund dafür geliefert, der dich zu Recht annehmen lässt, dass ich es nicht ernst meine?«

Doch. Hat er!

Blöde Tränen. Sie füllen meine Augen und ich kann sie nicht einmal wegwischen!

»Ich ... Martin, ich weiß nicht. Du lebst so anders, als ich es kenne. Und dann noch ... Also alles, was ich im Internet über dich gelesen habe ...« Und das war wenig schmeichelhaft. Von *Jetset-Playboy* bis zu *Der Milliardär, der sich niemals binden will* war da alles dabei.

Martin! Nimm mich doch einfach in den Arm. Sag mir, dass du mit mir zusammen sein willst. Räum doch alle Fragezeichen aus. Bitte!

»Das Internet. Hm?«

Ich nicke.

»Heißt das, du gibst mehr darauf, was Reporter, die mich überhaupt nicht kennen, über mich schreiben, als auf das, was ich dir persönlich sage?«

Nein! So ein Topfen. Wir müssen aus dieser Sackgasse aber so was von sofort raus, sonst geht das hier komplett schief.

Ich drücke mein Kreuz durch.

»Okay. Du hast recht. Das war blöd von mir. Vielleicht müssen wir einfach viel mehr miteinander reden. Vielleicht musst du mir helfen, dein Leben, deinen Lebensstil zu verstehen, denn weißt du ...«, ich muss schlucken, »er macht mir Angst. Und ich fühle mich immer so ... klein!« Wieso muss ich jetzt auch noch schluchzen? Jetzt hat er mich genau da, wo ich nicht sein will. Die schluchzende Tussi. Die Zicke, die über Tränen Druck erzeugt. Aber das bin doch nicht ich!

Ich wische mir die Tränen weg.

»Marisa! Ich bin mit dir zusammen, weil du nicht nur eine verdammt attraktive Frau, sondern auch ein unglaublich beeindruckender Mensch bist. Hast du das jemals begriffen?«

Nein. Oder ja. Eigentlich habe ich es mir gewünscht.

»Sieh mich an. Verstehst du, dass, wenn ich dir sage, ich liebe dich, ich es auch so meine? Ich habe dir gesagt, ich beende alles andere für dich. Und ich habe es getan. Herrgott! Ich habe mich sogar wegen dir mit Flodo beschäftigt und gebe zu, mich in den paar Tagen richtig an ihn gewöhnt zu haben. So sehr, dass er mir fehlt.«

Das ist aber schon süß. Auch wie Martin schaut. Dackelblick. Zum Dahinschmelzen.

Ich geb mir einen innerlichen Ruck und umarme ihn einfach.

»Martin. Ich liebe dich«, hauche ich in sein Ohr. »Vom ersten Moment an, auch wenn ich es gar nicht wahrhaben wollte. Du bist der Mann, von dem ich immer geträumt habe. Aber wenn ich neben dir bin, dann fühle ich mich immer so ... unbedeutend. So unwichtig. Und glaub mir, das ist eigentlich ganz und gar nicht meine Art.«

»Du liebst mich also doch?«

»Ja.« Ich schmiege mich an Martins Brust. »Über alles.«

»Und wenn du ›über alles‹ sagst, dann meinst du es auch so?«

Ups. Ich hebe meinen Kopf und sehe direkt in seine dunklen Augen. »Ja. Dann meine ich es auch so.«

»Was zu beweisen wäre ...«

Wieso grinst er so verschmitzt?

»Wie soll ich es dir denn beweisen?«

Kann man Liebe überhaupt beweisen? Man kann sie spüren. Jemandem zeigen. Man lernt über die Zeit, ob man geliebt wird. Durch verschiedene Situationen. Aber wie kann ich ihm im Hier und Jetzt beweisen, wie sehr ich ihn liebe? Ist nicht die Tatsache, dass ich ihm das mit Evelyn verziehen habe, schon ein Beweis?

»Wir fahren zu Mimi und Tonie, holen unseren Hund und du meldest dich für ein paar Tage ab. Das wäre in meinen Augen ein Beweis. Dass du den Wunsch hast, mit mir zusammen zu sein. Tag und Nacht.«

Wunderbar. Jetzt sitze ich genau zwischen zwei Sesseln. Wenn ich das tue, lasse ich Mimi im Stich. Wenn ich es nicht mache, fühlt sich Martin nicht geliebt. *Double bind* nennen das die Psychologen. Die Verliererin ist die mit den Kuhaugen. Ich.

Dabei wäre alles gerade perfekt! Die Wellen rauschen leise, wenn sie an den weißen Strand laufen. Wir sind allein hier, weit und breit ist niemand mehr in Sicht, und die Sonne steht über dem Horizont und taucht das Meer wie auch den Himmel in so viele unterschiedliche Farben, wie es nur ein Van Gogh malen konnte.

Ich drehe mich wieder zu Martin.

»Würdest du deinen besten Freund im Stich lassen, wenn es ihm grad richtig be...scheiden geht?«

»Nein. Wohl kaum. Aber das erwarte ich gar nicht von dir.«

Was hab ich jetzt wieder falsch verstanden?

»Was denn dann?«

»Dass du sie ein paar Tage bei ihrer Tante lässt. So wie ich diese Tonie kennengelernt habe, scheint sie doch absolut perfekt geeignet, auf Mimi aufzupassen und sie abzulenken, oder etwa nicht?«

Martin zieht mich an sich heran und legt seine Arme um meinen Bauch.

»Ist es so egoistisch, wenn ich dich in meinen Flitterwochen ein paar Tage für mich allein haben möchte?«

Nein!

Vor allem weil ich mir nichts auf der Welt mehr wünsche! Zumal ich schon wieder Feuer gefangen habe. Das tue ich immer, wenn er mich auf diese Weise hält. Seine Hand rutscht nach oben. Beginnt, meinen Busenansatz zu streicheln.

»Okay. Aber ich frag sie. Und wenn sie sagt, das würde sie nicht aushalten, dann suchen wir bitte, bitte nach einer anderen Lösung.«

Was Mimi nie und nimmer tun würde! Oh Gott, ich bin die egoistischste und mieseste Freundin der Welt. Vor oder nach der miesesten Hundemama der Welt? Das ist noch unentschieden. Vielleicht bin ich für beides völlig ungeeignet.

Martin knabbert an meinem Ohr und raunt: »Gut. Deal. So machen wir es.«

All mein Widerstand, meine Gedanken lösen sich in seinem warmen Atem auf und verschmelzen mit dem sanften Licht der Abendsonne.

Ich liege auf seinem Schoß und küsse ihn immer wieder. Wir haben so viel nachzuholen. Und ich habe das alles so vermisst: Seine warmen Hände auf meiner nackten Haut. Seine Lippen, wie sie meine erst zärtlich und dann immer fordernder berühren. Jeden dieser kleinen Funken und Stiche in meinem Körper, die nur Martin auslösen kann.

»Ich hab dich so vermisst«, flüstere ich ihm zu.

»Ich dich auch, Liebling! Und genau deshalb werde ich dich nicht wieder gehen lassen.«

Mit einem Finger ziehe ich die Kontur seiner Lippen nach und küsse ihn.

»Bring mir bei, wie ich in deiner Welt leben kann, ohne mich klein und minderwertig zu fühlen, ja?«

Erstaunt blickt er mich an.

»Ich denke, diese Übung ist nicht so schwierig. Fühl dich einfach wie eine Prinzessin, und ich bin der Prinz, der all deine Träume wahr werden lassen kann.«

Ich muss lachen.

»Ich bemühe mich! Aber ich trage halt kein Prinzessinnen-Gen in mir.«

»Wetten?« Mal sehen. Vielleicht ja doch. »So. Und jetzt, schlage ich vor, fahren wir zu Mimi und Tonie.«

»Aber die Sonne ist noch nicht untergegangen!«

Martin lacht. »Sie wird auch morgen wieder untergehen und wir werden das auch bei Tonie sehen.«

Stimmt.

»Na okay. Dann lass uns fahren.«

***

»Haben mich die beiden jetzt gerade rausgeworfen?«

Martin kurvt in seinem weißen BMW X6 die breite Straße entlang, die von Tonies Wohnsiedlung in Venice direkt nach Sarasota führt. Offenbar hat er das wieder einmal alles vorausgesehen, denn warum sonst fährt er plötzlich nicht mehr den kleinen Sportwagen? Wo hat er bloß all diese Autos her? Ich frag ihn später.

Auf jeden Fall kann Flodo bequem hinten sitzen. Lustig. Selbst er sieht interessiert zum Fenster hinaus. Wobei natürlich nicht ganz so viel zu sehen ist wie tagsüber, aber alles ist gut ausgeleuchtet. Hm. So viel wie in den letzten paar Tagen hat er wohl noch nie erlebt. Ich auch nicht. Aber er ist entspannt und ihm scheint diese Abwechslung total zu gefallen.

»Sieht so aus. Du bist also ab sofort auf mich angewiesen, also sei nett zu mir«, grinst Martin hinter dem Lenkrad und schickt mir ein Zwinkern.

»Bin ich doch immer!«

Langsam entspanne ich mich. Paul hat auf meine Drohung hin offensichtlich den ganzen Nachmittag mit Mimi geskypt und ihr vieles erklärt und erzählt. Jetzt geht es ihr besser, hat sie gesagt, denn ihr ist klar geworden, dass er sie sehr wohl geliebt hat. Und das war wichtig für sie zu wissen. Er hat sich auch bei ihr entschuldigt, für das, was er ihr angetan und sie erlitten hat. Auch das war eine gewisse Erlösung für sie. Und sie haben vereinbart, dass sie sich, wenn sie in eineinhalb Wochen zurückkommt, zusammensetzen und er ihr alles lässt, was sie möchte. So blöd es klingt, aber Mimi ist der Meinung, dass sie sich tatsächlich vorstellen kann, auch weiterhin mit Paul und Flavio befreundet zu sein. So klein mein Mimilein auch physisch ist, so unglaublich groß und stark ist ihr Herz! Ich kann sie nur bewundern.

Irgendwie finde ich es gut, dass Tonie und sie spontan beschlossen haben, für ein paar Tage runter nach Sanibel Island vor Fort Myers zu fahren. Dort soll es den besten Muschelstrand geben. Und Tonie ist schon lange nicht mehr dort gewesen.

An mir ziehen die typisch erdgeschossigen Bauten entlang der Straße vorbei. Die meisten davon sind Geschäfte oder kleine Restaurants. Und überall Palmen. Irgendwie mag ich es hier sehr. Ich habe ja nicht einmal gewusst, dass es hier an der Golfküste von Florida so abwechslungsreich und traumhaft schön ist.

Martin nimmt den Tamiami Trail in Richtung Norden. Also Sarasota.

»Verrätst du mir jetzt endlich, in welchem Hotel du wohnst?«

»Nein. Ganz sicher nicht. Marisa! Jetzt müsstest du langsam wissen, dass ich es liebe, dich zu überraschen. Also musst du dich noch ein wenig gedulden.«

»Und du müsstest langsam wissen, dass Geduld nicht auf der Liste meiner Stärken steht.«

Ich liebe es. Alles ist wieder leicht zwischen uns. Einfach. Organisch. Läuft ohne jeglichen Einsatz von Energie. Als ob wir schon tausend Mal diese Straßen gemeinsam entlanggefahren wären. Als ob es völlig normal wäre, dass ich in diesem superteuren Auto mit meinem Hund am Rücksitz durch Florida chauffiert werde. Von einem Mann, dem keiner, den ich kenne, das Wasser reichen kann. Martin sieht so was von verboten gut aus, dass es beinahe wehtut. Wie soll aus mir jemals neben ihm eine Prinzessin werden? Und will ich das überhaupt?

Ich streichle seinen Oberschenkel und Martin cruist langsam dahin. Auch so was. Die fahren hier mit den stärksten und teuersten Autos herum und schleichen im Schneckentempo. Mit ungefähr achtzig Stundenkilometern fährt er auf einer schnurgeraden Straße mit bester Ausleuchtung dahin. Wär bei uns unmöglich. Überhaupt werden Geschwindigkeitsbegrenzungen in Österreich mehr als Vorschlag denn als Gesetz verstanden. Wir haben es nicht so mit Regeln oder gar mit Anstellen. Hier stellt sich jeder hinten in der Schlange an, während bei uns Vordrängeln die Lieblingsbeschäftigung alter Frauen ist. Sehr erstaunlich wie viel Disziplin die Amerikaner haben! Cool irgendwie.

Wir durchqueren Sarasota und Martin fährt geradewegs aufs Meer zu. Mir kommt das bekannt vor. War ich mit Tonie schon mal hier oder sieht das nur ähnlich aus? Schwer zu sagen, jetzt ist es Abend.

Martin spielt schon die ganze Zeit über Prince, aber dieser Song gefällt mir besonders gut. »Wie heißt die Nummer?«

»Ah, hab ich endlich dein Interesse an Prince geweckt?«

Scheint ihm sehr wichtig zu sein. Immerhin hat er es schon in Zadar und Wien mehrmals erwähnt.

»Na ja, könnte sein. Also wie heißt sie?«

»*The sun, the moon and stars*, und danach kommt gleich etwas Moderneres für uns: *Fall in love tonight*!«

»Da bin ich mal gespannt.«

Was die Wahrheit ist, jedoch weniger auf die Musik bezogen, sondern darauf, wo wir jetzt hinfahren. Oh! Ich habs gewusst.

Diesen Weg kenne ich doch. Wir passieren gerade die historische Schwingbrücke.

»Wir fahren nach Casey Key?«

»Gut erkannt.«

»Aber hier gibt es doch gar keine Hotels, oder?«

Er grinst mich an. »Wer hat etwas von einem Hotel gesagt?«

Es passiert schon wieder: Mein Kinn klappt nach unten, meine Augen weiten sich und sehen ihn ungläubig an. Mein Puls beschleunigt.

»Jetzt sag nicht, du … ähm … hast ein Haus hier.«

Kann nicht sein, oder? So viele Zufälle gibt es doch gar nicht!

»Doch. Es ist zwar nur ein Ferienhaus, aber ich mag es.«

Wohnt er jetzt vielleicht auch noch gleich neben Stephen King? Wenn ich das Tonie sage, fällt sie in Ohnmacht. Oder sie zieht umgehend bei Martin ein.

»Ich bin gespannt, aber noch einmal Danke, Martin.«

»Wofür?«

Jetzt verstehe ich die Sache endlich. Evelyns Antrag dürfte Martin tatsächlich sprachlos gemacht haben. Noch nie in seinem Leben ist er so baff und handlungsunfähig gewesen wie in diesen Minuten. Deshalb war er für meine Stripperin unendlich dankbar, obwohl er sich bereits die ganze Zeit überlegt hat, wie er am besten schonend Nein sagt. Hätte mir einer vor über einer Woche gesagt, dass mich Martin am liebsten dafür vor allen geküsst hätte, dass ich mit einer Burlesque-Tänzerin Evelyns Antrag crashe, ich hätte denjenigen vermutlich auf den Mond geschossen. Dass sie nachher in seinem Hotelzimmer völlig ausgeflippt ist und sogar zwei Vasen nach ihm geworfen hat, hat er stoisch genommen.

»Na ja, dass du nicht so zickig wie ich bist, und auch Danke dafür, dass wir geredet haben.«

Dieses Gespräch im Auto am Weg zu Tonie habe ich nämlich nicht so stoisch nehmen können. Unter Tränen habe ich ihm erklärt, dass alles, was ich mir von ihm wünsche, eigentlich nur Nähe ist. Zärtlichkeit. Zum richtigen Zeitpunkt von ihm in den Arm genommen zu werden. Nie mehr möchte ich dabei zusehen müssen, wie sich eine andere Frau zwischen uns drängt und ich mich seiner so unsicher fühle, dass ich ihr das Feld kampflos überlassen würde. Hach. Das war ein arger Moment zwischen uns. Er ist stehen geblieben und hat mich in den Arm genommen. Mir versprochen, dass so etwas nie mehr vorkommen wird. Dafür liebe ich ihn noch mehr.

»Ich habe dir doch schon des Öfteren erklärt, dass ich recht einfach ticke. Was ich nicht aushalte, sind Grauzonen. Die lassen wir in Zukunft lieber aus. Entweder ja oder nein. Alles dazwischen geht mir auf den Geist.«

»Jaja. Keine Sorge, ich habe es verstanden! Aber mit meinem Glauben und den Engeln wird das schwierig. Denn das ist eine einzige Grauzone.«

»Und das ist auch die einzige, die ich gelten lasse und worüber ich mehr erfahren will, denn mich fasziniert das unheimlich. Übrigens, wir sind gleich da.«

Plötzlich bleibt er mitten auf der Straße stehen und drückt eine weiße Fernsteuerung.

Oh nein.

Das kann jetzt nicht sein. Links von uns liegt diese bombastische weiße Villa im spanischen Stil. Rechts von uns das unbebaute Grundstück, auf dem wir geparkt haben.

Es ist *das Haus*!

»Das ist *dein* Haus?«

Die Villa mit dem Engel an der Mauer!

Wahnsinn!

Ich hätte mir dabei etwas denken müssen. Wer hat einen Engel auf der Mauer? Wer, der nicht Engel heißt?

»Ja. Willkommen in der Flamingo Road. Das ist doch die perfekte Adresse für dich, oder?«

»Ja ... perfekt«, stammle ich, während sich das Eisentor langsam öffnet. Meine Gedanken rasen zurück zu Sonntag. Die beiden Jogger mit dem Hund. Das war Martin mit meinem Hund! Ich pack das gerade gar nicht. Aber wer war der zweite Mann?

Martin rollt den kurzen Driveway nach vor, bis zu einer großen Garage. Auch dieses Tor öffnet sich automatisch und ich sehe zwei Autos. Den roten Sportwagen und ein größeres goldfarbenes Cabrio. Scheint ein Bentley zu sein. Er nimmt einen der beiden weiteren freien Parkplätze.

Flodo bellt einmal kurz. Ich dreh mich zu ihm um. Schwanzwedelnd und eindeutig freudig erregt steht er auf der Rückbank und sieht mich an. Eindeutig. Er war schon hier!

Hey, ihr Engel! Findet ihr das alles eigentlich lustig? War das jetzt einfach ein dummer Zufall, dass Tonie genau vor diesem Haus geparkt hat, oder sollte das wieder einmal eines eurer Zeichen sein? Hm? Und wozu? Nur damit ich jetzt wieder einmal verwirrt bin? Sorry, ich verstehs nicht.

»Komm!« Martin hält mir die Hand hin.

Wie benommen steige ich aus dem Auto.

Das ist sein Haus.

Meine grauen Zellen müssen das erst verarbeiten. Er lässt auch Flodo raus, der zuerst mir, dann ihm vor Freude an die Brust springt.

Das ist ja alles Wahnsinn!

Jede Palme ist von unten beleuchtet und rundherum wachsen in verschiedenen Farben blühende Blumen. Auch orangefarbene indische Canna. Die mag ich besonders gern.

»Das ist also dein ... *Ferienhaus*?«

»Ja, eines davon.«

Too much information! Ich will gar nicht wissen, wo die anderen sind, geschweige denn, wie sie aussehen.

»Und es ist genau das, in dem ich von vornherein meinen Urlaub mit dir verbringen wollte.«

Vollautomatisch leine ich Flodo an und folge ihm. Rechts von uns erstreckt sich ein riesiger Pool, davor liegt die einstöckige Villa mit den vielen weißen Säulen und dem Flachdach. Martin geht jedoch mit mir an der Hand und somit auch mit Flodo im Schlepptau am Haus vorbei nach hinten.

»Oh wow!«

Was für ein Strand! Direkt am Haus stehen Palmen, auch die sind beleuchtet, davor rauscht das dunkle Meer. Wie muss das erst tagsüber aussehen!

»Es gefällt dir hier?«

»Was heißt gefallen? Wenn ich so ein Haus besitzen würde, glaub mir, ich wüsste keinen Grund, warum ich zurück nach Wien sollte.«

Er stellt sich vor mich und streicht mir übers Haar.

»Ich schon. Denn wie hätten wir beide uns sonst kennenlernen sollen?«

Und wieder verliere ich mich in seiner Umarmung. Folge willenlos seinen Küssen von sanft und zärtlich bis ... ja! ... leidenschaftlich und fordernd.

Martin zieht seinen Kopf ein Stück zurück. »Willkommen zuhause, Marisa!«

Zuhause?

»Danke«, murmle ich. Das ist echt eine süße Geste von ihm.

»Komm. Ich zeige dir das Haus.«

Äh. Da wäre noch ... also eine Frage hab ich noch!

»Wohnt da im Moment sonst noch jemand außer dir?«

Er sieht mich an, als hätte ich ihn nach Gespenstern gefragt.

»Nein. Warum?«

»Na ja, hätte ja sein können. Eine Haushälterin oder so.«

»Die hab ich zwar, sogar zwei davon, aber die sind nur tagsüber hier.«

Gut. Damit ist geklärt, wer die beiden Frauen im weißen Cabrio waren, aber nicht, wer der Mann war, mit dem er joggen gewesen ist. Aber das kann ich später klären, jetzt müssen wir Flodo versorgen.

»Komm, Babe. Wie gehen hinein und geben als Erstes Flodo Wasser und etwas zu fressen.«

»Kannst du Gedanken lesen?«

Die Frage habe ich ihm schon des Öfteren gestellt. Er muss sie auch gar nicht beantworten, denn er kann es.

Martin neigt seinen Kopf leicht nach links.

»Ich bemühe mich zumindest. Auf jeden Fall versuche ich, zu erraten, womit ich dich glücklich machen kann.«

Jetzt muss ich herzlich lachen. »Und weil du eine so einfach gestrickte Freundin hast, reichen Wasser und Futter für Flodo. Ich würde sagen, dir gehts echt gut!«

Mir ist nämlich sehr wohl noch in Erinnerung, wie zickig sich Olga wegen des Kaviars angestellt hat. Über Evelyn weiß ich nichts. Keine Ahnung, ob ihre Ansprüche an Martin ebenfalls uferlos waren. Aber ich nehme es mal an.

Wir stehen vor einer Holztür, die modern und zugleich schwer aussieht. Links davon ist eine riesengroße Glasfront, von der man direkt aufs Meer sieht. Traumhaft schön. Sieht wie der Hintereingang zum Haus aus, aber allein mein Vordereingang passt schon zweimal in diese Tür! So hoch ist sie. Martin sperrt auf und vor uns erstreckt sich eine Eingangshalle aus weißem Marmor. Edel, mit dunklem Holz eingerichtet.

Weniger andächtig als ich, zerrt Flodo an der Leine. Ich leine ihn ab. Er saust nach links.

»Weiß er, wo die Küche ist?«, frage ich Martin.

»Sieht so aus.«

Wir gehen ihm nach, und tatsächlich. Da sitzt er. Mitten in einer modernen weißen Lackküche. Lauter feinste Geräte aus Edelstahl. Ich sehe zwei große Näpfe, ebenfalls in Silber, auf der Arbeitsplatte stehen. Genau davor sitzt Flodo.

»Sieh dich ruhig um, ich gebe Flodo das Futter.«

Martin beginnt in der Küche zu hantieren. Ich streichle Flodo und bin sprachlos. Seine Villa in Wien ist schon toll, aber die hier schlägt sie um Längen. Eine lang gezogene Theke mit Barhockern begrenzt die Küche zu einem riesigen Esstisch hin. Weiße Ledersessel. Glastüren, die von der Decke bis zum Boden reichen. Überall weiße Blumen und draußen sind die Palmen beleuchtet. Sieht wie im Märchen aus.

Hier an dieser Bar sitzen, einen Kaffee mit Martin trinken und aufs Meer sehen können. Mein Gott! Ich bin im Himmel. Genau das war immer mein großer Lebenstraum, jetzt einmal abgesehen vom richtigen Mann dazu. Und jetzt hab ich quasi von einer Sekunde auf die andere beides? Mir ist mulmig zumute. Träume gehen nicht einfach so in Erfüllung, oder?

Flodo stürzt sich mit solch einer Begeisterung auf das Nassfutter, dass die Schüssel ekelige kratzende Geräusche am Boden macht.

»Langsam, Flodo!«

Ich könnte ihm auch ein Lied trällern, denn wie immer schlingt er das Futter keine Sekunde langsamer runter.

»Jetzt bin ich beruhigt«, meint Martin und sieht Flodo mit verschränkten Armen und grinsend zu.

»Warum?«

»Weil ich ihm das auch schon erfolglos beizubringen versucht habe.«

»Tja, dann sind wir uns in den Erziehungszielen bei Flodo ja einig, scheitern aber gemeinsam?«

Martin zieht mich an sich. »Das ist schon mehr, als die meisten Eltern von sich behaupten können.«

»Klar. Sagt der mit den fünf Kindern und ungezählten Jahren an Erfahrung.«

»Spotte nur, aber ich habe genügend Freunde, die mir von diesen Problemen erzählen.«

»Flavio wars aber nicht.«

Autsch. Aber die Versuchung, diese Pointe rauszuposaunen, war zu groß.

Martin lacht schallend.

»Nein. Der nicht. So, genug geplaudert, jetzt muss ich meiner Prinzessin das Schloss zeigen.« Damit zieht er mich einfach mit.

»Und ich dachte schon, wir bleiben ewig in der Küche stehen.«

»Warte, bis du unser Schlafzimmer siehst.«

Jetzt bin ich aber mehr als neugierig. Doch selbst wenn es eine Rumpelkammer wäre, würde ich es toll finden, allein weil er *unser* Schlafzimmer gesagt hat.

Im Eiltempo geht er mit mir von einem Raum zum nächsten. Und egal welches Zimmer es ist: Jedes ist riesengroß und edel eingerichtet. Wohnzimmer, Billardzimmer, Heimkino, Wellnessbereich, der hinaus zum Pool führt, haben wir schon hinter uns. Jetzt sind wir im ersten Stock angelangt.

»Tolle Stiege, übrigens.«

Geschwungen und aus Naturstein. Statt eines Geländers hat sie eine massive Mauer aus dem gleichen Stein. Sehr cool. Habe ich so noch nirgendwo gesehen.

»Ja. Finde ich auch. So, und hier sind wir.«

Komisch. Bisher nicht ein einziges Bild. Nirgendwo hängt ein Gemälde.

»Sag einmal, warum gibt es hier keine Bilder?«

Er bleibt am oberen Ende der Stiege stehen.

»Ich denke, weil das Haus auf deinen Kunstgeschmack und dein Wissen gewartet hat.«

Ich boxe ihn in die Seite.

»Das ist zwar ein süßes Kompliment, aber im Ernst. Warum gibt es keine Gemälde?«

Er umschlingt meine Hüfte.

»Ich war erst ein paar Mal hier, seit ich es vor zwei Jahren gekauft habe. Und irgendwie habe ich mich noch nicht wirklich ernsthaft mit diesem Haus beschäftigt. Aber jetzt, wo du da bist, können wir das vielleicht in Ruhe nach unserem Urlaub in Angriff nehmen.«

Meine Knie versagen demnächst ihren Dienst. Ich soll ... ich darf mit ihm Gemälde für diese Villa aussuchen? Originale? Vielleicht einen Gaugin?

»Jetzt weiß ich es. Das ist kein Haus, das hier ist der Himmel!«

Martin schmunzelt übers ganze Gesicht.

»So hab ich mir das immer gewünscht. Eine Freundin, die sich freut, wenn sie Kunstwerke aussuchen kann. Ich kenn das nur so: Wozu hast du deine Innenarchitekten? Ich würde lieber nach Paris zum Shoppen fliegen.«

Armer reicher Mann!

»Wäre ich nicht Kunsthistorikerin, sondern ein international bekanntes Fotomodel wie Evelyn, wer weiß, vielleicht wäre ich dann ja auch so?«

Denn dann wäre ich zaundürr und hätte vielleicht mehr Spaß am Einkaufen als so, wo mir nur jedes zehnte Kleid passt, weil doch ganz gute Taille und D-Körbchen gemeinsam nichts ist, was die Massenware anbietet.

»Du? Niemals.«

Martin öffnet eine Doppelflügeltür auf der rechten Seite des Gangs. Das muss die Meerseite sein, wenn ich mich nicht täusche. Was aber leicht sein kann, denn Orientierung ist nicht so meins.

Einfältigerweise purzelt wieder einmal von selbst das Wort »Wow!« aus meinem Mund. Das ist das schönste Schlafzimmer, das ich je gesehen habe. Eher ein Schlafpalast. An der Wand thront ein Himmelbett, von dem man direkt aufs Meer sieht. Daneben steht eine moderne Sofagruppe. Ich gehe direkt auf sie zu. Auch die Anrichte dahinter ist schön. Über zweieinhalb Meter lang, mit einem riesigen Spiegel, der fast genauso breit, aber nicht sehr hoch ist. Sieht super aus.

»Und neben diesem Spiegel soll ich heute schlafen können?«, sage ich im Umdrehen.

Für Martin bin ich so was wie ein Kindergeburtstag. Ich bin das strahlende Kleinkind und er freut sich, weil ich mich freue. So sieht es zumindest aus.

»Ich schwöre dir, wenn du öfter in den Spiegel siehst, als mich anschaust, hänge ich ihn ab«, sagt er gespielt ernst.

»Keine Sorge! Du hast doch aber gesagt, ich soll ein wenig Prinzessin sein.«

»Habe ich. Und was bedeutet das jetzt für mich?«

Ich nehme Anlauf und werfe mich einfach aufs Bett. »Das!«

Oh Gott, ist das schön! Morgen in der Früh wachen wir auf und werden das Meer sehen. Ich bin schon gespannt, ob es eher türkis oder eher bläulich ist.

Er legt sich zu mir. »Führung schon beendet?«

Ich lasse meine Arme zur Seite fallen und sehe nach oben. Oh. Da sind ganz viele kleine Spots. Das sieht sicher entzückend aus.

»Wenn es nach mir geht, ja. Aber wir werden wohl erst nach einem geeigneten Schlafplatz für Flodo suchen müssen und kurz mit ihm Gassi gehen.«

Hundemamapflichten. Die neugeborene Prinzessin in mir würde Martin nach Champagner fragen und ihm anschließend seine Kleidung vom Leib reißen. Ich hab ja gewusst, ich tauge nicht zur Prinzessin!

»Immer dieses Pflichtbewusstsein. Bist du eigentlich jemals richtig unvernünftig?«, tadelt er mich, obwohl ich genau weiß, dass er gar nicht anders konnte, als ebenso an Flodo zu denken. Wie auch, denn mein Hund, nein, unser Hund, sitzt neben dem Bett, hält den Kopf schief und scheint zu überlegen, ob er zu uns ins Bett darf oder nicht.

»Untersteh dich, Flodo!«

Wenn noch einer behauptet, ein Hund habe keine Mimik oder könne keine Grimassen schneiden, der soll bitte einen Tag mit Flodo verbringen. Im Moment sieht er mich an, als hätte ich ihm überhaupt alles verboten: vom Lieblingsball bis hin zum Fressen. Er streckt seine Vorderpfoten und macht auf lieb.

»Na komm, du kleiner Gauner! Wir gehen jetzt Gassi.«

Tja, da geht sie dahin, meine spontan wilde Nacht mit Martin. Aber das macht nichts, das hier ist besser. Wir haben irgendwie einen gemeinsamen Hund. Echt cool. Und da dieses Schlafzimmer keine Beine hat, wird es uns sicher nicht davonlaufen.

Martin drückt mir einen Kuss auf die Stirn.

»Aber heute habe ich mir Versöhnungssex verdient, oder?«

»Ja. Das hast du«, strahle ich ihn an.

»Flodo, es tut mir leid, aber das wird heute eine kurze Runde«, grinst er und steht mit einem Seufzer auf.

Ich hab ihn wieder! Und es ist besser als vor dieser dämlichen Geschichte mit Evelyn. Inniger. Vertrauter. Offener.

Oh Gott! Ich kann es kaum erwarten, ihm all das, was ich für ihn fühle, wenn ich ihn so ansehe, auch körperlich zu zeigen.

Ein Morgen am Meer

Drei Tage später …

Ich fühle mich wie ein neuer Mensch. Jeden Tag an Martins Seite aufzuwachen und die Tage mit ihm verbringen zu dürfen, ist schöner, harmonischer und unaufgeregter, als ich es mir je hätte vorstellen können. All meine Zweifel und Minderwertigkeitskomplexe seinem Erfolg und all diesem Reichtum gegenüber sind verflogen. Das liegt allein an ihm. Nie sagt er etwas, das ich als Angeberei missverstehen könnte. Und mit jeder Geste, mit jedem Satz will er mir klarmachen, dass ich alles als ›unseres‹ betrachten sollte. Was natürlich Blödsinn ist, aber allein die Idee ist schön. Ich könnte mir nicht einmal die Betriebskosten von seinem Poolhäuschen leisten.

Mit der Kaffeetasse in der Hand sehe ich von der Küchentheke aufs türkisblaue Meer hinaus. Allein, dass ich den ganzen Tag in einem Bikini und maximal einem leichten Minikleid herumlaufen kann, ist ein Wahnsinn. Martin und Florida, das ist ganz eindeutig nicht mehr zu toppen.

Mein Handy macht ›Bling!‹.

Oh. Wie schön! Mimi und Tonie scheinen ihren Ausflug nach Sanibel Island auch zu genießen. Heute Abend kommen sie zurück. Mimi hat mir soeben tolle Fotos geschickt, aber die Sache mit dem Hammerhai, die sie mir vor ein paar Minuten lachend am Telefon erzählt hat, finde ich doch beängstigend. Martin kommt gerade mit seinem Tablet in der Hand aus seinem Büroraum zu mir, umarmt und küsst mich.

»Hi, Babe!«

»Martin! Stell dir vor: Mimi war schwimmen und ein Angler hat ihr gesagt, sie sei eben mit einem Hai geschwommen!«

Martin sieht mich zweifelnd an.

»Wie, mit einem Hai geschwommen?«

»Na ja, sie ist die Küste entlanggeschwommen und dann mit Tonie den Strand entlang zurückgegangen. Da hat ein Angler die beiden zu sich gerufen und ihnen auf seinem Handy ein Foto von einem Baby-Hammerhai gezeigt und Mimi gesagt, den hätte er direkt hinter ihr aus dem Meer gefischt. Er hat ihn fotografiert und wieder ins Wasser geworfen.«

An den Stirnfalten von Martin sehe ich, dass er das auch nicht so locker sieht.

»Das kann aber verdammt ins Auge gehen, denn wo ein Babyhai ist, könnten auch noch mehr Haie sein und, wenn es ganz dumm zugeht, auch Großtiere.«

»Zum Glück ist nichts passiert. Das wäre ja schrecklich!«

»Nun ja, die gesamte Küste hier ist voll von Haien. In der Regel passiert auch nichts, aber hin und wieder gibt es sehr wohl Haiattacken auf Menschen.«

Ich nicke. Ja. Das ist Florida. Nicht nur, dass man mit giftigen Schlangen und Skorpionen rechnen muss, Haie sind auch noch überall. Irgendwie jagt mir das Angst ein, obwohl ich es natürlich gewusst habe. Ganz offensichtlich ist es ein Land für Mutige oder ›nichts für Weicheier‹, wie es Tonie ausgedrückt hat.

»Ich bin so froh, dass nichts passiert ist! Sag, können wir die beiden heute Abend treffen?«

»Natürlich. Ich reserviere bei *Sharky's* einen Tisch und lade sie zum Abendessen ein, wenn dir das recht ist.«

»Ja, gern! Wo ist das genau?«

»Direkt am Strand in Venice, der bezeichnenderweise auch Sharky's Beach heißt. Soll aber keine Anspielung auf Mimis Hai sein! Das Restaurant ist wirklich nett. Man sieht den Sonnenuntergang und direkt auf den Fishing-Pier hinunter.«

»Das klingt gut! Das machen wir.«

Damit hätten wir ein Abendprogramm. Klingt doch perfekt. Ich texte Mimi das gleich.

»Sag, stört es dich, wenn meine Mutter für ein paar Tage kommt?«

Ich seh vom Handy auf. Das war doch jetzt eine rein rhetorische Frage. Laut ›Nein‹ schreien kann ich ja wohl schlecht. Was will dieses Monster denn plötzlich in Florida?

Er scheint meinen innerlichen Unwillen bemerkt zu haben und zieht mich in seine Arme. »Hey, sie will dann weiter nach New York, wollte aber ein paar Tage hierher, um eine Freundin zu besuchen, die gerade auch in Florida ist, und ein wenig golfen. Vielleicht ist das eine gute Gelegenheit, dass ihr beide euch noch einmal anders kennenlernt.«

Mittlerweile haben wir Stunden über Stunden mit Reden zugebracht. Er weiß jetzt auch von ihrem Auftritt in unserem Büro. Zwar war er im ersten Moment furchtbar sauer auf sie, aber da er anscheinend nicht nachtragend ist, hat er gemeint, manchmal käme sie auf seltsame Ideen und ich dürfe das weder persönlich noch wichtig nehmen. Gut. Ist ja seine Mutter. Und ich wüsste nicht, wie sie sich noch einmal zwischen uns stellen könnte. Wieso auch? Ich will weder sein Geld noch einen Heiratsantrag. Ich will ihn. Tag und Nacht. Was soll sie denn dagegen haben? Und jetzt, wo wirklich alles zwischen uns beiden ausgesprochen ist und total gut läuft, kann ich mir nicht vorstellen, dass sie dazwischenfunken kann. Mit Martin ist es so, als hätten wir schon immer miteinander gelebt. Bei Ben, meinem Ex, war das anders. Erst nach Wochen hat sich bei mir dieses Gefühl absoluter Vertrautheit eingestellt. Aber mit Martin? Gleich am nächsten Morgen hier war es, als wären wir schon unser ganzes Leben zusammen. Vielleicht sind wir doch so etwas wie Seelenverwandte? Und Ben einfach ein Vollidiot, der mir jeden Tag eine neue WhatsApp-Nachricht schickt, die ich sofort lösche, nur um am nächsten Tag wieder eine zu bekommen?

»Du hast recht. Vielleicht ist es sogar besser, wir treffen hier in Urlaubsstimmung aufeinander, statt in Wien. Ja. Sag ihr, ich freue mich auch, sie zu sehen.«

Ich werde mein Bestes geben! So kann ich ihm zeigen, dass er mir wirklich unheimlich wichtig ist und wie sehr ich ihn liebe.

Er küsst mich auf die Stirn.

»Danke. Ich werde es ihr sagen. Aber jetzt, bevor es zu heiß ist, machen wir einen kleinen Einkaufsbummel am Saint Armands Circle.«

»Brauchen wir etwas Spezielles?«

Er schmunzelt. »Nein, aber ich hätte Lust, mit dir ein paar Boutiquen unsicher zu machen und dort vielleicht noch einen Kaffee zu trinken oder auch ein Eis zu essen. Du wirst sehen, der Saint Armands Circle wird dir richtig gut gefallen.«

Ich umschlinge seine Hüfte mit meinen Armen.

»Ich fühle mich aber auch so schon wie eine Prinzessin, Martin. Dafür müssen wir nicht shoppen gehen.«

»Das ist gut, aber auch wenn du es nicht glaubst, dort gehe sogar ich gern von einer Boutique zur nächsten und wir werden ganz bestimmt ein paar äußerst nette Sachen finden.«

Soll man einen Mann einbremsen, wenn er freiwillig einkaufen gehen will? Mimi würde definitiv laut und deutlich Nein schreien.

»Ich zieh mich nur schnell um. Nimmst du schon mal Flodo mit nach draußen?«

»Mach ich.«

Na dann, ab ... wohin auch immer.

***

Ich liebe diesen Platz! Saint Armands Circle ist tatsächlich ein Kreisverkehr mitten auf einer kleinen Insel, direkt vor Sarasota. Unzählige kleine Lokale und Boutiquen sind rund um den Kreisverkehr angesiedelt, wie auch in allen von diesem weglaufenden Seitenstraßen. So nett! Und rundherum das Meer. Irgendwie komme ich aus dem Schauen nicht mehr raus. Hier gibt es wirklich alles: von Kleidung über Schmuck, Kunstwerke, Kitsch, wirklich tolle Dekoartikel und noch so viel mehr. So viel Krimskrams mit Flamingos drauf habe ich noch nirgends gesehen. Aber gerade weil all diese Sachen derart hübsch sind, kann ich mich gar nicht entscheiden. Daher haben wir noch gar nichts erstanden, was aber völlig okay ist. Sogar die Häuser selbst sind sehenswert. So viele unterschiedliche Farben. Die meisten einstöckig. Viele mit einem Gastgarten direkt an der Straße. Echt cool hier. In der Mitte des Kreisverkehrs stehen Statuen, darum herum sind Palmen, Sträucher und Blumen gesetzt. Sieht wie ein kleiner Park aus.

Wieder muss ich ein paar Fotos schießen. Die muss ich heute Abend Mimi zeigen. Ich schätze, Tonie wird das hier kennen. Aber trotzdem müssen wir unbedingt auch noch einmal gemeinsam herkommen.

»Du bist ja die Supertouristin!«

Ich strahle Martin an.

»Schlimm?«

»Na ja ... nein. Ich finde es schön, wie begeistert du bist. Du weißt, ich liebe es, wenn du so lächelst und strahlst.«

Ich neige meinen Kopf an sein Ohr.

»Könnte auch daran liegen, dass ich seit einigen Tagen regelmäßig Sex mit dem aufregendsten Mann der Welt habe.«

»Das ist ein Glück, denn ich habe auch die aufregendste Frau der Welt gefunden und würde am liebsten bereits wieder mit ihr im Bett liegen.«

Wir lächeln uns an. Ich liebe die Tiefe und Wärme, die seine Augen ausstrahlen. So fühlt es sich also an, wenn man sich im Himmel wähnt.

Martin nimmt mich fest in seine Arme und schmust mit mir. Mein Bein klappt nach oben. Meine Schmetterlinge im Bauch wollen gar nicht mehr aufhören, im Kreis zu fliegen.

Ups. Flodo schmiegt sich zwischen uns. Er wird immer gleich eifersüchtig, wenn wir uns umarmen und küssen.

»Schon gut, mein Großer«, sagt Martin lachend und umarmt mich an der Schulter. »Ich schlage vor, jetzt ist Schluss mit nur schauen, ab jetzt wird eingekauft. Und als Allererstes gehen wir hier hinein.«

Wir stehen gerade vor einer sehr edel gestalteten Auslage eines Juweliers. Rare Blossom Jewelers.

»Was wollen wir denn bei einem Juwelier?«

Martin wollte schon die Glastür öffnen, bleibt aber stehen.

»Du bist meine Freundin, oder nicht? Also: Was ein Mann sich leisten kann, das tut er, um seiner Freundin oder Frau zu zeigen, wie ernst es ihm mit ihr ist. Lass mich also bitte, ja?«

Ich schlucke, nicke aber. Genau daran muss ich mich gewöhnen. Ben war nämlich nie so großzügig. Und unabhängig davon, wie reich Martin ist, ist er genau das: ein unheimlich großzügiger Mensch, der Freude daran hat, wenn er anderen ein Bedürfnis, einen Wunsch erfüllen kann.

Wir betreten den Laden. Saukalt hier. Mit den Klimaanlagen muss ich mich erst anfreunden. Flodo schlüpft direkt hinter mir zur Tür herein. Bin gespannt, ob sie uns nicht gleich wieder rauswerfen. Eine sehr gepflegte dunkelhaarige Frau mit kurz geschnittenem Haar kommt uns sofort entgegen, begrüßt uns und Martin erklärt ihr, dass wir uns erst einmal umsehen wollen.

Ich muss gestehen, der Schmuck ist toll. Von recht günstig bis ziemlich teuer. Okay. Sehr teuer. Aber sie haben Stücke mit Charakter. Eigenwilligen Schmuck. So was mag ich.

Die Ketten hier sind nicht so meins, aber einige der Ringe. Der hier. Sehr cool. Sieht aus wie eine Koralle. Unregelmäßig und mit Diamanten besetzt. Oder dieser Ring hier. Eigentlich sind es drei ineinander verschlungene Weißgoldringe, rundum mit Diamanten besetzt. Egal. Das ist alles viel zu teuer. Ich meine, der Ring kostet über zwanzigtausend Dollar.

Martin sieht mir über die Schulter. »Und? Dieser dreiteilige Ring ist doch schön, oder?«

Ich drehe mich um. »Ja. Aber zu teuer. Komm, lass uns gehen. Ich hätte jetzt durchaus Lust auf ein Eis.«

Martin mustert mich. »Nur theoretisch: Welcher hätte dir am besten gefallen?«

Ich zeige auf die beiden Ringe. Der Solitär ist allerdings noch schöner als der dreiteilige Ring. Der Platinring formt in einem einzigen Schwung noch einen Kreis, in dem ein wundervoller Diamant liegt. Da liegen wir dann vermutlich bei über hunderttausend Dollar. Nichts, was man im Vorbeigehen kauft.

»Komm. Dann probier sie wenigstens.«

Er erklärt der Verkäuferin, dass wir gern die beiden Ringe ansehen würden. Sie sucht aus einer Lade die richtige Größe heraus. Zuerst steckt sie mir den dreiteiligen Ring an.

Martin und ich sehen uns an und schütteln gleichzeitig den Kopf. Ich ziehe den Ring ab und den anderen über.

Der wäre es. Dieser Ring ist so unglaublich schlicht, doch das Design ist unfassbar toll gelungen. Wie ein Stück moderne Kunst. Ich strecke meine Hand von mir. Ja. Das ist er. Also würden wir einen Ring kaufen, was wir nicht tun werden, dann wäre es der. Aber für amerikanische Verhältnisse ist das der perfekte Verlobungsring. Daher kommt er schon gar nicht infrage.

»Das ist genau dein Stil«, meint auch Martin. »Und zum Glück auch meiner.«

Bevor er auf dumme Gedanken kommt, ziehe ich ihn ab und lege ihn zurück auf den Samt.

»Thank you, but we have to think about it«, sage ich zur Eigentümerin des Ladens. Dass sie das ist, hat sie Martin erzählt, während ich geschaut habe. Wobei das natürlich nicht stimmt, ich werde nicht weiter darüber nachdenken.

Martin nimmt meine Hand und Flodo hat das Zeichen zum Gehen erkannt. Wie in Zeitlupe steht Flodo auf, wir bedanken uns noch einmal für ihre Zeit und verlassen den Laden.

»Und du hättest nicht doch gern den Ring? Oder etwas anderes? Ohrringe vielleicht?«

Natürlich hätte ich gern diesen Ring. Mein Gott! In einem Jahr werde ich seine Form noch aufzeichnen können!

»Nein. Auf gar keinen Fall, Martin. Das ist ein perfekter Verlobungsring, aber kein Wir-waren-mal-kurz-shoppen-Ring, verstehst du? Und im Moment brauche ich auch sonst keinen Schmuck. Aber wenn du unbedingt willst, dann kaufen wir jetzt vielleicht ein nettes Strandkleid.«

Er grinst. »Eines? Also ohne Schuhe, Handtasche und was weiß ich bekommst du jetzt kein Eis.«

»Erpresst du mich mit Geschenken?«

»Ja. Anders gehts bei dir anscheinend nicht. Also. Wir kaufen jetzt alles, was dir gefällt. Und im Notfall, was mir gefällt. Aber darauf würde ich mich an deiner Stelle nicht einlassen, denn dann hast du eventuell einen Schrank voll Dessous und sonst nichts.«

Ich umarme ihn. »Nur eine Frage: Bist du echt?«

Gott! Ich liebe es, wenn seine Augen so schelmisch funkeln.

»Was könnte ich denn sonst sein?«

»Ein Dschinn vielleicht?«

Dunkelhaarig ist er ja. Und blonde männliche Dschinns gibts doch keine, oder?

»Wer weiß? Sollten Dschinns shoppen, Eis und Espresso mögen, dann eventuell.«

»Mein Dschinn ganz bestimmt.« Ich hake mich bei ihm unter. »Na gut. Dann machen wir mal weiter den Saint Armands Circle unsicher.«

Vorhin habe ich ein süßes Deko-Geschäft entdeckt. Da gibt es alles Erdenkliche mit Flamingos. Von der Strandtasche bis zu Flip-Flops. Von Büroklammern bis hin zu einem Schild, auf dem ›Flamingo Road‹ draufsteht. Und eine total herzige Schatulle mit Flamingos drauf. Da muss ich was kaufen. Unbedingt.

»Zum Glück. Endlich gehts los. Ich habe schon befürchtet, Flodo und ich müssen den ganzen Tag hier verbringen.«

»Jaja, ihr seid ja so arm!«

Vor allem Flodo. Er kommt aus dem Schnüffeln gar nicht mehr raus. Alles hier scheint für ihn superspannend zu sein. Aber wir werden einen Zwischenstopp in einem der kleinen Straßenlokale machen, damit er Wasser trinken kann, denn es ist jetzt schon ziemlich heiß und wir haben noch nicht einmal Mittag.

Mir fallen die Karten ein, die Mimi und ich gelegt haben. Vielleicht wird doch alles gut? Im Moment bin ich sogar überzeugt davon. So sehr, wie ich noch nie bei irgendetwas sicher war. Und das hat nichts mit seinem Geld zu tun, sondern mit Martins Wesen. Er ist klug, lustig, zur richtigen Zeit leicht und uns gehen die Gesprächsthemen nie aus. Ich rede genauso gern mit ihm, wie ich mit ihm schlafe. Gelogen. Im Moment muss ich zugeben, dass mit ihm zu schlafen der beste Sex ist, den ich jemals erlebt habe.

Dann werde ich mal einen Zahn zulegen beim Einkaufen. Ohne lässt er mich ja ohnehin nicht entkommen, aber je schneller ich fertig bin, desto eher können wir zurück zu seiner Villa fahren und dann haben wir immerhin noch den ganzen Nachmittag, bevor wir Mimi und Tonie in Venice treffen! Ich freu mich schon auf Mimi und Tonie. In welcher Villa er wohnt, habe ich ihnen bis jetzt noch nicht verraten. Die beiden werden Augen machen!

Martin hält die Tür zu einer rosarot gestrichenen Boutique auf.

»Nach Ihnen, Fräulein.«

»Fräulein?«, kichere ich.

»Bevor du es anzweifelst: Schau im Duden nach, das Wort gibts noch! Steht gleich nach Anstandswauwau.«

Das Wort habe ich damals ins Spiel gebracht, als ich ihn in seinem Badezimmer überrascht habe. Allein dass er sich noch daran erinnert. Martin ist ein viel besserer Zuhörer, als es im ersten Moment scheint.

»Und vor Glückspilz«, sage ich lächelnd und betrete den diesmal angenehm kühlen Verkaufsraum einer sehr trendigen Boutique. »Dann shoppen wir doch mal!«

»Und wie! Ich verspreche auch, all die Taschen zu tragen.«

Bitte, liebe Engel, lasst mich nie mehr wieder aus diesem Traum aufwachen! Auch wenn ich noch lieber, als zu shoppen, mit ihm ein Gemälde aussuchen würde, dieser Mann gehört in Folie gewickelt, mit Mascherln verziert und im Louvre ausgestellt.

Sharky's Beach in Venice

Am Abend ...

»Martin, dein Service hat was«, schmunzelt Tonie ihn an. »Ich bin schon lange nicht mehr von einem Fahrer abgeholt worden.«

»Tja, das ist das Gute am Geld. Du kommst gar nicht erst in Versuchung, betrunken Auto zu fahren.«

Stimmt. Er wollte mit uns drüben im Lokal ein paar Cocktails trinken und hat seinen Chauffeur hier angerufen.

»Dann wird das bestimmt ein unglaublich netter und entspannter Abend! Danke für die tolle Einladung.«

Martin lacht Tonie an.

»Also ich weiß noch nicht, wie ich heute koche. Also warte lieber mal ab, was es zu essen gibt, dann kannst du mich später dafür loben.«

»Scherzbold«, lacht Tonie.

Sie wie Mimi sehen heute unglaublich aus. Süß, dass sie sich so richtig schick gemacht haben. Das erste Mal in diesem Urlaub trägt Mimi ihr Haar offen. Wie Tonie. Anscheinend waren die beiden in einem von Tonies Lieblingsgeschäften shoppen. Traumhaft, diese knöchellangen Sommerkleider. Mimi trägt eines, das zipfelig geschnitten ist, oben in einen Neckholder mündet, und dazu hohe Korksandalen. Mimi liebt Plateauschuhe, die machen sie größer.

»Cooles Outfit, Mimi, vor allem die Kette mit Türkisen ist total schön.«

»Danke! Die hat Tonie mir geschenkt. Aber ihr wart ja auch einkaufen, wie ich sehe.«

»Stimmt. Stell dir vor, Martin geht gern shoppen.«

Mimi verzieht ihren Mund. »Wenn der dann nicht bald irgendeinen Fehler aufweist, stellen wir ihn in einem Museum aus. Solche Männer gibts ja gar nicht.«

Martin schmunzelt und geht ein paar Meter von uns weg. Ah. Er macht Fotos von uns. Wir tun so, als sei alles ganz natürlich. Was klarerweise nicht so ist.

Tonie greift mir auf die Schulter. Sie trägt etwas Ähnliches wie Mimi, aber in Gelb und mit halblangen Ärmeln.

»Sag einmal, wie hat dein Goldstück sich denn nun gemacht?«

Ich kann sie nur anstrahlen. »Was soll ich sagen, es ist, als ob wir schon immer zusammengelebt hätten. Nichts fühlt sich, du weißt schon, fremd an. Oder unauthentisch. Ich bin so, wie ich bin, und ich hoffe, er hat auch das Gefühl, sich nicht für mich verstellen zu müssen.«

Ich denke, das sollte ich ihm auch direkt einmal sagen, aber Martin musste kurz aufs WC. Er wird wohl gleich nachkommen, vielleicht passt es dann später.

»Das ist gut. Eine Beziehung darf keine Energie verbrauchen, sondern sollte im besten Fall welche liefern. Dann ist es richtig.«

Mimi und ich stimmen ihr zu.

»Echt traumhaft schön hier«, meint Mimi und auch da kann ich ihr nur recht geben. Wir stehen im ersten Stock von *Sharky's On The Pier*, direkt über dem Water Grill, und sehen über strohgedeckte Sonnenschirme auf den Pier hinaus. Noch steht die Sonne weit über der Wasserlinie. Unzählige Menschen gehen den langen Pier entlang spazieren und viele angeln sogar, denn es gibt direkt am Pier Köderfische und Waschbecken zu kaufen, um den Fang zu säubern. Mir graust es vor so etwas. Ich kann gar nicht zusehen, wenn ein Fisch an einer Angel zappelt.

Unter uns liegt das ursprüngliche Lokal mit der Beachbar, das eher leger und ein Strandlokal ist. Laut Tonie über dreißig Jahre alt. Für amerikanische Verhältnisse also schon historisch, was mich immer zum Lachen bringt. Weiter drüben, in einem neuen Gebäude, ebenfalls im ersten Stock, liegt das noblere Lokal, das dazugehört: *Fins at Sharky's.* Dort ist alles sehr modern eingerichtet und es scheint mir das teurere der beiden Restaurants zu sein. Reserviert hat Martin natürlich dort auf der Terrasse.

Er kommt gerade die Treppe herauf.

»Das Lokal war echt eine gute Wahl, Martin«, meint Mimi und schießt noch ein paar Fotos. Auch von uns allen.

»Nun, ich habe mir gedacht, dass es euch gefallen wird. Tonie hat ja das letzte Mal gesagt, sie kommt öfter hierher.«

Tonie nickt zustimmend und Mimi sagt: »Also diese Aussicht ist hammermäßig.«

Mit einem breiten Grinsen stellt sich Tonie vor Martin, stemmt ihre Hände in die Hüften und sagt: »Da hast du recht, Mimi. Richtig schnuckelig. Wenn alle *Engel* so aussehen, komme ich klar damit.«

Wir lachen uns schief. Ist Martin leicht rot geworden?

»Danke, Tonie! Aber der Schein trügt, das macht eure Gesellschaft.«

»Weißt du, ich mag dich, Martin. Ich kenne ja einige steinreiche Menschen durch die Familie meines Mannes in New York, aber so unkompliziert wie du ist keiner davon. Auch nicht die in deinem Alter. Bleib so, ja?«

Sie herzt ihn wie einen Sohn und ich höre Martin »Ich bemühe mich, versprochen« murmeln.

»So, Kinder. Genug der Aussicht. Ich habe Hunger. Schließlich habe ich die letzten Tage mit diesem Hungerhaken von Nichte zugebracht, die mir andauernd erklärt, sie brauche nichts zu essen.«

»Stimmt ja überhaupt nicht. Schau mich an!«

»Du spinnst, Mimi!« Aber so ist sie.

»Hör auf, Marisa! Meine Jeans zwicken. Warum, glaubst du, trage ich nur mehr wallende Kleider?«

In der Jugend war sie magersüchtig und ganz kann sie dieses Verhalten nicht ablegen. Ständig fühlt sie sich zu dick, dabei ist sie spindeldürr. Aber wenigstens isst sie regelmäßig, wenn auch nicht besonders viel.

»Ja genau, Mimilein. Wenn du zu dick bist, was bin ich dann? Ein Fass auf zwei Beinen mit Vorbau?«

Alle drei lachen. Dabei war das gar nicht lustig gemeint, denn mein großer Busen stört manchmal echt.

»Ich will mich ja nicht in euer Frauengespräch einmischen, aber ich sehe hier an niemandem irgendeinen Fehler. Vielleicht gehen wir rüber ins Lokal und wechseln das Thema?« Martin hält Tonie den Arm hin und sie kichert wie ein Teenager.

»Gern!«

»Wir kommen gleich nach, ja?« Ich ernte von beiden ein »Jaja.«

So. Jetzt habe ich mit Mimi ein paar Minuten allein. Wir stehen am Geländer und sehen nebeneinanderstehend aufs Meer hinaus.

»Und, wie gehts dir jetzt mit Paul?«

Mimi legt den Kopf schief. »Klingt es blöd, wenn ich sage, ich bin erleichtert?«

Ich hab Unterschiedliches erwartet, aber ›erleichtert‹ sicher nicht.

»Wieso denn das?«

»Ich habe jeden Abend stundenlang mit ihm geskypt. Was gut war. Und auch wenn es nach außen hin nie so ausgesehen hat, in Wahrheit waren wir schon lange nur mehr beste Freunde und kein Liebespaar mehr. Vielleicht war ich anfangs so verzweifelt, weil ich Angst hatte, meinen besten männlichen Freund zu verlieren.« Sie zuckt mit den Schultern. »Aber jetzt weiß ich erstens, wieso wir schon lange keinen Sex mehr miteinander hatten, und warum wir zweitens überhaupt nicht mehr über unsere Beziehung sprechen konnten. So intensiv und ehrlich wie in den letzten Tagen haben wir Jahre nicht mehr miteinander geredet. Und es hat mir richtig gutgetan.«

Ich küsse sie auf die Wange. »Das ist gut, Mimilein. Und ich schätze, vielleicht bekommst du sogar noch einen weiteren männlichen Freund dazu.«

»Du meinst Flavio?«

»Ja. So bescheuert das auch sein mag, aber du hast ihn doch von Anfang an wirklich gemocht, und er dich auch, oder?«

Ihre Augen lachen. »Ja. Das muss mir erst einmal jemand nachmachen, oder? Ich hab den Freund meines Mannes ins Herz geschlossen. Wie klingt das? Also meiner Mama kann ich das so nicht sagen.«

Ich schüttle den Kopf. Nein. Sicher nicht. Mimis Mama ist nur halb so cool wie Tonie. Sie ist eher eine von der konservativen Sorte. Überhaupt muss Mimi aufpassen, dass ihre Mutter keinen Herzinfarkt erleidet, wenn sie erfährt, dass ihr geliebter Schwiegersohn schwul ist.

»Weiß sie es schon?«

»Nein! Ich hab Paul gefragt, ob wir es unseren Eltern sagen sollen, aber er meint, er brauche noch Zeit und sei nicht der Typ, der sein Outing in die Welt hinausbrüllen will, was ich verstehen kann. Also werden wir noch eine Weile verheiratet bleiben und unsere Ehe dann sanft auslaufen lassen. Na ja, du weißt schon, wie ich das meine.«

Mir fällt niemand in meinem gesamten Bekanntenkreis ein, der das nur annähernd so verständnisvoll und reflektiert aufnehmen hätte können wie Mimi.

»Ja. Ich kann es mir vorstellen. Weißt du eigentlich, dass du eine großartige Frau bist und dass sich jeder Mann alle zehn Finger abschlecken kann, wenn er mit dir zusammen sein darf?«

»Nein, weiß ich nicht.«

»Solltest du aber, Mimi.« Ich drücke sie an mich. »Ich hab dich echt lieb, Süße!«

»Ich dich auch!«

Es ist so schön. Dieser Moment. Wir zwei. Wie eh und je. Sie ist und bleibt mein Fels in der Brandung und ich hoffe, ich bin ihrer. Egal, ob wir Single oder in einer Beziehung sind.

»Und was hast du nach dem Urlaub vor, Mimi?«

»Mich gemeinsam mit dir in die Arbeit stürzen, natürlich! Und wehe, du sagst mir, dass du wegen Reichtum nichts mehr davon wissen willst.«

Wie kommt sie denn auf die Idee?

»Mimilein, egal was zwischen Martin und mir ist, ich habe mich für uns und unsere Firma entschieden und dazu stehe ich auch.«

Mimi stellt sich auf die Zehenspitzen und drückt mir einen Schmatz auf die Nase.

»Und genau deshalb bist du meine beste Freundin, Marisa. Danke!«

Ich hake mich bei ihr unter. »Komm, jetzt wird gegessen. Das schadet dir auf keinen Fall.«

Sie grinst, sagt aber nichts. Wir müssen die Treppe runter, einen kleinen Weg entlang und dann wieder hinauf in den ersten Stock ins *Fins*. Ich kann mich hier gar nicht sattsehen. Die tropische Deko, die beleuchteten Palmen und diese Wegweiser hier, wie in der Karibik. Zumindest stelle ich mir die Karibik anhand der Fotos, die ich im Laufe der Zeit gesehen habe, so vor.

Die bemalten Holzschilder auf dem Pfosten weisen in verschiedene Richtungen. Was? Von hier aus sind es eintausendzweihundertundsieben Meilen nach New York, aber auch dreihundertzweiundzwanzig Meilen nach Key West. Interessant.

Die Musik im Strandlokal könnte einen Tick leiser sein. Aber andererseits passt sie zur Beachstimmung. Wir gehen am Souvenirshop vorbei. Vielleicht kaufe ich hier später noch eine Ansichtskarte für meine Eltern. Die stehen auf so was.

***

Ich denke, damit hat Martin nicht gerechnet. Tonie nimmt ihn seit über einer Stunde ins Kreuzverhör. Alles will sie wissen. Und ich geb zu, jetzt weiß ich auch so einiges mehr. Ich wusste nicht, dass Martins verstorbener Vater einen Bruder Ralph hat, der nach Australien ausgewandert ist und den Martin regelmäßig in Perth besucht. Dort hat er auch zwei in etwa gleichaltrige Cousins, die beide selbst schon jeweils ein Kind haben. Also gibt es doch noch Familie außer seiner Mutter.

»Dann hast du also zwei Cousins, Andrew und Matthew, das ist doch wunderbar!«

Martin lächelt. »Ja, ist es. Wann immer ich drüben bin, ist es ein wenig wie zur Familie nach Hause zu kommen und ich schätze, Marisa, du wirst sie sehr mögen. Vor allem Kristie, Andrews Frau, ist eine Düse. Ich hoffe, du bist seefest, denn die beiden segeln für ihr Leben gern. Sie sind aber alle Mitglieder im Royal Perth Sailing Club.«

Ich muss schon so dringend aufs Klo, dass es wehtut, aber ich will auch nichts versäumen. Also noch kurz zusammenzwicken.

»Keine Ahnung, ich war noch nie segeln, aber ich würde es definitiv ausprobieren.«

»Das ist eine gute Einstellung, aber ich denke, es wird dir Spaß machen. Da bist du so unglaublich nah und direkt an der Natur. Am Meer.«

Wasser? Tropfgeräusche? Klo?

Es hilft nichts. Ich steh auf.

»Entschuldigt mich kurz, ich muss mal.«

»Ich komm mit«, sagt Mimi sofort. Kein Wunder, wir haben mindestens einen Liter Wasser getrunken und zwei Cocktails!

»Wenn ihr zurück seid, will ich dann aber auch eine Frage beantwortet bekommen«, grinst er mich an.

»Ja? Welche denn?«

»Warum müssen Frauen immer gemeinsam aufs WC gehen? Was macht ihr da eigentlich?«

»Oh, wenn du wüsstest! Aber sorry, das erklär ich dir nachher. Also geh nicht weg!«

»Das habe ich nicht vor, Liebling.«

Ich küsse Martin auf die Wange und husche an den anderen Tischen auf der Terrasse vorbei in Richtung Toiletten. Jetzt ist es aber echt schon sehr, sehr dringend!

»Du, so viel hat Martin noch nie geredet.«

»Ja, stimmt. Aber dafür kann ich jetzt grad nicht reden. Ich brauch das erste Klo, bitte!«

Sie lacht schallend.

»Kein Problem.«

Nur eine WhatsApp-Nachricht

Was für eine Erleichterung! Ich hätte schon vor über einer halben Stunde gehen sollen!

»So, na dann. Jetzt ist wieder Platz für einen letzten Drink!«

Ich hake mich bei Mimi ein. »Ja, jetzt gehts eindeutig besser.«

Mimi öffnet die Tür nach draußen und Tonie kommt uns gerade entgegen. Oh. Muss jetzt Tonie auch?

»Alarm! Kommt schnell, da ist jetzt irgendetwas passiert!«

Oh Gott! Ist Martin zusammengebrochen? Hat er sich an etwas verschluckt? Ich laufe quer durchs Lokal zu unserem Tisch nach draußen.

Da sitzt er nicht!

»Wo ist er?«, herrsche ich Tonie an.

»Weg.«

Was, weg?

»Tonie, mein Puls ist schon auf tausend. Jetzt sag endlich, was passiert ist. Ist was mit seiner Mutter?«

»Nein, mit deinem Handy.«

Aber das liegt doch auf dem Tisch.

»Tonie, jetzt ist der falsche Zeitpunkt für eine Rätselrally. Sagst du bitte endlich, was da los ist?«

Mimi sieht auch geschockt aus. Wie muss ich dann erst grad dreinsehen?

»Also, wir waren mitten im Reden, dann hat dein Handy einen Laut gemacht und er hat einen kurzen Blick darauf geworfen. Und das wars. Er hat finster dreingeschaut, ist aufgestanden und hat gesagt, er brauche einen Moment frische Luft und will allein sein. Und dann ist er nach unten gerannt. Ja, gegangen wäre eine Untertreibung.«

So ein Scheiß! Ich ahne Schlimmes. Ben, du Vollidiot! Ich schnapp das Handy und geb den Code ein.

Die beiden hängen über meinen Schultern und sehen zu.

»Wer bitte kann denn etwas schreiben, das ihn dermaßen aus der Fassung bringt?«, wundert sich Mimi.

»Ben«, antworte ich tonlos, denn ich habe die Whats-App-Nachricht, deren erste Zeilen immer am Startbildschirm erscheinen, schon gefunden.

›Liebes, du fehlst mir täglich mehr! Übrigens: Ich habe da ein kleines Weingut mit Hotel in der Steiermark gefunden. Da sollten wir unbedingt einmal hinfahren. Ich hoffe, dein Urlaub ist schön und bald zu Ende. Vermisse dich, Ben.‹

Zwei Herzerln dazu. Die allerärgsten Schimpfwörter, die ich jemals irgendwo aufgeschnappt habe, tanzen durch meinen Kopf. Du mieses, mieses Arschloch, Ben! Ich muss Martin finden und ihm die Sache erklären. Mein ganzer Körper zittert. Mein Gott! Martin muss denken, dass ich zweigleisig …

»Ja, hats dem die Sicherung rausgehaut?«, schimpft Mimi so laut, dass sich alle zu uns umdrehen. »Ich wusste gar nicht, dass der dir noch immer schreibt.«

»Erst seit Martins Hochzeit. Aber ich habe ihm geschrieben, er soll mich ja in Ruhe lassen, und alle Nachrichten immer sofort gelöscht.«

»Die von dir an ihn auch?«

»Ja, Mimi. Shit, die auch.«

»Großartig. Dann kannst du die Martin gar nicht zeigen.«

Mein Herz ertränkt sich gerade unten im Meer. Was mache ich denn jetzt?

Ich springe auf. »Ich muss ihn finden. Bleibt ihr hier!«

Im Laufschritt nehme ich den kürzesten Weg zur Treppe und sprinte nach unten. Wo kann er denn hin sein?

An den Strand? Nein. Da sind zu viele Leute.

Martin! Wo bist du? Engel, bitte helft mir. Führt mich! Bitte!

Da drüben vielleicht?

Rechts vom Parkplatz ist ein kleiner Park. Den habe ich beim Hereinfahren gesehen und er ist beleuchtet.

Ich versuchs mal dort und renne los.

Warum ist er nicht sitzen geblieben und hat mich gefragt, was das soll? Wir haben doch ausgemacht, dass keiner von uns überreagiert. So ein verfluchter Schmarrn! Ben, wenn ich dich in die Finger kriege, bist du tot. Das ist ja eine textliche Vergewaltigung! Was bildest du dir eigentlich ein? Nur weil dir eventuell schon wieder einmal in einer Beziehung langweilig geworden ist, kommst du jetzt darauf, dass es mit mir ganz lustig war? War es aber für mich nicht.

Martin, bitte. Sei hier irgendwo. Oh, da geht es zum Strand. Der scheint unbevölkert zu sein. Den Weg nehme ich.

Verdammt finster hier.

»Maaartin! Bist du hier irgendwo?«

Soll ich lauter schreien?

Ja. Es geht um ihn. Unsere Beziehung. Einfach alles. Ich muss ihn finden und ihm das mit Ben erklären.

Mist. Meine Stöckel graben sich im Sand ein. So ist kein Weiterkommen. Ich schlüpfe aus meinen Schuhen und nehme sie in die Hand.

»Martin! Bitte! Sei hier irgendwo! Ben ist ein Idiot! Ich hasse ihn. Der stalkt mich doch nur.«

Hoppala. Fast wäre ich über einen kleinen Felsen geköpfelt. Hier ist der Strand eindeutig rauer als drüben vor dem Lokal. Links sind viele Büsche, so wie es aussieht. Langsam gewöhnen sich meine Augen an die Dunkelheit.

Ich hab Martin verloren, schießt mir durch den Kopf. Nein, das darf nicht sein! Scheißtränen. Jetzt seh ich doch wieder fast gar nichts.

»Maaartin! Wo bist du?«, brülle ich verzweifelt.

»Aua!«

Schon wieder ein Felsstück!

Heiliges Kanonenrohr! Jetzt hab ich aber Glück gehabt.

Ich liege flach am Boden und spucke Sand. Mein Fuß brennt wie Hölle. Wie grauslich. Es wird immer schlimmer! In meinem Gesicht pikt nasser Sand. Blöde Tränen.

Gott! Ich hab mein Handy liegen lassen! Was, wenn mein Fuß gebrochen ist?

Ich muss mich umdrehen.

»Komm, ich helf dir.«

»Martin?«

Mein Herz rast. Er steht direkt über mir, sagt aber nichts.

»Martin! Das war alles ein riesengroßes Missverständnis. Ben ist mein Ex. Ich habe ihn bei deiner Hochzeit mit Laura, seiner Frau, zufällig wiedergetroffen. Und dann, also am nächsten Tag, hat er begonnen, mir diese vertrottelten Nachrichten zu schicken, und ich«, ich muss mal tief seufzen und schlucken, »also und ich hab ihm geschrieben, er soll mich in Ruhe lassen! Hat er aber nicht. Daher hab ich einfach immer alle Nachrichten von ihm gelöscht!«

Ich greife nach seiner Hand, aber er gibt sie mir nicht.

»Auf meiner Hochzeit? Wie heißt dein Ben denn mit Nachnamen?«

»Müller.«

Seine Augen weiten sich.

»Was, der? Den habe ich am Donnerstag vor der Hochzeit zufällig bei einem meiner Anwälte getroffen und schnell noch eingeladen. Ich kenne ihn über Laura, seine Frau. Die war einmal die beste Freundin von ... egal.«

Einer seiner unzähligen Exfreundinnen? Die Welt ist so ein Dorf. Scheibenkleister. An seinem unruhig zuckenden Mundwinkel sehe ich, dass die Sache jetzt, wo er weiß, um welchen Ben es sich handelt, noch schlimmer als zuvor ist.

»Hast du dich verletzt?«, wechselt er in einem geschäftsmäßigen Ton das Thema.

Was? Nein! Ich heul gleich wie ein Schlosshund, wenn er weiter auf unerreichbar macht.

»Martin, ich liebe doch nur dich! Ich brauche nur dich! Bitte glaub mir!«

»Das würde ich ja gern, aber du musst zugeben, dass diese Nachricht doch sehr … hm, verstörend ist, oder?«

Nach wie vor steht er neben mir. Ich muss mich aufsetzen.

»Au!« Mein Fuß tut noch immer weh, aber bedeutend weniger als gerade eben.

»Hast du dich verletzt?«

»Nein, meine Knochen halten es schon aus, wenn ein Felsbrocken sie feindselig anspringt. Also: alles gut. Und mein Fuß ist im Moment echt mein geringstes Problem.«

Er hockt sich zu mir hin und plötzlich leuchtet er mit seiner Handytaschenlampe auf meinen Fuß. Nimmt ihn in die Hand.

»Ein paar Abschürfungen hast du aber schon.«

Schnell lege ich meine Hand auf seine. »Martin, mein Fuß ist mir wurst. Bitte, bitte glaub mir doch, dass ich dich nicht betrüge! Niemals würde ich dich betrügen, verstehst du? Nie, nie, nie!«

Und schon gar nicht mit Ben, diesem Trottel!

Okay. Ich muss was drauflegen.

»Hör zu! Stell es dir mal so vor: Da bin ich und vor mir steht ein riesengroßer Eisbecher. Ananaseis. Mit Fruchtstückchen. Und stell dir vor: Ich habe einen Löffel und kann schlemmen, wie ich will.«

Ah! Jetzt hab ich zumindest seine Aufmerksamkeit.

»Was hat das mit dir und diesem Ben zu tun?

»Warte, gleich. Also. Ich sitze da mit meinem Eisbecher. Total im Glück. Und dann kommt jemand vorbei und hält mir ein Schleckeis hin. Eines von denen, die ungefähr drei Jahre im Tiefkühler waren. Tja, was glaubst du, wie ich zu diesem Steckerleis nun stehe? Will ich es? Wollte ich es jemals?«

Lachfältchen bilden sich um seine Augen.

»Ich bin also der Eisbecher.«

Jetzt hat er es verstanden!

»Ja! Mit Schlagobers und Kokosraspeln!«

Er streicht sich übers Kinn und sieht mich wieder etwas ernster an.

»Und du ... magst Ananaseis?«

»Seit Neuestem bin ich geradezu süchtig danach!«

Martin schmunzelt! Ein echter Fortschritt.

»Du bist also süchtig nach Ananaseis.«

Der Schmerz verblasst zum Glück. Zärtlich streiche ich über seinen Unterarm.

»Ja, und nicht zu vergessen auch auf die Kokosraspeln und ganz viel Schlagobers!«

»Und wer sagt dir, dass ich nicht auch so ein ... altes Schleckeis bin?«

Ich sehe ihm tief in die Augen.

»Weil ich mich nur mit dir in einem Gemälde verlieren kann. Weil du, obwohl du nicht einmal daran glaubst, mir Fotos von Engeln geschickt hast. Und weil neben dir alles andere unscharf und unwichtig wird.«

Endlich lächelt er richtig. Mit den Augen und dem Mund.

»Nicht zu vergessen, dass wir beide das gleiche Gemälde in unseren Wohnzimmern hängen haben. Ich meine, wie oft kommt so etwas vor?«

»Genau!« Bitte, bitte, bitte! Sag, dass alles wieder gut ist. »Verzeihst du mir?«, hauche ich in sein Ohr.

»Ich wäre durchaus geneigt, es zu tun, wenn ...«

Ich halte ihm den Mund zu. Martin braucht einen Beweis. Ganz klar.

Beweis. Wie kann ich ihm beweisen, dass mir Ben tatsächlich bloß auf die Nerven geht?

»Sag nichts! Ich weiß, wie ich es dir beweisen kann! Wir gehen zurück ins Lokal und ich ruf diesen Idioten an und sage ihm persönlich, dass ich ihn wegen Stalkings anzeige, wenn er mich nicht endlich in Ruhe lässt.«

Seine Augen weiten sich.

»Das würdest du tun?«

»Du hast ja keine Ahnung, was ich Ben alles tun würde, wenn ich ihn in diesem Moment in die Finger kriegen würde. Glaube mir, sprechen wäre sogar das Letzte, das mir einfiele.«

Ich würde ihm sogar das Schleckeis sonst wohin stecken! So eine Wut habe ich auf diesen einfältigen Vollidioten!

Okay. Es wird schon gehen. Ich stehe auf.

Na, wer sagt es denn. Geht schon wieder.

Auch Martin erhebt sich und schaltet die Taschenlampe aus. Ich umschlinge ihn an der Hüfte.

»Bitte, Liebling! Bitte glaub mir! Seit ich dich kenne, denke ich an niemand anderen. Du bist alles für mich! Warum soll ich da mit einem Exfreund wieder etwas anfangen, den ich schon Jahre nicht mehr gesehen habe?«

Oje! Jetzt habe ich gelogen. Er war doch den Hund im Tierheim holen! Egal. Das erzähl ich Martin noch alles, aber erst, wenn er mir verziehen hat.

»Bitte, bitte verzeih mir. Es tut mir so leid, dass du den Schwachsinn lesen musstest! Aber ich habe nichts damit zu tun. Echt nicht.«

Ja!!! Er legt den Kopf leicht schief und seine Gesichtszüge entspannen sich.

»Ich bin wohl eifersüchtig geworden, was?«

»Ja, bist du«, hauche ich zärtlich an seine Brust, an die ich mich lehne.

Oh Gott! Was, wenn alles hier zu Ende gegangen wäre? Ich darf gar nicht mehr darüber nachdenken. Nie mehr in Martins Armen liegen dürfen? Nie mehr an seiner Brust lehnen und sich wie ein Baby geborgen fühlen?

Gleichwertig, und doch beschützt.

Auf Augenhöhe, und doch sehe ich zu ihm auf.

Berauscht von seinem Geruch. Von seinem warmen Blick. Seinem zärtlichen Lächeln. Die Art, wie er seine Hände um mich gelegt hat. Ich liebe ihn.

»Das ist sehr gut.«

Was?

»Nein, das ist gar nicht gut, denn es ist völlig überflüssig. Nicht eine Sekunde darfst du darüber nachdenken, dass ich dich betrügen könnte. Das wird nämlich nicht passieren, Martin. Niemals!«

Er wischt mir übers Gesicht und es fühlt sich nach Peeling an. Dummer Sand.

»Ich glaube dir! Aber es ist gut, weil ich noch nie in meinem Leben so ein Gefühl empfunden habe. Verzeih mir, Marisa.«

Er drückt mich eng an sich und legt seinen Kopf an meinen Hals. Ich streichle über sein Haar.

»Da gibt es nichts zu verzeihen. Aber jetzt weißt du, wie in etwa ich mich wegen Evelyn gefühlt habe.«

»Ja, und es tut mir leid.«

»Küsst du auch schmutzige, sandverschmierte Frauen?«

»Nein. Nur bei einer Einzigen würde ich mich dazu hinrei-ßen lassen«, lacht er.

Dann tu es endlich!

Jaaa!

Seine Wärme. Seine Lippen zu spüren. Sooo schön.

Glück durchströmt mich wie eine warme Welle. Die Anspan-nung fällt langsam ab.

»Ich liebe dich!«, murmelt er, gleich nachdem er sich von mir gelöst hat.

»Ich liebe dich auch!« Pfuh. Was für ein Glück, dass er tatsächlich hier am Strand war. Nicht auszudenken, wenn ich, meinem ersten Impuls folgend, stundenlang im Park herumgeirrt und er vielleicht einfach abgehaut wäre? »Ist alles wieder gut?«, frage ich vorsichtig.

»Nein. Es ist sogar besser! Komm, wir gehen zurück ins *Fins*.«

Ich falle ihm um den Hals. »Du bist der Beste!«

»Sag das nicht zu oft, sonst glaube ich es und dann benehme ich mich öfter wie eine Diva.«

»Diva ist okay.«

Er nimmt meine Hand, ich meine Sandalen und wir schlendern langsam zurück. Diesmal leuchtet er mit der Taschenlampe alles aus. Gute Idee.

»Also du magst es, wenn ich zicke?«

»Nein! Um Gottes willen, so hab ich das nicht gemeint! Aber ich mag es, dass du richtig eifersüchtig warst, und ich mag es noch viel mehr, wie schnell du wieder runtergekommen bist. So schnell geht das bei mir, wie wir wissen, nämlich nicht.«

»Also hab ich mir Versöhnungssex verdient, oder?«

Ich kichere.

»Ja. Den und dann noch den Entschuldigungssex von meiner Seite und den Ich-liebe-dich-über-alles-Sex und auch den Ich-vergesse-mich-Sex.«

Er bleibt stehen und leuchtet mir ins Gesicht.

»Nicht!«

»Okay.« Er beleuchtet wieder den Sand. »Was war der letzte?«

»Das ist der«, flüstere ich, »den ich mir bisher nur mit dir vorgestellt habe.«

»Würdest du mir mehr darüber verraten?«

»Ja«, hauche ich. »Ich hab so vieles, also weißt du, es gibt so viele Dinge, über die ich nur gelesen, die ich aber noch nie mit einem Mann ausprobiert habe.«

Er kneift die Augen zusammen, nimmt meine Hand und legt sie an seine Jeans.

Oh Gott!

So können wir nicht ins Lokal zurückgehen.

Shit. Alles in mir kribbelt und zieht wie verrückt.

»Ich habe auch so einiges, das ich noch nie gemacht habe.«

»Zum Beispiel?«

»Sex on the Beach.«

»Hast du noch nie?«

Ob ich ihm das glauben soll? Aber red ich? Ich hab noch nicht einmal Sex in der Küche gehabt.

»Nein. Du etwa?«

Ich schüttle den Kopf, löse mich aus seinen Armen und ziehe mir mein Höschen unter dem Kleid aus.

»Hier kann uns niemand sehen und gleich verhaften, oder?«

Mamma mia. Ich bin so eine Memme.

»Nicht, wenn wir sehr, sehr leise sind und uns da hinten in den Büschen verstecken.«

»Dann komm. Im schlimmsten Fall müssen wir uns eine Zelle teilen.«

Ist dieses unbändige Stechen und Kribbeln daran schuld, dass ich mich geradezu verwegen fühle? Ich brauche ihn. Mag sein, dass ich völlig übergeschnappt bin, aber wenn ich ihn nicht innerhalb der nächsten zehn Sekunden in mir spüre, flippe ich aus. Rinne aus. Krieg einen Krampf. Mindestens.

Martin setzt sich in den Sand. Es ist wie eine kleine Einbuchtung. Vor uns höre ich das Rauschen der Wellen, aber rund um uns sind nur Sträucher.

Er nestelt an seiner Hose, hebt sein Becken und zieht sie ein Stück nach unten.

Meine Lippen finden seine. Küssen sie, als hätten wir uns noch nie geküsst.

Unter Anstrengung unterdrücke ich jedes Raunen. Jedes Stöhnen, das völlig organisch kommt. Die Lust, ihn hart zu spüren und gleichzeitig seine weiche Haut zu genießen.

Wir verschmelzen. Oben wie unten. Und unten wird zu oben. Zu überall.

Wir verlieren uns. Ineinander. Im sanften Klang der Wellen. Im Rhythmus, den sie vorgeben.

Wir verlieren die Zeit. Alles, das uns umgibt.

Mein Kopf explodiert. Alles in mir wird weit.

Als hätten unsere Seelen einander in die Arme geschlossen.

Mein Gott. Als hätten sie Sex im Himmel.

Oder ist das einfach himmlischer Sex?

***

Ich fühle mich wie neugeboren. Verändert. Ja. Irgendwie verändert.

Hand in Hand schlendern wir über den Parkplatz. Niemand hat uns gesehen, niemand hat uns verhaftet.

»Weißt du, was ich mich gerade frage?« Martin sieht mir direkt in die Augen.

Ich weiß, dass mir nicht nur er, sondern auch Mimi und Tonie unseren Sex vom Gesicht ablesen werden können. Aber was solls. Ich bin schon groß, ich darf das, und was soll an Liebe und Sex schon verkehrt sein?

»Was denn?«

»Du hättest doch überall nach mir suchen können. Auf der anderen Seite von *Sharky's*, drüben im Park, sogar auf der Straße. Warum bist du so schnell genau am richtigen Strandteil gewesen?«

Hm. Wie erklär ich ihm innere Eingebungen?

»Na ja, zuerst war ich eh so verzweifelt, dass ich nicht gewusst habe, wohin. Dann wollte ich zum Park und hab die Engel gedanklich gebeten, mich zu dir zu führen. Und dann bin ich, ohne nachzudenken, an den Strand. Und da warst du.«

Übrigens: Danke noch einmal, ihr da oben.

»Weißt du, mir als nicht gerade gläubiger Mensch fällt es schwer, das nachvollziehen zu können. Aber langsam denke ich, dass vielleicht doch etwas dran sein könnte. Ich meine, ihr parkt vor meinem Haus! Florida ist groß. Ihr hättet auf eine andere Insel fahren können, einen anderen Platz zum Parken finden können, wenn schon auf Casey Key. Aber nein, ihr steht auf meinem Grund. Vielleicht sollte ich mich doch eingehender damit beschäftigen. Du könntest mir ja einmal wirklich erklären, was genau du glaubst und wie du mit deinen Engeln sprichst.«

Ich drücke ihm einen Kuss auf die Nase.

»Mach ich sehr, sehr gern, aber glaub ja nicht, ich will dich missionieren. Denn das interessiert mich ganz und gar nicht.«

»Siehst du, schon wieder ein Satz, der bei einem Menschen wie mir das Interesse ins Unermessliche steigen lässt.«

»Wenn das so ist, dann muss ich wohl sparsam mit meinen Informationen umgehen, um dich bei der Stange zu halten.«

»Du hast mich also durchschaut?«, grinst er und lässt mich die Stufen zum Lokal hinauf vorgehen.

Wow. Das ist echt schön. Von den Karten erzähle ich ihm allerdings erst etwas, wenn sie ... also falls auch die letzte jemals in Erfüllung geht. Ach, das wäre was. Wenn er mich vielleicht in zwei, drei Jahren fragt, ob ich ihn heiraten möchte. Ich würde ja schon heute Ja schreien, aber das wäre dann doch etwas überstürzt. Aber wenn ... dann zeige ich ihm, welche Karten mir Mimi damals auf meinem Küchentisch gelegt hat.

Wir kommen oben an.

»Gib mir eine Minute. Ich mach mich nur kurz frisch.«

Ich öffne die Tür zum Waschraum und den Toiletten.

Meine Herren! Wie schau ich denn aus?

Und so hat er mich gesehen? Mit mir geschlafen?

Das ist Liebe. Eindeutig. Denn der Sand klebt sogar in meinen Augenbrauen.

Abwaschen.

So. Fertig.

Schwungvoll trete ich wieder nach draußen. »Wir können.«

Er sieht mich an. »Du bist wunderschön, Babe.«

»Danke! Und du hast mir nicht gesagt, dass ich furchtbar ausschaue.«

»Du siehst nie furchtbar aus, merk dir das.«

Ich schenke ihm diesen Danke-du-bist-mein-Engel-Blick und hänge mich bei ihm ein. Wir gehen quer durchs Lokal. Da sitzen Mimi und Tonie ja.

Sind gesessen.

Denn sie springen in der Sekunde auf.

»Na endlich! Wir haben uns schon solche Sorgen um euch gemacht!« Tonie sieht von mir zu Martin, dann wieder zu mir. »Verstehe. Ich denke, dann kann ich mich mal wieder hinsetzen und eine Versöhnungs-Caipirinha auf euch Turteltauben trinken.«

Tonie grinst bis über beide Ohren. Und das geht bei ihr, denn sie hat zwar einen schmalen, aber recht breiten Mund. Ihr Grinsen ist so herzlich. Und ansteckend.

»Du hast recht, Tonie. Hm, mir scheint, da hat aber jemand mehr als nur geredet. Stimmts?« Mimi schaut mir tief in die Augen. Ich werde rot.

»Ja, ähm, könnte stimmen.«

Ich lasse mich in meinen Sessel plumpsen und Mimi meldet: »Gut für euch. Aber darf ich jetzt bitte die sein, die Ben, dem Supertrottel, den Marsch bläst? Das will ich schon seit Jahren und eine bessere Gelegenheit bekomme ich nicht mehr.«

Ich sehe zu Martin, der wieder neben mir sitzt. Er nickt. Und lächelt.

Schnell entsperre ich mein Handy und suche seinen Kontakt heraus.

»Hier, aber vergiss nicht, ihn mir nachher zu geben. Ich habe ihm nämlich auch noch etwas zu sagen.«

Sie nickt, ich höre aber, dass Ben auch schon abhebt und ein freudiges, viel zu lautes »Ja hallo, Marisa!« ins Telefon ruft.

Mimi verdreht die Augen.

»Nein, sorry, da ist nur Mimi, die Bulldogge. Freundchen, jetzt sag ich dir einmal etwas: Du bist ein doppelter Vollidiot. Einmal, weil du die beste Frau auf diesem Planeten schamlos betrogen und über Nacht sitzen gelassen hast, und zum Zweiten, weil du so von dir eingenommen bist, dass du doch glatt die Frechheit besitzt, zu glauben, sie würde dieser Tage auch nur aus demselben Glas wie du trinken wollen.«

Meine Mimi ist die Beste! Besser hätte ich ihm das gar nicht sagen können.

Und sie strahlt zu Recht übers ganze Gesicht. Martin und Tonie nicht weniger. Tonie rinnen sogar Lachtränen über die Wangen.

Leider spricht Ben am anderen Ende jetzt leiser. Ich höre zwar die Stimme, aber nicht, was er sagt.

»Hast du mich jetzt echt Zicke genannt? Du bist so was von tief! Aber jetzt sag ich dir was: Sie sitzt neben mir, hat alles mit angehört, und ihr Freund ist auch da.« Was für eine Genugtuung! Wart erst, Ben, bis ich das Handy nehme! »Ach, du willst mit ihr sprechen? Meinst du wirklich, dass das eine ...«

Martin reißt ihr das Handy aus der Hand.

»Martin Engel hier, Ben. Ich sag dir jetzt etwas, und wie üblich sag ich so etwas nur einmal. Lass meine Freundin in Ruhe. Und damit ist Marisa gemeint. Und eine Entschuldigung an Mimi kannst du dir sparen, die übernehme ich für dich. So. Und nun ersuche ich dich im Sinne der Datenschutzverordnung, lösche Marisas Nummer und alle Nachrichten an sie und von ihr. Und zwar sofort. Und glaube mir, ich habe Mittel und Wege, das zu überprüfen. Schönen Abend noch.«

Er drückt auf ›Auflegen‹ und reicht mir mein Telefon.

»Entschuldige, aber ich konnte nicht anders.«

»Super. Jetzt habt ihr es ihm alle reinsagen können, nur ich nicht.«

Was mich echt ein bisserl ärgert. Ben ist mein Ex und ich hätte so vieles auf der Zunge gehabt, das ich ihm nur liebend gern um die Ohren geknallt hätte.

»Das tut mir jetzt leid«, schmunzelt Martin. Also tut es ihm nicht die Bohne leid.

»Na okay. Ist ja nicht wichtig.« Vor allem weil mir gerade schießt, was es für Ben bedeuten muss, dass ihm ein Martin Engel gesagt hat, was er gesagt hat. Ben und Laura sind immer schon Society-Mitläufer gewesen. Ach, wie schön! An diesem Dämpfer wird er noch lange knabbern und außerdem muss er Angst haben, dass Martin das alles seiner eigenen Exfreundin steckt, welche von den unzähligen es auch immer war, völlig unwichtig, und Bens Frau davon erfährt, dass er mir nachgestellt hat.

Gott, ist das ein berauschender Moment!

»Können wir jetzt bitte Cocktails bestellen? Das tut so gut, darauf muss ich trinken«, strahle ich alle nacheinander an.

»Ja! Da bin ich dabei. Herrschaftszeiten, das hätte ich ihm alles schon viel früher einmal sagen sollen. Aber Martin, gratuliere, du warst echt gut! Datenschutzverordnung! Auf die muss man erst einmal kommen. Chapeau!«

Meine Mimi! Ich drücke sie.

»Danke! Ich geb zu, mir hat das jetzt auch durchaus gutgetan, obwohl ich so etwas sonst eigentlich nicht so gern selbst erledige«, sagt Martin und winkt einen Kellner heran.

»Sondern erledigen lasse«, grinst Tonie ihn an. »Jaja, kenn ich. So war mein Bob auch. Er war immer der Gute im Geschäft, nur seine Anwälte waren die Bad Guys. Mein Gott, du erinnerst mich dermaßen an meinen Mann, Gott hab ihn selig, dass ich dich glatt adoptieren würde!«

Na, das waren mal Worte von Tonie.

Ich komm kaum aus dem Staunen raus. Andererseits? Wie kann man Martin nicht ins Herz schließen? Oh. Meine Eltern. Die wissen nur, dass ich eventuell einen neuen Freund habe. Das Desaster anlässlich seiner Singlehochzeit habe ich bislang verschwiegen. Auch, wer mein neuer Freund ist. Sollte ich dringend nachholen. Aber nicht mehr heute. Das hat auch bis nach dem Urlaub Zeit. So etwas sagt man persönlich.

»Vielleicht lassen wir die Adoption weg und du könntest so etwas wie eine mütterliche Freundin für mich sein?«

Selbst Mimi ist sprachlos.

Tonie steht auf, ihr wallendes Kleid wischt mir um die Beine, und sie herzt Martin.

»Sehr gern! Es wäre mir eine Ehre!«

Wie in einem amerikanischen Kitschfilm! Aber ich liebe es!

Am Pool

Eine Woche später ...

Ich möchte am liebsten nie mehr wieder weg von hier. Diese eine Woche Urlaub mit Martin hat es aber auch wirklich in sich gehabt. Es fühlt sich auch nicht wie Urlaub, sondern wie ein neues Leben an. Und es ist das beste Leben, das ich je gehabt habe.

Schade, dass Mimi und ich schon kommenden Freitag zurückfliegen müssen. Ich würde es hier für immer aushalten.

Wie jeden Morgen sind wir gleich nach dem Frühstück eine Runde mit Flodo am Strand entlanggegangen. Er liebt es, zumal es durchaus einige Büsche und Palmen auf der Straßenseite gibt. Und Martin hat ihm beigebracht, zur Abkühlung mit ihm ins Wasser zu gehen und sich anschließend zuhause mit dem Gartenschlauch abspritzen zu lassen. So süß. Flodo versucht immer, nach dem Wasser zu schnappen. Nur wenn er sich schüttelt, ist alles rundherum nass. Zum Glück nimmt Martin das echt locker. Obwohl die Villa bombastisch ist und der Pool ebenso, so etwas Banales wie einen Gartenschlauch gibt es. Eines der wenigen Dinge, die daran erinnern, dass Martin auch nur ein normaler Mensch ist und ich mich wegen seines XL-Lifestyles keineswegs klein und unbedeutend fühlen muss.

Im Gegenteil. An Luxus gewöhnt man sich schneller als ans Sparen. Zumal es hier wie im Paradies ist. Ich mag diese weißen Liegen am Pool. Das Wasser hat einen wunderschönen tiefen Blauton. Tja, dann werde ich vielleicht noch ein wenig lesen, denn Zeit habe ich ja. Martin wollte noch seine E-Mails checken und ist mit Flodo drinnen im Haus. Durch die Klimaanlage ist es dort angenehm kühl. Das ist für Flodo eindeutig besser.

Martins gute Geister sind gerade dabei, zusammenzuräumen und unser Essen vorzubereiten. Einen leichten Lunch nur für uns beide und dann für heute Abend ein Barbecue. Martin hat es bei Sharon, seiner Köchin, bestellt. Den Tisch direkt am Pool hat die Gute bereits gedeckt. Sie hat mir gesagt, dass sie dann alles in den Kühlschrank stellt. Wir müssen es abends nur mehr herausholen und grillen. Zum Glück kommen auch Mimi und Tonie am späteren Nachmittag. Soll Martins Mutter mal unfreundlich zu Tonie sein! Hach, dann kann sie sich aber was anhören, denn Tonie einzuschüchtern ist schier unmöglich.

Wäre ich nicht zuerst schwimmen gegangen, hätte ich noch lesen können. Aber damit wird jetzt nichts mehr, denn da kommen sie schon.

»So schnell habe ich meine beiden Lieblingsmänner gar nicht erwartet!«

»Wir haben dich vermisst!«

Martin kommt nur in Badeshorts und mit einer bunten Kühltasche auf mich zu. Flodo bellt einmal kurz und saust mir mit flatternden Ohren entgegen. So herzig, die beiden.

Ups.

»Also ich weiß nicht, ob du das hier darfst, Flodschi.«

Gestern habe ich ihn unwillkürlich so genannt. Passt irgendwie besser zu ihm als Flodo. Flodschi klingt mehr nach kuscheln und Knopfaugen. Martin quetscht sich auch noch zu uns beiden aufs Sonnenbett.

»Jetzt bin ich gespannt, wen du fragen willst, ob er das darf oder nicht.«

Wieso? Wie meint er denn das?

»Na dich natürlich.«

»Ah, verstehe. Du versuchst gerade, eine äußerst schwierige Entscheidung auf mich abzuwälzen, Babe. Aber das kannst du knicken, du bist hier genauso zuhause wie ich, das habe ich dir schon am ersten Tag versucht klarzumachen.«

»Jaja, ich weiß. Weil du der großzügigste und tollste Mann bist, den ich kenne.«

Und der einzige, der aus mir einen Ferrari macht. Von null auf hundert in zwei Sekunden. Kaum sehe ich ihn, geht es schon mit dem Kribbeln im Bauch los. Gefolgt von dem Drang, ihn ständig irgendwie zu berühren. Ich liebe es, seine Haut zu spüren. Martin hat wirklich wundervolle Haut. Sie ist irgendwie dick und wirklich schön. Dazu sein olivefarbener Teint. Hach!

Ich streichle ihn am Oberarm.

»Sharon hat mir Obstsalat für dich mitgegeben. Ich habe schon einen gegessen. Magst du ihn gleich?« Martin krault Flodo am Ohr und ich denke, solange niemand Flodschi mit einer Knackwurst winkt oder es ihm zu heiß wird, hat er vor, auf meiner Liege sitzen zu bleiben.

»Oh ja, gern.« Ich hab ohnehin nur einen Kaffee zum Frühstück gehabt, das passt jetzt perfekt.

Unbeholfen fädle ich mich zwischen Flodo und Martin aus, ziehe eine zweite Liege nah heran und öffne die türkisfarbene Kühltasche.

Das darf nicht wahr sein!

»Oh Martin!«

Direkt neben dem Obstsalat in einer Schale und einer Dose Schlagobers zum Sprühen steht sie! Ich ziehe die weiße Schatulle mit dem Flamingo raus. Genau die wollte ich am St. Armands Circle kaufen, aber dann war ich durch die vielen Boutiquen so abgelenkt, dass ich darauf vergessen habe. Erst als wir schon beinahe wieder hier waren, ist sie mir wieder eingefallen und ich habe Martin gesagt, wir müssen unbedingt noch mal dorthin, denn ich habe die herzige Flamingoschatulle aus dem Dekoladen vergessen zu kaufen.

Ich umarme ihn.

»Das ist so süß von dir! Wie bist du denn zu der gekommen?«

»Tja, ich habe da Mittel und Wege.« Er strahlt übers ganze Gesicht. »Aber im Ernst, ich habe Sharon gebeten, sie heute mitzubringen, sie wohnt ja in Sarasota.«

»Das ist so lieb von dir. Danke!«

Ich küsse ihn auf den Mund und er hält mich kurz fest.

»Wenn du dich schon so über dieses kleine weiße Holzkistchen freust, bin ich gespannt, was du sagst, wenn du erst hineinsiehst.«

Noch ein Geschenk?

»Aber du hast mir ja schon einen ganzen Kasten voll Kleidung, Schuhe und Handtaschen gekauft.« Bikinis und Unterwäsche auch. Da hatte er den meisten Spaß beim Aussuchen.

»Komm, quetsch dich zu mir und schau rein.«

Ich setze mich vor Martin und er umschlingt meinen Bauch. Flodo legt eine Pfote so auf mein Bein, dass er mich spüren kann. Das mag er sehr.

»Machst du sie jetzt bitte endlich auf? Das ist ja nicht auszuhalten.«

Ich zwinkere Martin zu.

»Wir könnten doch auch zuerst nach oben gehen und ich mache sie erst anschließend ...«

»Meine Güte, Marisa! Du kannst einen echt auf die Folter spannen!«

Kichernd öffne ich die weiße Schatulle.

Drinnen liegt eine Karte, ebenfalls mit einem Flamingo drauf. Oh. Dazu noch lauter Krimskrams: lauter verschiedene Flamingo-Magneten.

»Sind die herzig! Danke!«

Ich falle ihm um den Hals und küsse Martin.

»Würdest du dann bitte die Karte endlich lesen?«

»Jaja.«

Puh. Da hat er aber verdammt viel Text in Minischrift draufgeschrieben.

>Mein Liebling! Ich weiß, ich bin nicht so der große >Redner<. Möglicherweise kann ich dir besser zeigen, was du mir bedeutest, als es dir sagen. Daher möchte ich dir zwei Dinge schenken. Erstens den Raum oben im ersten Stock, gleich neben dem Schlafzimmer. Überleg dir, wie du ihn gestalten möchtest, damit du dich in Zukunft hier zuhause fühlst. Richte ihn ein, wie du magst.<

»Du ... du schenkst mir hier ein ganzes Zimmer?«

Das muss ich erst verarbeiten.

»Nein. Eigentlich schenke ich dir einen Platz in meinem Leben. Das Zimmer soll nur dabei helfen, dass du dich hier nicht andauernd wie ein Gast benimmst, sondern dich richtig zuhause fühlst.«

»Aber das tue ich doch schon!«

Martin neigt den Kopf zur Seite. »Wirklich? Und warum fragst du mich dann Sachen wie ob du etwas da oder dort hinlegen oder dir dieses oder jenes nehmen darfst?«

Stimmt auch wieder. Aber wir sind doch erst am Beginn unserer Beziehung.

»Vielleicht muss ich mich erst an deinen ganzen Reichtum gewöhnen.«

»Siehst du, und genau das will ich beschleunigen. Vielleicht möchtest du ja ein Flamingo-Zimmer? Ich habe eine tolle Innenarchitektin zur Hand. Die soll, noch bevor wir nach Hause fliegen, herkommen. Dann sagst du ihr deine Wünsche, suchst mit ihr Möbel, Wandfarbe oder was auch immer aus, und wenn wir das nächste Mal nach Florida kommen, ist dein Zimmer fertig.«

Er meint es ernst. Mit dem Raum und uns! Wie habe ich nur jemals an Martins Gefühlen für mich zweifeln können? So wie es aussieht, war ich die, die sich unsicher war, und nicht er. Ich umschlinge ihn.

»Danke! Ich weiß gar nicht, was ich sagen soll.«

Er drückt mir einen Kuss auf die Lippen und flüstert: »Lies einfach bitte weiter, ja?«

»Okay.«

›Und bitte sag nicht, dass das alles zu schnell geht! Ich weiß,
dass du die Frau meines Lebens bist, und daher wünsche ich mir,
dass du aufhörst, dich wie ein Gast bei mir zu fühlen, sondern
wie meine ... tja, wie drücke ich das passend aus? Freundin klingt
für mich nicht richtig, wenn es um dich und mich geht. Vielleicht
müssen wir das noch besprechen. Auf jeden Fall ist mein zweites
Geschenk ein kleiner Ausflug, gleich morgen. Du weißt, ich liebe
Flodo, aber ich würde gern etwas für zwei Tage allein mit dir unternehmen. Marisa, ich will dir mit all dem zeigen, dass ich bei
dir das Gefühl habe, zuhause angekommen zu sein. Ich liebe dich!
Dein Martin‹

Zitternd lasse ich die Karte auf meinen Schoß sinken. Das ist
die wundervollste Liebeserklärung, die ich je bekommen habe.
Aber wichtiger als das: Ich habe sie von Martin bekommen. Vom
richtigen Mann. Von dem Mann, der alles in mir zum Schwin-
gen bringen kann. Und mir geht es wie ihm. Nicht eine Sekunde
habe ich das Gefühl, ich müsste mich verstellen. Er lässt mich ich
selbst sein. Und mit ihm zu wohnen, auch wenn es jetzt nur ein
paar Tage waren, ist so unglaublich selbstverständlich, wie ich es
mir nicht einmal hätte vorstellen können.

»Ich ... ich habe auch das Gefühl, bei dir angekommen zu
sein, Martin! Ich liebe dich. Wie soll ich dir denn für all das danken?«

Mein Kopf sinkt auf seine Schulter und er streichelt mein
Haar.

»Nimm es an. Das reicht. Sag, kannst du dir vorstellen, ab sofort auch in Wien mit mir zu leben? Also bei mir einzuziehen?
Oder geht dir das zu schnell?«

So wie mein Puls gerade verrücktspielt, so wie mein ganzer
Körper vor Freude bebt und so laut, wie mein Kopf *Ja* brüllt, keineswegs. Nein. Es mag zwar von außen betrachtet viel zu schnell
sein, aber nicht für mich. Ich löse mich von ihm und sehe ihn an.

»Nein. Denn das bedeutet, dass ich jeden Morgen neben dir aufwachen kann. Und das ist das Schönste überhaupt. Also ja, ich würde wahnsinnig gern mit dir zusammenziehen.«

»Das ist gut. Und, ähm, eine Frage habe ich noch: Bist du dir wirklich sicher, dass ich der Mann sein könnte, mit dem du ... also ... vielleicht eine Familie gründen willst?«

Hat er mich das gerade wirklich gefragt? Oh Gott! Die ganze Zeit hier habe ich mir schon gedacht, wie es zwischen uns nach dem Urlaub weitergeht. Ich spüre, wie sich Schweiß unter meinen Achseln sammelt und langsam runterrinnt.

»Weißt du, ich habe mir das immer gewünscht, aber ich habe gedacht, ich werde nie den richtigen Mann finden, mit dem ich gern ein Kind hätte. Aber ... also am Anfang hast du mich so verunsichert, dass ich gar nicht so weit gedacht habe. Erst seit wir hier sind, habe ich begonnen, darüber nachzudenken, wie es mit uns weitergehen könnte. Aber ich wollte nicht darüber sprechen, damit du nicht denkst, ich hätte es irgendwie auf dein Geld abgesehen. Du verstehst schon, was ich meine, oder?«

»Und ich hab geglaubt, ich bin nicht gut im Reden, Liebling, aber du bist es noch weniger. Marisa, ich bin ein sehr einfach gestrickter Mann. Kannst du mir bitte sagen, ob ich dich überrumple und du noch etwas Zeit brauchst oder ob das alles auch das ist, was du möchtest? Du kennst mich ja, wenn ich von etwas überzeugt bin, mache ich keine halben Sachen, sondern treffe Entscheidungen, aber es sollen auch deine Entscheidungen sein.«

In meinem Kopfkino springen bereits zwei kleine Kinder mit Schwimmflügerln zu Martin und mir in den Pool. Lachen. Spritzen uns mit Wasser an. Flodo steht am Beckenrand und bellt, weil er nicht weiß, ob er mitmachen oder sie retten muss. Beide sind entzückend. Das Mädchen etwas älter als der kleine Bub. Lustigerweise sind sie beide blond und nicht dunkelhaarig wie Martin und ich.

»Warst du als Kind blond?«

Er kneift die Augen zusammen und sieht mich verdutzt an.

»Ja, wieso?«

Sehr gut. Ich auch.

»Dann ist alles gut! Ja, Martin! Egal, ob mich Mimi oder meine Eltern für verrückt erklären werden oder nicht, ich liebe dich. Ich will mit dir leben. Ich will irgendwann Kinder mit dir haben. Ich will, dass wir nach einem Streit nie wieder schlafen gehen, ohne uns vorher ausgesprochen und versöhnt zu haben. Und ich wünsche mir, dass du bei mir einfach du bist. Mit allem, was du bist. Denn so liebe ich dich.«

Für einen Moment herrscht eine ohrenbetäubende Stille. In meinem Kopf wie auch hier am Pool. In Martins Gesicht spiegeln sich so viele Gefühle auf einmal. Seine Augen glänzen.

Plötzlich nimmt er mich in seine Arme und flüstert mir ins Ohr: »Dann weiß ich auch, wie ich dich ab jetzt nenne: meine Frau. Egal, ob wir schon verheiratet sind oder nicht.«

Nicht! Jetzt steigen mir Tränen in die Augen.

Angekommen.

Ich bin in einem neuen Leben angekommen.

Womit habe ich einen Mann wie ihn eigentlich verdient? Ich weiß es nicht. Aber er will mich. So wie ich ihn will. Oder nein. Ich brauche ihn. Seine Umarmungen. Seinen Geruch, wenn ich mich in der Früh in seine Arme kuschle. Seine tiefe Stimme, wenn er ›Guten Morgen, Sunshine‹ sagt. Seine Leichtigkeit, mit der er jeden Tag Unglaubliches leistet, als hätte er bloß ein wenig zum Spaß gegoogelt.

Flodo murrt etwas und steht auf. Ihm ist in der Sonne jetzt doch zu heiß geworden. Er geht ein paar Meter und legt sich in den Schatten. Martin lässt sich mit mir nach hinten fallen und ich liege auf ihm drauf.

»Nicht heulen, Kleines. Du musst dir das so vorstellen: Jemand fragt mich, wer du bist, und ich werde mit einem Augenzwinkern antworten: Das ist meine Frau. Der Teufel.«

Lächelnd wische ich mir kurz über die Augen.

»Ja genau. Und ich sage dann: Und das ist übrigens mein Mann. Der Engel.«

»Du siehst, mich zu heiraten, wäre eine deutliche Verbesserung für dich!«, lacht er.

Stimmt.

»Und wenn ich auf einem Doppelnamen bestehe?«

Er neigt den Kopf zur Seite und sieht mich an. »Engel-Teufel? Oder Teufel-Engel? Also ehrlich, du bist die, die an Gott glaubt.«

»Da hat du recht. Das klingt beides gar nicht gut.« Aber allein darüber zu sprechen, macht mich unfassbar glücklich.

»Übrigens: Ich habe eben mit Sean telefoniert.«

Ah. Sein ominöser allerbester Freund, von dem ich nichts weiß, außer dass er Arzt ist.

»Und? Was spricht er?«

»Dass er nächste Woche gern noch einmal auf ein, zwei Nächte herkommen würde.«

Moment.

»Wieso wieder?«

»Er ist mit mir rübergeflogen und war eine Nacht hier, musste dann aber zu einem Ärztekongress nach New Orleans.«

Mein Hirn rattert laut.

Die beiden Jogger. Der größere war also Sean?

»War er der, der mit dir laufen war?«

»Ja. Das war Sean.«

»Ist er nett?«

Martins Augen funkeln belustigt.

»Nett? Keine Ahnung, was du bei einem Mann als nett bezeichnen würdest.«

Ob dieser Sean eine gute Ablenkung für Mimi wäre?

»Ist er Single?«

»Entschuldige, was ist das jetzt für eine Frage?«

»Nein, nein. Ich frag nur ... also ... na ja, vielleicht wäre er ... nun ja, eine ...«

»Du stotterst ja!«

»Ja. Sorry! Aber es ist nur wegen Mimi. Vielleicht tut ihr das gut, wenn ein Mann sie ... na ja, mal einen Abend ausführt.«

»Also dafür müsste er nicht Single sein, und ja, das dürfte für Sean kein Problem sein, vor allem nicht, sobald er Mimi sieht. Aber ...«

Was jetzt? Das klingt doch perfekt und täte Mimi sicher gut.

»Aber?«

»Aber ich würde dir nicht raten, Sean und Mimi verkuppeln zu wollen.«

»So weit wollte ich ja ohnehin nicht gehen.«

»Dann ist es gut, denn Sean ist beziehungsunfähig.« Sagt einer, der es wissen muss? »Und er ist ein Womanizer. Sean bekommt jede ins Bett, die er sich in den Kopf setzt.«

Langsam wird mir klar, warum sich die beiden als beste Freunde gefunden haben. Schmerzt ein bisserl.

»Okay. Botschaft angekommen. Wir lassen das mit Mimi.«

»Wird für alle Beteiligten besser sein, schätze ich. So. Aber jetzt ist mir heiß.«

Martin steht auf und ...

Hups.

Hat mich aufgehoben und Flodo ist ebenfalls aufgesprungen.

»Wirf mich ja nicht ins Wasser!«

»Habe ich nicht vor«, erklärt er mir in diesem samtweichen Tonfall, den ich schon kenne.

»Was hast du dann vor?«, gurre ich.

»Flodo nach drinnen zu bugsieren und dann ein wenig ... Sex im Pool vielleicht?«

Das geht jetzt aber gar nicht. Am helllichten Tag noch dazu. Mag sein, dass ich prüde bin.

»Und die Angestellten?«

Mit einer Hand zieht Martin eine der Schiebetüren auf. Flodo trottet bereitwillig ins Wohnzimmer und er schiebt die Glastür wieder zu.

»Sind entweder schon weg oder, falls nicht, auf der anderen Seite des Hauses. Und sie haben Geheimhaltungserklärungen unterschrieben.«

Und wenn sie mich doch sehen? Sehen, wie mein Busen aufschwimmt? Keine Ahnung, meinen Gesichtsausdruck, wenn Martin ...

»Also ich weiß nicht.«

Langsam geht er mit mir auf den Armen die breiten Stufen ins badewannenwarme Wasser. Setzt sich auf das Plateau und zieht mich auf seinen Schoß.

»Entspann dich. Lassen wir es auf uns zukommen, ja?«

***

Oh mein Gott!

Ich liege mit dem Rücken auf seiner Doppel-Luftmatratze und habe meine Beine um seinen Hals geschlungen. Martin sitzt bis zur Brust im Wasser auf der Stiege.

Hör nie mehr wieder damit auf, Martin! Alles in mir ist weich. Willig. Hat Feuer gefangen.

Ich will nur noch Sex unter der Sonne. Wie hätte ich ahnen können, wie sehr einen direkte Sonnenstrahlen auf den Bauch zusätzlich antörnen?

Plötzlich lässt er von mir ab. Etwas unbeholfen versuche ich, mich auf meinen Ellbogen auf der wackeligen Matratze abzustützen. Unsere Blicke verhaken sich ineinander. Unbändige

Leidenschaft. Unendliche Liebe. Sein tiefes Verlangen nach mir. All das strömt mir wie eine Woge entgegen.

Ich rutsche von der Matratze, direkt auf seinen Schoß. Direkt in seine Hand, die mich weiter massiert.

»Ich muss dich spüren ... in mir«, raune ich an seinen Hals und vergrabe meine Finger in seinem Rücken.

»Ich dich auch, Babe.«

Oder nein. Vielleicht sollte auch ich ihm zeigen, wie sehr ich ihn begehre? »Ähm, kannst du dich zwei Stufen weiter rauf setzen?«

Er hebt die Augenbrauen, ich schwimme nach hinten weg und er setzt sich nach oben.

So, mein Engel. Nun werde ich dafür sorgen, dass zur Abwechslung du Engel in dir singen hörst.

Ich schwimme auf ihn zu. Er weiß, was kommt. Schließt die Augen. Vergräbt seine Hände in meinen Haaren. Stöhnt, noch bevor meine Lippen ihn berührt haben.

Überall und nirgends sind meine Hände. Ich liebe dich! Jaaa! Stöhn weiter. Ich liebe es, wenn du stöhnst. Wenn du dich vergisst. Wenn du dich hingibst. Jede deiner Fasern dein Verlangen nach mir widerspiegelt.

Das Wasser klatscht. Muss an meinen Bewegungen liegen. Ich sollte an etwas Idiotisches denken, denn sonst komm ich womöglich gleich.

In ein paar Tagen fliegen wir wieder heim. Das ist traurig.

Mist, hat nicht funktioniert. Wie eine Ertrinkende sauge ich an ihm.

»Setz dich auf mich! ... Bitte!«, raunt er.

Ja.

»Ahhh!«, höre ich mich schreien.

Ich spüre ihn. So tief.

So innig.

So ausfüllend.

Ja. Genau so.

Martins Bewegungen. Sein Rhythmus. Alles stimmt. Alles ist so heiß. So richtig.

Lange kann ich das nicht mehr zurückhalten …

In einem Schrei entladen wir all die Energie. Eingehüllt in Wellen, die langsam abflachen. Statt Lust breitet sich unendliche Befriedigung in mir aus. Verbundenheit. Liebe. Ihn noch in mir zu spüren ist so wunderschön.

Seine Hände streicheln meinen Rücken. Ich lehne an seiner Brust, meinen Kopf an seinem Hals vergraben.

»Du willst mich wohl nie wieder loswerden, was?«

Ich weiß genau, was du meinst, Liebling. Und ja, das kannst du ab sofort öfter haben.

»Nein«, flüstere ich.

Nie wieder.

Das Schwiegermonster

Später am Abend ...

»Wenn deine Mom nicht bald auftaucht, habe ich einen Schwips«, grinst Mimi mit einem Glas Champagner in der Hand.

Ich auch. Aber bei mir ist es etwas anderes. Ich muss mir schließlich Mut antrinken, damit ich auch richtig freundlich zu Martins Mutter bin. Allerdings muss ich mit der Dosierung aufpassen. Zuerst kommt der Mut, dann Ehrlichkeit, wenn ich angetrunken bin. Und Letzteres darf auf gar keinen Fall passieren. Nicht auszudenken, wenn ich ihr im Schwips erkläre, dass ich sie unmöglich finde. Oder dass sie in meinen Augen eine ganz fiese Hexe ist. Nein. Das darf nicht passieren.

Martin sieht auf die Uhr. Es ist bereits finster, aber der Pool, das Haus, die Palmen, alles ist beleuchtet und sieht toll aus. »Also spätestens in der nächsten Viertelstunde müsste sie eigentlich ankommen. Ich könnte den Fahrer anrufen.«

Schnell lege ich meine Hand auf seinen Arm. »Nein, nein. Lass es. Sie wird schon kommen und Mimi hört jetzt einfach zu trinken auf.«

Sie verzieht ihren Mund. »Ach. Und du?«

»Ich schlage vor, ihr stellt beide jetzt eure Gläser weg und trinkt Wasser. Und wir benehmen uns völlig normal, meine Damen!«

Hab ich mich getäuscht und Tonie will plötzlich doch einen guten Eindruck auf Martins Mutter machen? Bis jetzt hätte ich eher angenommen, ihr sei das völlig egal und sie würde einfach nehmen, was kommt.

Aber folgsam, wie ich nun einmal bin, trinke ich einen Schluck Wasser und streichle mit den nackten Füßen Flodschi, der unter dem Tisch schon die ganze Zeit schläft.

»Ich weiß nicht, was ihr habt. So schlimm kann es mit meiner Mutter gar nicht werden, wenn ich dabei bin«, grinst Martin, der natürlich weiß, dass sie seit ihrem Auftritt in unserem Büro und der Sache mit Evelyn verdammt schlechte Karten hat.

»Dein Wort in Gottes Ohr«, murmelt Mimi und knabbert an den Nachos, die schon am Tisch stehen. »Und übrigens, du solltest dir vielleicht doch noch einmal die Karten ansehen, die wir aufgedeckt haben. Da steht alles drinnen«, raunt sie in meine Richtung.

»Welche Karten?« Oje. Das ist das Einzige, das ich Martin noch nicht erzählt habe.

»Ähm, du weißt ja, also wir haben hin und wieder dieses Engelstarot gelegt.«

Er schmunzelt.

»Ich hab mich schon gewundert, was mit den Engeln passiert ist. Seit wir hier sind, hast du insgesamt sehr viel weniger über sie gesprochen als in Wien.«

Tonies Augen funkeln belustigt. Ich schätze, sie hat mit uns gerade wieder Kino.

Mimi macht eine beschwichtigende Handbewegung und sagt: »Das wird schon wieder. Marisa war bloß auf Engel-Diät.«

Martin lacht schallend. »So was gibts?«

Es hätte keinen Moment gegeben, an dem ich die Ankunft von Martins Mutter freudiger hätte erleben können als diesen. Ich mag jetzt definitiv nicht über die Tarotkarten sprechen, und schon gar nicht über die, nach der ich umziehen und heiraten werde. Das kommt im Moment selbst mir spooky vor, zumal wir ja in Wien zusammenziehen wollen.

Da kommt sie! Ums Hauseck. Eine Erscheinung, wie ich sie in Erinnerung habe. Die weiße Jeans sitzt wie angegossen, dazu trägt sie eine weiße Bluse und ein Sakko mit einem Blumenmuster und raucht eine Zigarette.

»Oh! Guten Abend, die Damen. Martin, Liebling!«

Sie fällt ihrem Sohn um den Hals und drückt ihn innig an sich, hält jedoch den Arm mit der Zigarette in die Luft. Irgendwie ist das schön zu sehen und seltsam zugleich. Wenn sie tausend Fehler hat, aber Martin liebt sie. Das spürt man.

»Mom, schön, dass du da bist!«

Martin stellt sie uns als Gina vor. Von Mimi weiß ich, dass sie Regina heißt. Aber das klingt vermutlich nicht extravagant genug. Sie schenkt jeder von uns ein zuckersüßes Lächeln und gibt uns einzeln die Hand. Als Letztes mir.

»Sie sind doch die Hochzeitsplanerin, nicht?«

Aha. Sie bleibt lieber beim Sie. Vermutlich muss ich dankbar sein, dass sie nicht gefragt hat, ob ich die Stripperin bin, denn ihre Augen haben etwas sehr Abweisendes.

»Ich hab dir doch am Telefon gesagt, dass Marisa hier ist, Mom.«

Selbst Martin hat also ihren leicht süffisanten Unterton bemerkt. Gut so. Dann hält er mich nicht für verrückt. Ich hab ihm ja gesagt, sie kann mich nicht ausstehen.

»Jaja, natürlich.«

Sie setzt sich an die linke Seite, neben Martin. Ich sitze zum Glück an seiner rechten.

Martin serviert ihr einen Drink und Mimi hält unsere beiden Gläser zum Nachschenken hin. Ich nicke ihr zu. Ja, ich brauche Alkohol. Sonst drück ich sie vermutlich doch nicht durch.

»Dann werde ich mal grillen.«

Ich springe auf. Das ist die Gelegenheit, in die Küche abzuhauen und Martin zur Hand zu gehen. Doch der sagt: »Bitte bleib sitzen, Babe. Heute mache ich das.«

»Danke.«

Schade. Jetzt muss ich hier mit seiner Mutter Small Talk betreiben. Martin verschwindet in der Küche.

Peinliches Schweigen.

»Hatten Sie einen guten Flug?«

Danke, Tonie!

»Nun ja, es war nicht so angenehm wie in Martins Maschine, denn ich bin mit der Lufthansa gekommen.«

»Aber doch Business Class, oder?«, bohrt Tonie weiter.

»Natürlich.«

Sehr schleppend. Ich hoffe nur, Tonie gibt nicht auf.

Martins Mutter dreht sich zu mir hin. »Ich muss sagen, ich war schon etwas überrascht, als Martin mir erzählt hat, dass Sie mit ihm ... nun, also, hier den Urlaub verbringen.«

Die fackelt nicht lange herum. Aber genau so haben Mimi und ich die Grande Dame kennengelernt.

»Wieso? Martin und Marisa sind ja nun doch schon, Moment mal, so um die vier Wochen zusammen.«

Mimi hat auf Bluthund umgestellt.

Bitte! Übertreibs nicht!

Martins Mutter verkutzt sich am Champagner und hustet.

»Das ... nun ja, ich mische mich nie in Martins Affären ein.«

Jetzt wäre mir das Glas beinahe aus der Hand gerutscht. Sie mischt sich nicht ein? Ach. Und was war das dann mit Evelyn? Alles reiner Zufall? Und überhaupt! Ich bin keine *Affäre*!

»Das ist schön, aber ich kann Sie beruhigen, Frau Engel. Wir haben keine Affäre.«

Mit Nachdruck zerquetscht sie ihren Zigarettenstummel im Aschenbecher, den Sharon – anscheinend in weiser Voraussicht – auf den Tisch gestellt hat.

»Wie Sie meinen!«, kommentiert sie eisig.

»Also ich denke ...!« Ja, Tonie! Sag ihr was. Irgendetwas! »Sie sollten die beiden einfach eine Weile beobachten«, schmunzelt sie in Richtung Martins Mutter, von der Tonie bloß einen entgeisterten Blick erntet. »Da bekommt man sogar in unserem Alter wieder so ein Verlangen, sich noch einmal zu verlieben«, stichelt Tonie weiter.

»In unserem Alter? Also ich kann mir nicht vorstellen, dass wir gleich alt sind.«

Sie lässt einen Gurkenstreifen in den Gin Tonic plumpsen, den sie sich soeben eingegossen hat.

Oh, oh! Mimi und ich lächeln uns verschmitzt an. Jetzt kommt sicher was!

»Also ich bin achtundsechzig, und Sie?«

»So, nun geht es los!«, meint Martin fröhlich und stellt das Tablett mit den Plastikboxen auf die Theke. Da sind marinierte Steaks, Scampis, kleine Burger und verschiedene Gemüsesorten drinnen. Die Outdoorküche unter dem Vorsprung des Balkons im ersten Stock ist groß genug. Da stehen auch die Salate, einige Saucen und frisches Weißbrot.

»Achtundfünzig«, murmelt sie kaum hörbar.

»Wer ist achtundfünzig?«, fragt Martin nach.

»Deine Mutter. Dann haben Sie Martin aber sehr jung bekommen.«

Mit achtzehn! Und das kann ich mir nicht vorstellen.

»Ja, Mom hat es nicht so mit Zahlen. Lange war sie neunundzwanzig, dann hat sie auf neununddreißig erhöht und war offiziell meine Cousine. Achtundfünzig ist ein Fortschritt, würde ich sagen.« Martin scheint diese Unterhaltung mächtig zu amüsieren! Seine Mutter versucht allerdings, sich mit Gin Tonic zu betäuben.

»Sag ich ja, wir sind gleich alt, Gina!«

Herrlich! Ohne Vorwarnung ist Tonie zum Du gewechselt. Die beiden sind wie Kino!

»Körperlich vielleicht, aber sonst wohl kaum«, grummelt sie.

»Um das herauszufinden, haben wir jetzt den ganzen Abend Zeit! Das ist doch wunderbar! Ich habe übrigens schon einen

Riesenhunger. Danke noch einmal für diese zauberhafte Einladung, Martin«, sagt Tonie fröhlich und hebt das Glas. »Auf uns alle! Zum Wohl!«

Wir erwidern ihren Toast.

»Warst du eigentlich schon einmal auf Sanibel Island, Gina?«

Ich lehne mich zurück. Tonie hat die Situation im Griff.

»Nein. Das liegt vor Fort Myers, oder?« Sagt sie, zündet sich die nächste Zigarette an und schaut auf den Pool, als ob sie das alles hier nichts angehen würde.

»Ja, genau. Da musst du unbedingt einmal hin. Mimi und ich waren bis gestern dort. Ein Traum, kann ich nur sagen.«

Na, die Unterhaltung scheint fürs Erste gebongt. Jetzt kommt sicher irgendetwas über die vielen Muscheln und den kleinen Hai, mit dem Mimi geschwommen ist. Hoffentlich geht der Abend bald vorbei, ohne dass wir Martins Mutter wegen Alkoholvergiftung in der Notambulanz abgeben müssen!

***

Martins Fahrer hat Mimi und Tonie schon nach Hause gebracht. Ich habe alles in die Küche gebracht und fein säuberlich verstaut. Das Geschirr ist im Geschirrspüler. Abgewischt habe ich auch alles bereits dreimal. Mehr geht nicht. Sogar mit Flodo war ich schon eine Runde spazieren. Also sitzen wir nur mehr zu dritt hier. Mittlerweile ist die Stimmung aber eindeutig besser. Nicht mehr so schleppend wie am Beginn.

Martin hat vom Geschäft erzählt.

»Hast du schon mit dem Notar gesprochen?«, fragt seine Mutter ihn.

Notar? Worum geht es denn jetzt wieder? Ich sehe Martin an.

»Ja. Aber lass das jetzt, Mutter.«

Nicht mehr Mom?

»Was ist denn mit dem Notar?«

Jetzt will ichs aber wissen.

Sie lehnt sich gemütlich zurück. Dreht ihr Glas in der Hand hin und her und beobachtet uns.

»Ach nichts. Er hat mir nur ... also es gibt ein Problem, denn er erkennt meine Singlehochzeit nun doch nicht an.«

Moment. Davon hat er mir ja noch kein Sterbenswörtchen gesagt! Ist die Giftspritze deshalb hergeflogen? Weil sie ihn am Ende doch in eine Ehe mit Evelyn theatern will?

»Aber du wirst doch kommenden Freitag vierzig. Das heißt dann auch, dass wir das Geld dann doch nicht aus der Firma bekommen werden, was ich für reine Verschwendung halte.« Seine Mutter klingt ziemlich verärgert.

Was mich allerdings noch mehr bewegt als ihre Emotionen, ist, dass er am Freitag seinen vierzigsten Geburtstag hat. Das wusste ich gar nicht. So ein Mist. Mimi und ich fliegen ja am Freitag wieder nach Wien.

Martin sieht seine Mutter, jetzt mich an.

»Sieht so aus.«

Mein Herz plumpst auf meine nackten Zehen. Es bewegt also auch Martin. Nicht nur seine Mutter. Nachvollziehbar, denn damit war alles umsonst. Der ganze Aufwand für seine Singlehochzeit, das Riesenfest und unser Streit, alles für den Hugo?

»Also, ihr entschuldigt mich. Ich bin vom Flug und der Zeitverschiebung doch etwas müde.« Sie steht auf und drückt ihm einen Kuss auf die Stirn. Mir gibt sie die Hand. »Bis morgen!«

Soll heißen: Lös dich bitte während der Nacht in Luft aus. Das ist das Mindeste, das ich verlangen kann.

Flodo glaubt anscheinend, dass etwas Spannendes passieren wird, denn er krabbelt unter dem Tisch hervor und läuft schwanzwedelnd an uns in Richtung Garage vor.

»Bleib, ich hole den Racker wieder.«

Martin geht ihm nach, seine Mutter steht noch neben mir. Sie legt die Hand auf meine Schulter.

»Keine Sorge, Kindchen. Er bekommt das Geld schon, denn immerhin hat er ja nicht Nein zu Evelyn gesagt. Aber dass er noch eine zweite Frau hat, damit mussten Sie bei ihm doch rechnen, nicht?«

Bitte? Spinnt sie jetzt komplett? Was soll denn das jetzt? Was heißt, Martin hat nicht Nein gesagt?

»Ich wünsche noch einen schönen Abend und gute Träume.«

Sie dampft ab und ich koche innerlich. Soll das heißen, Martin heiratet Evelyn doch? Wenn auch eventuell nur zum Schein? Hat er das mit ihr ausgemacht? Ohne es mir zu sagen? Was soll dann der ganze Blödsinn von wegen er will mit mir zusammen sein, vielleicht sogar einmal Kinder haben? Von heiraten hat er allerdings kein Wort gesagt. Nur, dass er sich eine Familie wünscht. Haben die das alles geplant und ich bin die blöde Tussi, die gar nichts kapiert? Shit. Hier geht es um über eine halbe Milliarde Euro!

Martin und Flodo kommen zurück.

»Trinken wir noch ein letztes Glas?«

»Gib mir die ganze Flasche.«

Er setzt sich wieder neben mich und mustert mich mit zusammengekniffenen Augenbrauen.

»Was ist denn los?«

»Gar nichts.«

Ich muss das erst verdauen und werde ihn morgen, wenn ich wieder nüchtern bin, damit konfrontieren. Jetzt kann ich nicht. Ich bin viel zu sauer!

»Ist das jetzt so eine Venus-und-Mars-Geschichte?«

»Was soll denn das sein?«

»Da gab es ein Buch: *Männer sind vom Mars, Frauen von der Venus*, in dem es um Kommunikationsmissverständnisse zwischen den Geschlechtern geht. Hab ich mal gelesen.«

Aha. Jetzt hab ich also ein Kommunikationsproblem?

Ich trinke mein Glas Champagner auf einen Sitz aus.

»Nein, kenne ich nicht. Aber ich möchte jetzt schlafen gehen.«

Ich möchte auch ein Mann sein, denn Martin springt auf, lächelt mich an und sagt: »Na dann komm. Gehen wir ins Bett, Liebling.« Langsam hege ich nämlich den Verdacht, dass die Welt und überhaupt alles für Männer viel einfacher ist als für Frauen. Oder zumindest einfacher als für mich!

Engel! Im nächsten Leben würde ich dann bitte gern ein Mann sein. Schreibt euch das bitte auf eure Liste!

Martin muss doch merken, dass ich wütend bin. Aber vielleicht ist es ohnehin besser, dass er jetzt nicht nachfragt. Am liebsten würde ich abhauen. Aber wie denn?

Oh nein! Damit hätte sie mich wieder in mein altes Muster zurückkatapultiert. Aber diesen Gefallen tue ich dir nicht, Gina!

»Auf, Flodschi. Jetzt gehen wir schlafen, Süßer«, gurre ich den Hund an. Vielleicht merkt er so einen Unterschied im Tonfall?

Martin fasst mich an den Schultern.

»Wir haben also doch ein Problem. Marisa, haben wir nicht heute Nachmittag ausgemacht, dass wir niemals schlafen gehen, ohne alles zwischen uns zu bereinigen?«

Ja, haben wir. Ist aber Schall und Rauch! Genauso, wie mir die Wahrheit über Evelyn zu sagen, Schall und Rauch war. Ich will jetzt nicht reden, weil ich nicht reden kann. Sonst müsste ich ihm hier eine Szene machen, die sich gewaschen hat, und das will ich auch nicht. Schon gar nicht mit *ihr*, einen Stock über uns!

»Haben wir. Aber alles ist gut«, würge ich hervor. »Ich bin bloß müde und leicht betrunken.

»Dann bin ich aber froh.«

Ich nicht. Und Sex kann er sich aufcremen, falls er den noch im Sinn hat.

Flamingos

Eigentlich müsste ich der glücklichste Mensch auf dieser blauen Kugel sein. Bin ich aber nicht. Ich muss endlich mit Martin über Evelyn sprechen! Aber wie, wenn andauernd etwas los ist? Heute in der Früh ist alles zu hektisch gewesen. Wir haben, wie gestern ausgemacht, Flodo zu Mimi und Tonie gebracht, dann hat uns Martins Fahrer am Flughafen in Sarasota abgesetzt. Im Flugzeug habe ich den richtigen Moment auch irgendwie versäumt. Martin war so aufgeregt. Voller Freude hat er mich raten lassen, wohin es denn nun gehen könnte. Ich bin auf alles gekommen, von New York bis Los Angeles, aber mit der Karibik hatte ich nicht gerechnet. Und nach einem Frühstück an Bord ist er dann überhaupt eingeschlafen. Ich natürlich nicht. Und als ich dann nach etwa drei Stunden das türkise Meer unter uns gesehen habe und Martin mir gestanden hat, dass das Aruba ist, wäre es auch unpassend gewesen, mit Evelyn anzufangen. Ich meine: Aruba. Ben hat mich einmal an den Neusiedler See entführt und damals hab ich schon gedacht, das wäre eine tolle Überraschung. Aber dieser Mann packt mich in sein Flugzeug und jettet mit mir nach Aruba. Ich hab ja nicht einmal gewusst, wo in etwa das liegt, bis er es mir auf dem Tablet gezeigt hat. Aruba, Bonaire und Curaçao, auch die ABC-Inseln genannt, liegen nördlich von Venezuela.

›Kennst du den Song *Kokomo* von den Beach Boys?‹, wollte er wissen. Nein. Kannte ich nicht, aber jetzt kenne ich ihn. Das Lied beginnt mit ›*Aruba, Jamaica, uh I want to take you*‹ und so weiter. Bringt einen jedoch sofort in Urlaubsstimmung. Ohne Frage. Wenn ich nicht dieses Gespräch führen müsste, hätte ich Martin längst um eine Blume fürs Haar und einen Rock aus Bast gebeten.

Ein Fahrer hat uns hier ins Hotel gebracht. Gleich danach haben wir in diese Suite eingecheckt. Auch die Suite ist fantastisch. Total modern. Stilvoll. Alles in Weiß und natürlichen Holztönen. Sogar mit Balkon und direktem Blick auf das türkise Wasser. Ich bin im Himmel gelandet und fühl mich wie in der Hölle. Das muss sich ändern.

»Martin, können wir kurz etwas besprechen?«

Er hat gerade unsere Taschen im Schlafzimmer abgestellt und kommt zurück ins Wohnzimmer.

»Natürlich.«

Ich setze mich aufs Sofa.

Gut.

Er hat verstanden und setzt sich neben mich.

»Also, ich weiß gar nicht, wie ich das jetzt sagen soll ...« Himmel! Ich bin so eine Memme. »Kurz und bündig: Deine Mutter hat mir gestern erklärt, dass du zu Evelyns Antrag nicht Nein gesagt hast.«

Endlich hab ich es ausgespuckt. Mein Magen fühlt sich gleich besser an. Aber besser ist in dem Fall nur knapp vor Brechdurchfall.

Martin zieht die Augenbrauen hoch und schaut komplett verblüfft drein.

»Hat sie? Wann hat sie das denn behauptet?«

Das ist seine einzige Sorge? Ich bekomme kaum Luft und ihm ist nur wichtig, wie Gina, die Giftspritze, die Gelegenheit gefunden hat, mir das zu stecken? Ameisen krabbeln in meiner Brust herum. Und das ist nicht schön. Gar nicht schön.

»Das ist doch egal. Stimmt es?«

»Ja. Aber nicht so, wie es offenbar bei dir angekommen ist.«

Was soll denn die Antwort wieder? Verlobt oder nicht verlobt? Das ist digital. Null oder eins. Da gibt es nichts dazwischen!

So ein Topfen. Warum habe ich gefragt? Wer fragt, muss die Wahrheit auch vertragen. Aber ich ertrag sie im Moment gar nicht!

Martin nimmt mich in den Arm. »Jetzt weiß ich, was seit gestern Abend nicht stimmt. Marisa! Ich habe deshalb nicht Nein gesagt, weil, wie du ja weißt, deine Stripperin dazwischengefunkt hat. Entschuldige, Burlesque-Tänzerin. Und da ich diese Gelegenheit genützt habe, um Evelyn mit Würde aus dieser Situation zu bringen, musste ich gar nichts antworten. Sie hat auch ohne Worte genau verstanden gehabt, dass ich sie nicht heiraten will. Warum glaubst du, war sie anschließend so sauer auf mich, dass sie mich angeschrien hat, ich hätte ihr Leben verpfuscht und sie in die peinlichste Situation überhaupt gebracht?«

Das ... hm, das klingt logisch. Irgendwie.

»Übrigens: Sie hat auch eine Vase nach mir geworfen.«

Martins Augen haben jegliches Strahlen verloren. Er sieht echt angepisst aus. Muss die Erinnerung sein. Hoffentlich bin nicht ich es.

»Dann bist du bestimmt nicht mit ihr verlobt?«

»Nein. Ich bin mit niemandem verlobt. Egal, was meine Mutter hinter meinem Rücken daherfaselt. Und um ehrlich zu sein, hätte ich gute Lust, sie anzurufen und zu fragen, ob sie weiterhin unsere Beziehung torpedieren will.«

Nein! Das will ich auch wieder nicht.

»Ich glaube, das ist keine gute Idee. Aber ich frag mich, was ich ihr getan habe, dass sie mich so offensichtlich loswerden will.«

Martins Blick wird weicher. Er streicht mir übers Gesicht.

»Das kann ich dir erklären. Du bist zu eigenständig. Hochausgebildet. Jemand, von dem sie annimmt, dass sie dich nicht so leicht mit Geld kontrollieren kann. Und meine Mutter kontrolliert nun einmal gern Menschen. Gut oder schlecht, so ist sie eben.«

Also wenn ich alles denke, aber nicht, dass seine Mutter mich für eine toughe Person hält. Im Gegenteil. Die Frau hat von der ersten Sekunde an gespürt, welche Knöpfe sie drücken muss, um mich aus der Fassung zu bringen! Und ich hasse mich selbst mehr als sie dafür, dass Gina es jedes Mal wieder schafft!

»Aber genau deshalb habe ich mich in dich verliebt, Marisa.«

Ich schmiege mich an ihn. Warum habe ich nicht gleich gestern mit ihm gesprochen? Ich muss das echt lernen. Schon wieder eine Nacht umsonst gelitten und einen traumhaften Flug in die Karibik nicht genossen. Dabei war ich noch nie in der Karibik. So ein Schmarrn. Jetzt kommen mir vor lauter Wut auf mich selbst auch noch die Tränen!

Martin wischt mir zärtlich über die Augen.

»Können wir jetzt bitte ein für alle Mal vereinbaren, dass wir alles besprechen? Und zwar sofort?«

»Ja. Können wir«, flüstere ich. »Es tut mir echt leid. Aber ich glaube, die letzten Jahre als Single, hm, da hab ich es mir anscheinend angewöhnt, entweder Mimi zu bombardieren oder alles in mich hineinzufressen.«

»Schon gut, vergessen wir es. Aber ab jetzt genießt du diesen Ausflug! Versprochen?«

Ich nicke. »Ja, versprochen. Aber eine Frage habe ich noch: Was wird jetzt aus deinem in der Firma geparkten Geld?«

Mir persönlich ist das ja völlig egal, da so viele Nullen vor der Kommastelle bei mir höchstens Kopfweh erzeugen.

»Tja, da habe ich eine Idee. Aber ich muss erst klären, ob sie funktioniert. Und wenn nicht, ist es auch gut.«

Das nimmt er aber sehr locker. Zuerst muss die Singlehochzeit her und jetzt auf einmal ist es irgendwie egal, ob es hinhaut oder nicht? Das kann ihm nicht auf einmal völlig einerlei sein. Das wäre komplett unlogisch.

»Lass das meine Sorge sein, Marisa. Ja? Weißt du überhaupt, wo genau wir hier sind?«

»Auf einer kleinen Insel. Aruba?«

Martin küsst mich auf die Nasenspitze.

»Stimmt. Aber sie hat etwas Besonderes. Daher schlage ich vor, du schlüpfst in einen Bikini, wir schnappen uns die Strandtücher und dann kann ich dir endlich zeigen, warum wir hier sind.«

Ich seufze einmal tief. Ist damit alles wieder in Ordnung zwischen uns? Ich schätze, ja. Mit seiner Mutter aber nicht. Wenn wir zurückkommen, werde ich mit ihr ein ernsthaftes Gespräch führen. Und dann kann sie entscheiden, ob sie weiterhin gegen mich arbeitet oder sich einkriegt. Ihr Problem.

»Okay. Gib mir drei Sekunden, dann bin ich startklar.«

Martin ist es ja bereits, denn er hat sich schon vorher schwarze Badeshorts und ein T-Shirt angezogen. Heiß sieht er aus. Ich drücke ihm einen Kuss auf den Mund und verschwinde ins Schlafzimmer.

***

Hand in Hand schlendern wir durch das Hotel. Ich liebe es hier. Alles ist so ... so sommerlich. Karibisch. Überall gibt es nette Ecken und Lounges. Alles ist freundlich eingerichtet.

»Nicht wahr, jetzt! So was hab ich ja noch nie gesehen.«

Mitten im Hotel ist ein Becken, das zum Meer hin offen ist. Hier legen Wassertaxis an und ab. Richtig geil!

»Ich finde es auch interessant gemacht. Komm, da vorn wartet unser Boot.«

Wir steigen in ein kleines weißes Motorboot. Anscheinend hat Martin eines nur für uns beide bestellt, denn obwohl einige andere Touristen zusteigen wollen, erklärt ihnen der ältere Mann, dass das jetzt ›privat‹ ist.

Langsam fährt er aus dem Hotel hinaus in die Lagune. Die Sonne blendet.

Das ist ja irre. Wir düsen los. Gegenüber erscheint eine kleine Insel.

Völlig abgefahren, was ich mit Martin alles erlebe!

»Und, gefällt es dir?«

»Was heißt gefallen, Martin? Das ist ein Traum. Schau dir allein das Wasser an. So herrliche Farben.«

Ich kann mich gar nicht sattsehen. Das ist so wie bei einem schönen Gemälde. Mich überkommt vorauseilend die Traurigkeit, weil ich weiß, dass ich wieder weggehen werde und die Farben in der Erinnerung stets blasser werden.

»Wir sind gleich da. Da vorn, das ist eine Privatinsel.«

»Ist das schön! Wow!«

Mir ist alles recht. Meine kleine Welt steht Kopf, mein Röckchen rutscht mir über den Busen, aber das ist alles kein Problem, denn plötzlich ist alles bunter. Größer. Zwar eine Achtbahnfahrt, aber aufregend. Prickelnd. Und überraschend. Mein Gott, ich hätte mir das ja nicht einmal zu wünschen gewagt.

Mich würde nicht einmal mehr überraschen, wenn Martin vorschlagen würde, einen Kaffee am Mond trinken zu wollen. *SpaceX* wollen das ja anbieten. Vielleicht jedoch ohne Kaffee.

Langsam wird das Wasser noch türkiser und eine große Bucht wird sichtbar. Wir steuern direkt auf den Strand zu. Das ist ganz eindeutig das Paradies hier. An einem Holzsteg legt das Boot an und Martin reicht mir die Hand zum Aussteigen.

»Ja hey! Wer bist du denn?« Vor uns sitzt ein kleiner grüner Leguan!

Ich knie mich zu dem Minimonster hin. Ist ja nicht zu fassen. So putzig. Wie ein kleiner Drache schaut er aus.

»Jetzt kann ich es dir endlich sagen!«, meint Martin neben mir.

Ich schaue ihn blinzelnd an.

»Was?«

»Das hier, Babe, das hier ist der *Flamingo Beach*. Nirgendwo sonst auf der Welt kannst du mit ihnen baden oder sie füttern. Nur hier spazieren sie frei zwischen den Gästen herum.«

Was?

Nein.

»Echt jetzt?«

Martin lacht übers ganze Gesicht.

»Ja, echt jetzt.«

Ich stehe auf.

Flamingo Beach? Er hat mich hierher gebracht, weil ich andauernd von Flamingos schwärme? Als würde jemand warmes Wasser in meinem Inneren ausschütten, fließt dieses Gefühl von Dankbarkeit, von Liebe, durch mich hindurch.

Plötzlich sprintet Martin los. Na warte! Ich kann auch schnell sein. Er läuft über einen Holzsteg und ein sandiges Stück mit Sträuchern und Palmen in die nächste Bucht.

Ich erstarre. Martin kommt zu mir zurück.

Tatsächlich! Da sind sie. Überall zwischen den weißen Strandliegen und den unzähligen Gästen laufen pinke Flamingos herum. Überall! Im Wasser stehen auch welche.

Ein kleines Mädchen direkt vor uns füttert einen. Der ist allerdings eher lachsfarben.

Mein Puls rast wie wild. Ich falle Martin um den Hals.

»Danke! Oh mein Gott! Das ist das Schönste, das ich je gesehen habe!«

»Das war der Plan!«

»Siehst du den da vorn? Der schaut uns an.«

»Dann sollten wir ihn uns aus der Nähe ansehen.«

Ich löse mich von seiner Hand und gehe langsam auf den großen Vogel zu. Er ist einfach nur traumhaft schön. Und sieht so stolz und selbstbewusst aus. Scheu ist er auch nicht, denn er bleibt, wo er ist. Seine Füßchen und Knöchel sind pink und seine dünnen Beinchen leicht gespreizt. Er geht mir locker bis unter

die Brust. Vorsichtig strecke ich meine Hand aus. Sein Köpf-
chen kommt näher und plötzlich pickt er mit seinem schwarzen
Schnabel in meine Handfläche.

»Oh!« Prustend habe ich sie zurückgezogen.

»Die sind es gewohnt, von den Touristen gefüttert zu
werden.«

»Dann müssen wir nachher unbedingt Futter kaufen. Die haben hier ganz bestimmt welches.«

»Ganz sicher. Aber komm, ich habe da drüben eine dieser
Loungen reserviert.«

Erst jetzt fallen mir diese mit Stroh, oder vielleicht mit Bam-
bus, gedeckten Hüttchen direkt in der Lagune auf. Wow! Wie
lässig. In jeder sind weiße Liegen und direkt über dem Wasser
eine Hängematte. Wir gehen an den ersten vorbei. Jeweils zwischen zwei Hütten stehen riesige weiße Blumentöpfe mit kleinen Palmen. Schöner als das hier geht nicht! Im Wasser vor uns
tummeln sich so viele Flamingos, dass ich sie gar nicht zählen
kann. Meine Güte, was werden Mimi und Tonie zu diesen Bil-
dern sagen?

»Die vierte Lounge ist unsere«, sagt Martin. Wir gehen noch
ein paar Meter und schon wirft er unsere Strandtücher aufs Bett.

Wir sind am Ende der Mole und haben die letzte Hütte mit
dem schönsten Blick.

Ich muss ihn umarmen.

»Danke, danke, danke! Martin, das ist ein Wahnsinn hier.«
Mein Handy piepst. »Sekunde, ich schau nur schnell, ob es was
Wichtiges ist.«

Martin nickt. Oh. Mimi. Eine WhatsApp-Nachricht.

*›Sag einmal, hat uns Martin über 50.000 Euro aufs Firmen-
konto überwiesen? Kannst du ihn bitte fragen? Ach ja, und wo seid
ihr jetzt gelandet?‹*

Bitte?

»Etwas Unangenehmes?«

»Nein, nein. Mimi will bloß wissen, ob du uns über fünfzigtausend Euro aufs Firmenkonto überwiesen hast. Aber wieso solltest du denn?«

Er sieht mich entgeistert an.

»Also wenn sie eure Rechnung meint, die habe ich noch vor meinem Abflug zur Überweisung freigegeben, aber das war mehr als dieser Betrag.«

So habe ich das auch im Kopf.

»Ich ruf sie an, um das abzukürzen. Keine Ahnung, was sie genau meint.«

Martin lässt sich auf die Liege sinken und deutet mir, ich soll mich zu ihm setzen. Was ich tue.

Heb ab, Mimi! Die Flamingos warten auf mich.

Endlich.

»Hi, Marisa!«

»Auch hi! Du, sag, was ist das mit dem Geld? Ich hab Martin gefragt, er hat es nicht einbezahlt.«

»Okay. Aber komisch, oder? Wir haben eine Einzahlung von einundfünfzigtausendfünfhundert Euro mit dem Vermerk *Anzahlung*. Aber keine Absenderdaten. War eine Bareinlage.«

Mir fehlen die Worte. Wer überweist denn anonym Geld? Das geht doch heutzutage gar nicht mehr.

»Also ich habe keinen Schimmer, wer uns einfach Geld überweist.«

»Ich auch nicht. Aber egal, soll uns nichts Schlimmeres passieren. Wenn wir wieder zuhause sind, bitte ich Paul, den Einzahler auszuheben, und wir überweisen das Geld zurück. Wo seid ihr denn?«

»Da kommst du nie drauf! ... Auf Aruba. Auf Flamingo Island. Du kannst dir das nicht vorstellen. Die laufen hier überall herum. Ich schick dir nachher ein paar Fotos.«

»Lass es sein, sonst frisst mich der Neid. Reicht ja schon, dass du dir den feschesten Mann überhaupt geschnappt hast.«

Zum Glück lacht sie.

»Okay, dann kriegst du keine Fotos. Aber bettle dann später ja nicht drum!«

»Na gut, dann schick mir welche, Süße. Zum Sundowner mit Tonie sehe ich sie mir dann an. Himmel! Du weißt aber schon, dass du der Glückspilz des Jahrhunderts bist, oder?«

»Ja, weiß ich.«

»Na dann, genießt es und grüß mir deinen Engel von uns! Ich geh dann mal einen Lottoschein ausfüllen, auch wenn die bekanntlich im Bett völlig wertlos sind.«

Ich muss glucksen. Meine Mimi. »Ja, tu das, und liebe Grüße von Martin an euch beide. Und natürlich an Flodschi.« Ich tippe auf ›Anruf beenden‹. »Ist das nicht schräg, Martin? Warum sollte uns jemand eine so große Anzahlung überweisen, ohne seinen Namen zu nennen und ohne dass wir etwas davon wissen?«

Martin hat wieder diese feinen senkrechten Falten zwischen Nasenwurzel und Stirn. Er denkt angestrengt nach, wie es aussieht.

»Das solltet ihr schnellstmöglich zurückverfolgen. Niemand verschenkt Geld. Und schon gar nicht so eine Summe. Also kann es nur ein Irrläufer sein, aber selbst den solltet ihr der Bank melden.«

Da hat er recht.

»Stimmt. Ich texte das Mimi später. Aber jetzt will ich ins Wa … sser!«

Übermütig laufe ich einfach los.

Martin folgt mir laut schimpfend: »Na warte! Ich krieg dich!«

Oh. Da sind gleich zwei Flamingos direkt neben der Mole im Wasser.

Ich bremse mich ein.

Martin läuft von hinten auf mich auf und umschlingt mich. »Na, hab ich es doch gesagt, dass ich dich kriege!«

»Aber nur, weil ich diese Tierchen nicht erschrecken wollte! Sonst ... niemals. Glaub mir.«

»Na gut. Ich glaub dir.«

Vorsichtig nähere ich mich den Vögeln an. Ist das zu fassen? Jetzt gehe ich direkt neben Flamingos schwimmen. Die beiden lassen sich ihre Füßchen umspülen und beobachten uns. Was die sich wohl über uns Menschen denken? Vermutlich, dass wir wenig grazile Wesen sind, die viel zu laut reden, nicht ordentlich fliegen und nur mäßig ansehnlich schwimmen können. Aber wir haben Zugang zu einer Futterquelle. So gesehen müssten sie uns schon wieder ganz manierlich finden.

»Tut mir leid, ich hab noch kein Futter kaufen können. Aber sobald wir aus dem Wasser draußen sind, besorge ich welches. Versprochen.«

Martin kringelt sich vor Lachen.

»Du sprichst mit absolut jedem Tier, du sprichst normalerweise mit Engeln, fehlen nur noch Bäume. Redest du mit denen eigentlich auch?«

Ich stemme meine Fäuste in meine Hüften. Soll energisch aussehen. Bedrohlich!

»Wehe, du beleidigst jetzt meinen Lieblingsbaum.«

Jetzt hat er mal zur Abwechslung die Kuhaugen.

»Du hast echt einen Lieblingsbaum?«

»Klar. Eine alte Eiche. Wo ich immer mit Flodschi spazieren gehe.«

»Und was sagst du zur Eiche?«

»Dass ich einen Engel kenne, der aber so was von leicht hinters Licht zu führen ist!«

Lachend werfe ich mich kopfüber ins Wasser. Ich hab ja so einige Ticks, aber bei Gott nicht jeden. *Apropos. Mit dir spreche ich doch wieder. Und na ja, mit euch, meine Engel, auch.*

Sieht wohl so aus, als wäre ich ganz allein schuld daran gewesen, dass die Sache mit Martin kurzfristig einen Knacks bekommen hat. Aber jetzt ist alles wieder gut, und ehrlich, danke, dass ihr ihn mir geschickt habt. Besser hättet ihr ihn alle gar nicht aussuchen können! Und ab jetzt reiß ich mich zusammen und lasse mich nicht mehr von jedem Lüfterl umblasen. Versprochen. Und schon gar nicht von seiner Mutter! Ab jetzt bin ich wieder ich. Und er wird schon wissen, warum er sich gerade in mich verliebt hat. Ich weiß jedenfalls, dass ich noch nie einen Mann so sexy, so eloquent und dabei so humorvoll und zärtlich erlebt habe. Und er hatte noch nie Männerschnupfen!

So. Jetzt fühl ich mich wieder besser. Meine Engel-Diät ist damit offiziell beendet.

Ich tauche auf und Martin spritzt mir eine Handvoll Wasser ins Gesicht.

»Willst du Krieg?«, frage ich.

»Unbedingt!«

Das Meer ist ein Traum. Superwarm und unglaublich türkis. So habe ich es mir immer vorgestellt, wenn ich mich auf die Seychellen oder Malediven geträumt habe. Aber Aruba! Ein Hammer.

»Kannst du haben!«, rufe ich ihm zu und wate, so schnell es im weichen Sand geht, zu Martin hin, um mich auf ihn zu stürzen.

Wir gehen unter.

Tauchen wieder auf und ich springe auf ihn. Meine Beine um seine Hüfte geschlungen, steht er im brusthohen Wasser und strahlt mich an.

»Dich muss ich anscheinend oft ans Meer und zu den Flamingos bringen. Da steigt deine Laune ja ins Unermessliche.«

Ich küsse ihn auf die Nasenspitze.

»Ja. Dagegen hätte ich nichts, aber mehr als an allem anderen, so sehr ich es hier liebe, liegt meine Laune an dir. Ich liebe dich über alles, Martin!«

»Denk auch an meinem letzten Tag mit neununddreißig dran, ja?«

Sehr kryptisch. Was meint er denn damit?

»Warum?«

Oh! Er will sicher, dass wir mit ihm feiern. Ich werde ihn einfach später fragen, wann er heimfliegt. Vielleicht nimmt er Mimi und mich ja mit, dann kann ich etwas für Freitag organisieren.

Blödsinn. Ich muss anders zu denken beginnen.

Klar nimmt er uns mit. Warum sollte er denn nicht? Er ist mein Freund. Mein real existierender, supersexy Freund!

»Geheimnis. So, und jetzt schwimmen wir zu den Flamingos da drüben. Ja?«

»Und ob!«

Aber jetzt hab ich auch ein Geheimnis. Ich werde ihm eine kleine, aber tolle Geburtstagsfeier mit Torte und allem Drum und Dran schenken! Sehr gut. Jetzt fühle ich mich gleich besser.

Wenn man die Zeit anhalten könnte, würde ich es genau jetzt tun. Aus dem Bild heraustreten, uns beide vom Strand aus beobachten und für immer dieses warme Gefühl in meiner Brust spüren wollen. So fühlt sich Liebe an. Ihn anzusehen und zu wissen, dass allein seine lächelnden Augen deinen Tag retten. Seine Hand irgendwo am Körper spüren und zu denken, er soll sie nie wieder wegnehmen, sondern im Gegenteil für immer in seinen Armen liegen wollen. Selbst wenn er verärgert und seine Stimme schneidend ist, strahlt er etwas aus, das mir gefällt. Männlichkeit. Kanten. Entschlossenheit. Ben war so ein Weichei verglichen mit Martin.

Wie komme ich auf Ben?

Gehirn: Mach dir eine Notiz und streich diesen Idioten endlich.

Martin ist der, der zählt. Und wir sind wirklich ein Paar. Ich kann ihn anfassen, wann immer ich will. Ich kann mich bei ihm anlehnen, wann immer mir danach ist. Und ich kann ihn anhimmeln, wenn er wieder einmal etwas Gescheites sagt.

Ich mache ein Schwimmtempo in seine Richtung.

Martin sieht mich an.

»Sehnsucht nach mir?«

»Ja. Hab ich dir schon gesagt, dass du das Beste bist, das mir in meinem ganzen Leben passiert ist?«

»Nein. Nicht dass ich mich erinnern könnte. Aber ich bin froh, dass du es so siehst, und nicht: *Jetzt hab ich diesen Schnöselklotz am Bein!*«

Er küsst mich innig.

Ich liebe ihn.

Genau deshalb! Und das werde ich ihm zeigen. Speziell heute Nacht!

Schwarzgeld

Zwei Tage später, später Vormittag

Mit »Aruba war ein Traum! Irgendwann müssen wir alle gemeinsam noch einmal dorthin!« schließe ich meine Erzählungen über unseren Kurztrip ab.

Mimi und Tonie haben alles wissen wollen und sich auch begeistert meine Fotos am Handy angesehen. Zwar haben Martin und ich nur am Samstagabend eine kleine Tour in die Stadt gemacht und am Sonntag, bevor wir zurückgeflogen sind, einen kleinen Umweg über die Küstenstraße zum Flughafen genommen, aber ich bin von der Insel absolut begeistert. Natürlich haben wir am Sonntag noch ein paar Stunden auf der Flamingoinsel verbracht. Wie hätte ich das auslassen können, wenn ich schon die Chance auf zwei Tage Flamingos bekomme?

Unser Flodschi freut sich auch riesig, dass wir wieder hier sind, denn er ist besonders anschmiegsam und weicht mir nicht von der Seite. Aber es dürfte ihm ausgezeichnet bei Mimi und Tonie gegangen sein. Überhaupt habe ich das Gefühl, dass sich Mimi auch endlich in ihn verliebt hat. Zumindest verliert sie kein Wort mehr über ihre angebliche Hunde- und Katzenallergie.

»Danke, Tonie. Dieser Brunch war herrlich«, sagt Martin. »Dürfte ich noch einen Espresso haben?«

»Aber natürlich!«

Tonie schnappt sich seine Tasse und geht in die Küche.

»Du, Mimi, was anderes. Martin sagt, wir müssen so schnell wie möglich der Bank diese Überweisung melden.«

»Hab ich schon. Also indirekt. Ich habe Paul gestern noch angerufen und ihn gebeten, das zu klären. War bestimmt ein Irrläufer, also mach dir keine Sorgen. Er meldet sich heute Abend bei mir.«

Das ist gut. Mich hat die Sache nämlich dann doch nicht losgelassen, denn irgendetwas sagt mir, dass das kein Zufall ist. Jetzt ist nur die Frage, wie ich Martin losbekomme, denn ich muss dringend mit Mimi und Tonie seinen Geburtstag besprechen.

»Ich bin froh, dass du Paul kontaktiert hast. Das ist zwar keine große Sache, aber besser, es ist geklärt«, stimmt Martin ihr zu.

»Sehe ich auch so. Aber Martin, ich hätte eine Riesenbitte. Ich muss mit Mimi noch ein paar Dinge wegen der Firma besprechen.« Ich trete Mimi unter dem Tisch ins Schienbein und schaue sie an. Okay, ich denke, sie hat verstanden. »Dauert auch nicht lange, aber wenn du eine kleine Runde mit Flodschi gehen könntest, wäre das super. Dann können wir anschließend alle gemeinsam an einen Strand fahren.«

War das jetzt widersinnig? Ich hoffe, er checkt nicht, dass ich gelogen habe.

»Wenn ich den Espresso noch austrinken darf?«

»Klar«, lächle ich, denn Tonie stellt ihm gerade die Tasse auf den Terrassentisch.

»Was habt ihr denn heute vor?«, will sie wissen.

»Mit euch an den Strand fahren, oder aber ihr kommt mit zu uns nach Casey Key«, schlage ich vor.

»Und ihr stellt eine alte Frau ernsthaft vor die Wahl: öffentlicher Strand mit weit entfernten WC-Anlagen oder Privatstrand, direkt mit Klo?«

Wir zerkugeln uns.

»Also, dann fahren wir nachher direkt zu uns und ich lasse euch Mädels mal kurz allein. Komm, Flodo. Wir machen einen Männerausflug!«

Martin steht auf und in der Sekunde Flodo ebenfalls. Die beiden haben sich echt gefunden!

Er drückt mir einen Kuss auf den Mund und nimmt die Leine, die auf der Anrichte von Tonies kleiner Outdoorküche liegt.

So. Jetzt sind sie weg.

»Also, jetzt sag. Was müssen wir besprechen?« Mimis Augen funkeln neugierig.

»Hört mal zu. Martin wird am Freitag vierzig. Und eigentlich geht unser Flug ja am Freitag. Also: Ich habe ihn gefragt. Wir können beide erst am Sonntag mit ihm zurückfliegen und ...«

Mimi jubelt. »Das ist ja cool!«

»Ja, eh. Aber ich wollte euch beide fragen, ob ihr mir dabei helft, am Freitag eine kleine Feier für ihn zu organisieren. Was sagt ihr dazu?«

Tonie klatscht in die Hände. »Das machen wir!«

»Superidee, Marisa. Und wir können zwei Tage länger bleiben!«

Mimi scheint im Glück zu sein.

»Eine Torte kann ich organisieren, ich habe da eine Bekannte, sie ist Deutsche, die super Torten macht.«

»Wunderbar, Tonie. Wird seine Mutter am Freitag auch noch hier sein?«

»Leider ja. So wie es aussieht, will sie erst am Samstag, ich glaube, nach Los Angeles fliegen. Heute ist sie am Golfplatz. Zum Glück. Und Sean, sein bester Freund, kommt auch am Donnerstag. Dann wären wir also ...«

»... zu sechst.« Mimi hat wie immer schneller gerechnet als ich.

»Genau. Das ist zwar keine große Runde, aber ich denke, wenn Martin das gewollt hätte, hätte er ein großes Fest geschmissen. Also wird das schon auch in seinem Sinn sein.«

»Sehe ich genauso und ich habe schon eine Idee«, beginnt Tonie. »Du machst in der Früh ein nettes Champagnerfrühstück für ihn. Und dann, am Abend, kommen wir zu euch rüber und ich mache eine nette Vorspeise, dann Fisch mit Gemüse und Kartoffeln und anschließend haben wir die Torte. Alles, was ich hier vorbereiten kann, bringen wir schon fixfertig mit.«

»Tonie, das ist total lieb von dir, aber das kann ich nicht annehmen. Du sollst doch nicht die ganze Arbeit an seinem Geburtstag haben.«

»Papperlapapp. Wir wollen ihn doch überraschen. Kümmert ihr beide euch um eine schöne Tischdekoration und um ein Geschenk für Mimi und mich und um deines an Martin. Ich liebe es zu kochen! Das ist für mich keine Last, sondern reine Freude.«

Mimi nickt. »Marisa, das kannst du unbesorgt annehmen. Ich kenne Tonie und sie würde es dir nicht anbieten, wenn sie es nicht gern machen wollte.«

Ich umarme Tonie. »Du bist ein Engel. Danke. Okay, dann machen wir das so, aber ich bezahle den ganzen Einkauf.«

»Jaja, Kindchen. Keine Sorge.«

»Hast du dir schon ein Geschenk überlegt?«, fragt Mimi mich.

»Nein, das ist das Schwierigste. Er hat ja schon alles, das er haben will.«

»Stimmt. Dann muss es etwas Persönliches sein.«

Ja. Da hat Mimi recht. Aber was wäre denn etwas ...

»Schenk ihm ein Gutscheinheft für verschiedene Aktivitäten mit dir. Einen Ausstellungsbesuch, Picknick im Wald, wilden Sex am Strand, so was in der Art«, schlägt Tonie vor.

Ich werde rot. Wenn sie wüsste, wo wir in der Zwischenzeit schon überall Sex gehabt haben! Am besten, ich ignoriere diesen Teil ihres Vorschlags.

»Oder lass dir ein Tattoo mit seinem Namen am Hintern stechen«, kichert Mimi.

»Das war jetzt aber nicht ernst gemeint, oder?«

»Nein.« Sie lacht noch immer. »Wobei, wer weiß, vielleicht gefällt es ihm?«

»Hör auf! Es ist sein vierzigster Geburtstag und es wird schon schlimm genug für ihn sein, dass er weitere zehn Jahre auf sein eigenes Geld wegen des blöden Testaments seines Vaters warten muss. Ich brauch also etwas, das ihn diesen Umstand zumindest kurz vergessen lässt.«

Tonie rückt ihren Sessel in den Schatten. »Kann mir das jetzt bitte eine von euch erklären?«

»Klar. Die Kurzfassung ist: Martins Vater ist vor ungefähr zehn Jahren gestorben. Martin hat dann die Softwarefirma gemeinsam mit seiner Mutter übernommen und war supererfolgreich. Dummerweise gibt es das Testament und ein paar Bevollmächtigte, die damals diese Firma für seinen Vater verwaltet haben. Erst später hat er weitere Firmen gegründet. Daher parkt noch über eine halbe Milliarde in dieser Firma. Sein Anteil und der seiner Mutter zusammengerechnet. Frühestens zu seinem vierzigsten Geburtstag, allerdings nur, wenn er bis dahin verheiratet ist, oder aber zu seinem fünfzigsten, wenn er unverheiratet bleibt, kommt er zu diesem Geld.«

Tonie schlägt die Hände vor dem Gesicht zusammen.

»Das ist ja ein Ding! Dann schlage ich vor, wir machen die Party am Donnerstagabend und du heiratest ihn. Dann hast du dein Geschenk.«

Kuhaugenzeit! Eindeutig. Ist sie verrückt geworden?

»Nach was, knapp fünf Wochen, wenn wir einmal großzügig über unsere kleine Auszeit hinwegsehen, soll ich ihn heiraten?«

»Oh ja! Und ich möchte dabei sein. Schon allein, um den Blick seiner Mutter zu sehen!«

Tonie und Mimi scheinen sich im Wahnsinn einig zu sein.

»Mimi! Das ist jetzt nicht lustig. Und außerdem: Wir haben weder unsere Dokumente mit, noch könnten wir vorher einen Ehevertrag abschließen. Und das wäre wohl das Mindeste, das ich für ihn tun müsste.«

Wir verplempern hier bloß wertvolle Zeit. Martin kommt sicher bald mit Flodo zurück.

»Marisa, wir sind hier in Florida. Heiraten am Strand ist hier ein Geschäftsmodell. Du brauchst zwei Pässe, und wenn du eine

Agentur anheuerst, musst du nicht einmal aufs Amt, um die Hochzeit anzumelden. Also das ist kein Hindernis. Das mit dem Ehevertrag schon eher, denn der muss vorher gemacht werden.«

»Sag ich doch, und außerdem will er Kinder, aber nicht heiraten.«

»Was? Er hat dir gesagt, dass er ein Baby mit dir haben will?«

Kann man röter als rot werden?

»Indirekt schon, Mimi. Aber ich habe das Gefühl, heiraten ist nicht sein Thema. Also konzentrieren wir uns bitte wieder auf den Geburtstag. Ich sehe zu, dass wir morgen wegen der Deko und vielleicht ein paar lustigen Geschenken shoppen gehen können. Kannst du mich so in etwa gegen siebzehn Uhr in Casey Key abholen, Mimi?«

»Jaja, klar. Mache ich.«

»Ihr seid super! Dann denke ich einmal in Ruhe über mein Geschenk nach, und Tonie, du bist so lieb und bestellst eine tolle Torte für ihn.«

»Und was soll drauf sein?«

Oh. Da fällt mir etwas ein.

»Das Lovesymbol von Prince. Er liebt Prince. Und natürlich ›Happy Birthday, Martin‹ und dazu vierzig Kerzen und eine Lebenskerze. Lässt sich das machen?«

»Na und ob!«, grinst Tonie. »Allerdings muss mir Mimi dieses Symbol noch zeigen. Ich kenne das nicht.«

»Mach ich, keine Sorge.« Mimi steht auf und beginnt, die Teller und Tassen aufs Tablett zu stellen. »Irgendwie schade, die Idee mit der Hochzeit hätte mir besser gefallen!«

»Hör mal zu, Lieblingszwerg. Nur weil du gern auf Hochzeiten gehst, muss es ja nicht gerade meine sein, oder?«

»Du irrst dich. An sich mag ich keine großen Hochzeiten. Aber im Moment hätte ich nichts dagegen, allerdings nur, wenn ein paar attraktive Singles eingeladen sind.«

»Aha. Erzähl mir jetzt nicht, du bist auf der Suche nach einem neuen Mann.«

»Nein! Die können mir alle gestohlen bleiben, aber gegen eine kurze Affäre zur Trauerbewältigung hätte ich nichts einzuwenden.«

Ich seh Mimi an. Jetzt Tonie, die nicht weniger verblüfft als ich dreinsieht. Wir zucken beide mit den Schultern.

»Verstehe, aber diese attraktiven Singles hätten wir dir bei einer Minihochzeit hier in Florida ohnehin nicht bieten können.«

»Stimmt. Schade eigentlich. Dann bestell ich mir eben welche bei den Engeln!«

Mimi greift nach dem Teller mit der aufgeschnittenen Ananas, ich nach dem mit Lachs, um sie in die Küche zu bringen.

»Wer bestellt was bei den Engeln?«, höre ich plötzlich Martin fröhlich hinter mir sagen. Flodo schießt an ihm vorbei, direkt zu mir, und begrüßt mich freudig.

»Ich mir einen attraktiven, unkomplizierten Single für eine heiße Affäre. Also solltest du so jemanden kennen, immer her mit den Vorschlägen«, grinst sie ihn an.

Martin schmunzelt. »Ich seh mal meine Kontakte für dich durch, Mimi.«

Wenn Martin einen Raum betritt oder so wie jetzt auf der Terrasse auftaucht, geht ganz eindeutig die Sonne auf. Wie kann man so eine Ausstrahlung haben und so verdammt sexy und gut aussehen? Egal zu welcher Tages- oder Nachtzeit. Nie ist sein Gesicht verknittert. Nie ist seine Kleidung zerknautscht. Was macht er anders als ich?

Ich drücke ihm einen Kuss auf den Mund, habe aber beide Hände mit Geschirr voll. Flodo wischt um meine Beine herum.

»Mein Großer! Ich hab dich doch schon begrüßt! Gleich hab ich Zeit für dich, ich muss nur erst zusammenräumen, dann fahren wir nach Hause und du darfst an den Strand.«

Martin zieht meinen Kopf an seine Brust. »Du hast *nach Hause* gesagt, Liebling.«

Ja. Stimmt. Ist mir gar nicht aufgefallen.

»Ich mag das und ich hoffe, du sprichst in dreißig Jahren auch mit mir noch so nett wie mit unserem Hund!«

Tonie und Mimi lachen schallend. Ich glaub, ich muss nicht weiter darauf eingehen, und räume erst einmal alles, was ich auf einmal nehmen konnte, in die Küche.

Nur ein Abendessen

Drei Tage später ...

Seit gestern spielen alle verrückt. Martins Mutter läuft mit einem Gesicht wie sieben Tage Regenwetter herum, bemüht sich aber, scheißfreundlich zu mir zu sein. Jetzt nennt sie mich die ganze Zeit ›Honey‹! Zwei Mal habe ich versucht, mit Mimi zu telefonieren und sie und Tonie zu uns einzuladen, aber jedes Mal war sie kurz angebunden. Aber okay, ein Neffe von Tonie ist am Dienstag bei den beiden reingeschneit. Deshalb haben sie keine Zeit. Ist auch verständlich. Der Gute reist aber heute wieder ab und wenigstens treffen wir vier uns um sechzehn Uhr in Venice, direkt bei *Sharky's on the Pier*, auf einen Spaziergang mit Flodo.

Selbst Martin hat im Moment wenig Zeit. Er hat einige Male wegmüssen. Irgendwie dürfte es Schwierigkeiten mit einem seiner Projekte geben. Das einzig Gute an all dem ist, dass ich jetzt genügend Zeit habe, alles in Ruhe für seine Geburtstagsfeier morgen zu checken. Sogar meine Haare habe ich frisch gewaschen und vielleicht drehe ich mir später noch ein paar Locken hinein, weil wir nachher alle gemeinsam essen gehen. Anscheinend haben Martin und Tonie irgendein Gourmetrestaurant ausfindig gemacht, das sie kennenlernen wollen. Ich werde mir also wohl besser eines der neuen Kleider, die mir Martin geschenkt hat, anziehen. Aber erst kommt die Innenarchitektin. Martin hat enormen Druck gemacht, dass ich das Projekt ›mein Zimmer‹ endlich angehe. In den nächsten Minuten sollte sie hier sein. Ich googel bis dahin noch ein wenig am Handy. Hoffentlich kommt sie bald, denn mir ist schon richtig heiß, obwohl ich neben dem Pool im Schatten sitze.

»Marisa?«

Ich sehe vom Handy auf.

Im Türrahmen steht eine etwas ältere, äußerst gepflegte Frau. Kurzes welliges Haar, Brille und ein sommerliches Kostüm in Beige.

»Ja! Grüß Gott! Sie sind Heike?«

Lustige Kombination, aber selbst die Deutschen und Österreicher verwenden hier den Vornamen und das Sie. Wie im Englischen. Ich gehe den Poolrand entlang und direkt auf die Frau zu, um ihr die Hand zu geben.

»Ja, freut mich. Ich bin die Innenarchitektin.«

Ist das ein Glassalamander? Diese Brosche ist ja putzig.

»Mich auch. Ich schlage vor, ich zeige Ihnen erst einmal das ganze Haus und dann den Raum, um den es geht.«

»Sehr gut. Die Villa ist übrigens eine der schönsten an der gesamten Golfküste.«

Beinahe andächtig betrachtet sie die weiße Fassade.

Ich deute auf den Pool. »Wie Sie sehen, ist das die Seite zur Straße hin. Aber durch die großen Palmen und die Mauer bemerkt man sie nicht einmal.«

»Nein. Das ist sehr privat hier. Wirklich toll.«

Dann machen wir einmal eine Tour durch Martins Villa. Ich bin schon gespannt auf ihre Vorschläge, denn eigentlich weiß ich gar nicht, was ich mit der Innenarchitektin besprechen soll.

***

Ich fühle mich wie eine Prinzessin. Mein Zimmer wird wunderschön. Mein Zimmer! In Florida. Allein dieser Gedanke ist ein Wahnsinn. Aber Heike auch. Wir haben weiß lasierte Möbeln im Landhausstil ausgesucht. Möbel mit Charakter, wie sie sie nennt. Dazu einen leichten Lachston für die Wände und supercoole Vorhänge mit Flamingos drauf, die nicht einmal kitschig wirken. Da das Zimmer groß genug ist, habe ich beschlossen, da kommt auch ein Doppelbett hinein, für den Fall, dass Mimi oder vielleicht ja auch einmal meine Eltern mitkommen. Dann wird es noch eine ebenso lachsfarbene Sofaecke, ein Highboard für einen Fernseher, einen Schaukelstuhl und eine Kastenreihe für Kleidung und was auch immer geben. Und ganz tolle Pölster mit unterschiedlichen Flamingos bestellt sie auch. Die Frau ist eine Wucht. Bevor ich gewusst habe, was ich mir wünsche, hat sie es mir in einem ihrer Kataloge oder als Stoffmuster bereits gezeigt. Martin wird Augen machen. Ich hoffe, ich habe preislich nicht übers Ziel hinausgeschossen, aber sie hat mir ja keinen einzigen Preis genannt. Nur, dass sie das mit Martin geklärt habe.

Gleich kann ich Mimi und Tonie davon erzählen, denn Martin war in Sarasota und kommt direkt nach Venice. Mir hat er einen Fahrer geschickt, der mich jetzt bei *Sharky's on the Pier* absetzt.

»Thank you!« Ich steige aus und er öffnet die hintere Wagentür für Flodschi, der gleich herausspringt.

»Have a nice evening!«

»You too.«

Auch wenn hier nicht übertrieben viel los ist, sicherheitshalber leine ich Flodschi an.

»So. Und wo sind sie jetzt?«

Ich sehe mich um. Der Parkplatz ist halb leer und auf den Strand will ich mit meinen hohen Sandalen nicht. Also warten wir besser hier auf dem Parkplatz. Wir wollen ja hier eine kleine Runde in den Park gehen.

»Huhu, Marisa!«

Gott sei Dank. Das ist Mimis Stimme.

Ich drehe mich um, Mimi und Tonie kommen mir entgegen. Was haben die beiden denn vor?

»Sagt einmal, wie nobel ist denn der Schuppen, in den wir essen gehen? Wenn ich euch so ansehe, fühle ich mich underdressed.«

Und zwar gewaltig. Ich trage ein luftiges bodenlanges Sommerkleid in einem Elfenbeinton mit passenden hohen Sandalen dazu. Unten am Saum und oben hat es eine Spitze. Die Schultern sind frei, was mir total gut gefallen hat. Aber Mimi und Tonie tragen total schicke, sehr sommerliche Kostüme mit Blusen! Mimi High Heels, Tonie wie immer flache, moderne und etwas alternativ angehauchte Lederschuhe in Rosa.

Wir umarmen einander. Ich kann mir nicht helfen, die zwei wirken seltsam angespannt.

»Sagt einmal, ist irgendetwas? Habe ich was falsch gemacht? Oh, ich weiß es. Euch ist das mit Martins Geburtstag und der Überraschung morgen doch zu viel geworden. Aber wir können morgen auch essen gehen oder ich koche.«

»Bitte nicht!«, lacht Mimi mich aus. »Nein, es ist gar nichts. Wir waren nur knapp dran.«

»Ich hoffe, der Park hier hat befestigte Wege.«

Sonst können wir die Schuhe kübeln.

»Keine Sorge, hat er. Folgt mir. Da hinten drinnen ist ein kleiner Teich. Das wird Flodo sehr gefallen«, sagt Tonie und marschiert so schnell voraus, dass wir beinahe laufen müssen, um Schritt zu halten.

›Maxine Barritt Park‹ steht auf einem Schild.

»Gehts auch einen Tick langsamer, Tonie?«, mault Mimi, die mir damit zuvorgekommen ist. Wir haben doch massig Zeit.

»Jaja.«

Direkt am Ende des Parkplatzes beginnt der Park, den also irgendjemand gestiftet hat. Toll angelegt. Alles ist dicht mit Büschen und Bäumen verwachsen, aber zum Glück gibt es einen breiten Fußweg, der leicht bergauf führt.

»Ich muss euch jetzt unbedingt von dieser Innenarchitektin erzählen!«

Tonie, Mimi und ich sind endlich gleichauf und Flodo zockelt neben uns her. Alle paar Meter bleiben wir kurz stehen, damit er schnüffeln kann.

»Ja, das wollte ich dich ohnehin fragen. Wie war sie denn?«

Mimi sieht mich allerdings nicht einmal an, sondern nach vorn. Da teilt sich der Weg. Und da steht ein großer offener ...

Pavillon?

Überall rote Rosen?

Nein. Das kann jetzt nicht sein, was ich denke.

Ich sehe die beiden an. Sie lachen übers ganze Gesicht. Ohne ein weiteres Wort nimmt mir Mimi die Leine aus der Hand.

»Na geh schon, Kindchen«, sagt Tonie und ist sichtlich gerührt.

Alles in mir ist bleischwer. Meine Ohren wie betäubt.

Quer über den Rasen gehe ich auf den Pavillon zu. Wie auf Watte. Ein paar Tische mit weißen Tischtüchern. Bänke mit weißen Hussen. Hohe Vasen am Boden mit roten Rosen. Ich sehe Martin in der Mitte stehen. Blütenblätter am Boden. Er in einem Anzug, der die gleiche Farbe wie mein Kleid hat. Mir schnürt es den Hals zu. Mit jedem Schritt pocht mein Herz noch lauter. Noch schneller. Meine Gedanken jagen. Das wird ein Heiratsantrag. Oder doch nicht? Vielleicht eine supersüße Liebeserklärung? Ja. Das wird es sein.

Er deutet mir mit dem Zeigefinger, zu ihm zu kommen.

Martin verschwimmt.

Alles verschwimmt in Weiß und Rot und wird zu großen Farbblasen.

Ich wische mir die Tränen aus den Augen.

Mein Gott! Was hat er sich denn da wieder einfallen lassen?

»Martin, was wird das?«

»Warte es ab, aber ich hoffe, du bist mutig«, lächelt er.

Mutig? Der wird doch nicht doch?

Ich komme bei ihm an, er küsst mich kurz und geht auf die Knie.

Nimmt meine Hand in seine.

»Marisa. Es geht jetzt nicht um das Testament meines Vaters. Das war zwar der Auslöser für mich, darüber nachzudenken, aber es ist nicht der Grund, warum ich dich hierhergelockt habe. Das wollte ich vorausschicken, auch wenn es unromantisch ist.«

Ich muss schlucken. Bin unfähig, etwas zu erwidern, also nicke ich nur.

»Vor dir habe ich überhaupt nie übers Heiraten nachgedacht. Das erste Mal wirklich, als du nach meiner Singlehochzeit keinen Kontakt mehr zu mir wolltest und mir klar geworden ist, dass ich dich nicht verlieren möchte.«

»Ich wollte dich doch auch nicht verlieren!«

Meine Stimme ist brüchig. Ich hab einen Frosch im Hals. Ist das alles hier Wirklichkeit oder träume ich das gerade?

Tonie und Mimi haben sich an den Rand auf eine der Bänke gesetzt, direkt hinter Martin. Flodo sitzt vor ihnen und auch er sieht mich erwartungsvoll an.

»Nachdem du mir eine zweite Chance gegeben hast, will ich diese auch nützen. Ich weiß, ein Leben mit mir ist nicht ganz so einfach. Ich weiß auch, dass du auch ein eigenes Leben hast, deine Firma mit Mimi, deine Freunde und deine Familie. Aber ich bin überzeugt davon, dass wir das alles unter einen Hut bringen können, weil wir uns lieben. Glaub mir, ich stehe nicht hier, besser gesagt, knie nicht hier, weil ich es mir nicht gut überlegt habe. Stundenlang habe ich mit Sean telefoniert ...« Sean? Aber was hat er diesen Sean gefragt? »... und bin letztendlich zum Schluss gekommen, dass eine Ehe immer Mut erfordert, unabhängig davon, wie lange man davor zusammen ist, wie gut man einander kennt. Auf Aruba hast du gesagt, du bist mutig. Ich kann dir keine Garantie dafür geben, ob wir es schaffen werden. Aber ich kann dir garantieren, dass ich alles dafür tun werde, dich glücklich zu machen, weil ich weiß, dass ich dich unendlich liebe und brauche. Du bist der Mensch, bei dem ich *ich* bin. Und du bist der Mensch, der mich wieder geerdet hat. Ja, Marisa, durch dich bin ich schon nach so kurzer Zeit ein klein wenig zu einem besseren Menschen geworden.«

Ich atme laut ein. Ich weiß, ich weiß ... er wird mich fragen. Kann ich Ja sagen? Darf ich Ja sagen? Nach nur fünf Wochen? Was, wenn es schiefgeht?

Es kann doch aber immer schiefgehen. Martin hat recht. Die Zeit ist nicht das Thema. Unsere Liebe füreinander ist es. Und ich liebe dich, Martin. Am liebsten würde ich ihn hochziehen und laut losweinen. Aber da kniet er. Zu meinen Füßen, und lässt mich keine Sekunde aus den Augen.

»Also bitte ich dich, Marisa. Befrage dein Herz, wie mutig es ist, denn ich bitte dich, Marisa, meine Frau zu werden. Willst du mich heiraten, Liebling?«

Jaaa, brüllt eine Stimme in mir.

Ja, sagen seine Augen, die mich erwartungsvoll ansehen.

Als Ja deute ich die Tränen, die mir aus den Augen kullern, meinen rasenden Puls und die Schmetterlinge, die in meinem Bauch darauf warten, loszufliegen und in seinen Armen zu landen.

»Darf ich denn Ja sagen?«

Er sieht mich verdutzt an.

»Warum denn nicht?«

»Na ich weiß nicht. Ich bin doch ... ähm ... arm.«

»Liebling! Ich hab dich gefragt, ob du meine Frau werden willst. Würdest du mir bitte einfach diese Frage beantworten? So, wie du es tief in deinem Inneren empfindest?«

Ich sehe ihn an. Die Vorfreude, die aus seinen Augen leuchtet wie funkelnde Sterne. Den Zweifel, dass ich vielleicht doch nicht Ja sage, der Grübchen neben seinen Mundwinkeln bildet. Die

Liebe, die sich über seine Hand auf mich in unendlicher Wärme überträgt.

»Ja, ich will, Martin.«

Nein! Jetzt steigen auch noch ihm Tränen in die Augen. Er erhebt sich und aus dem Nichts hält ihm Mimi eine Schatulle hin. Ich kann nicht anders und falle Martin um den Hals.

»Du bist verrückt, aber ich liebe dich! Ich liebe dich so sehr, dass es schon wehtut!«, gestehe ich ihm gleichzeitig lachend und weinend.

»Du hast mich gerade zum glücklichsten Mann auf diesem Planeten gemacht, Liebling! Und du wirst sehen, wir werden eine wilde, aber fantastische Ehe führen.«

»Wild ist gut!«

»Würdest du mir deine Hand reichen?«

Er öffnet die kleine Schatulle. Oh Gott! Das ist ja genau der Ring mit dem riesigen Diamanten, der mir am St. Armands Circle so gut gefallen hat.

Martin steckt ihn mir auf den linken Ringfinger. »Auch wenn wir hier in Florida sind, ich habe mir gedacht, wir machen das europäisch.«

Wieder schaffe ich nicht mehr, als ihm zuzunicken und meine Hand mit dem wunderschönen Ring zu bewundern. Der Diamant sitzt eingebettet in eine Schlaufe aus Platin, die sich in einem Schwung zum Ring selbst formt. So unglaublich schön.

»Dürfen wir euch nun gratulieren?«, fragt Mimi.

»Ja klar, gern!«, antwortet Martin für uns beide. Er wischt mir noch eine Träne weg und küsst mich. »Danke, dass du meine Frau Engel wirst!«, raunt er mir ins Ohr.

Ja. Ja, das werde ich. Oh Gott! Ich werde mit Mimi gemeinsam meine eigene Hochzeit planen. Das wird ein Wahnsinn.

»Danke, dass du mich haben willst.«

Die beiden fallen uns um den Hals und sehen nicht weniger gerührt und mitgenommen aus als vermutlich ich selbst.

»Ich mach schon mal den Champagner auf!«

Mimi geht an einen der Tische und erst jetzt sehe ich, dass dort eine Flasche im Eis und vier Gläser auf uns warten.

Ich werde Martins Frau!

Ist das zu fassen? Wir werden heiraten. Ich bekomme den umwerfendsten Mann der Welt und er wird mein Mann.

Lieber Gott, ich sage nur Danke! Liebe Engel, ihr seid die Besten!

Wir prosten einander zu und der erste Schluck verpufft geradezu in meinem trockenen Hals, aber er beruhigt meine Nerven.

»Das wird ein längeres Gespräch mit meinen Eltern, wenn ich ihnen diese Neuigkeit berichte.« Es könnte auch emotional werden, da sie noch nicht einmal so ganz genau wissen, was mit Martin war, wer er ist oder dass wir überhaupt zusammen sind. Aber bis zur Hochzeit haben wir ja noch Zeit, dass sie ihn ausreichend kennenlernen.

»Sie wissen noch nicht einmal von mir, oder?«

Martins Augen funkeln wieder einmal. Das belustigt ihn sehr. »Ja, da haben wir noch so einiges vor uns. Deiner Mutter müssen wir unsere Verlobung auch erst schonend beibringen.«

Er wischt das mit einer Handbewegung weg. »Kein Problem. Aber dir ist schon klar, dass du mir gerade versprochen hast, mich zu heiraten? Egal wann und wo?«

Ich schmiege mich an ihn. »Ja, Martin. Das ist mir klar, und wenn es nach mir ginge, könnten wir sofort heiraten.«

Er atmet laut aus.

»Das wollte ich hören. Meine Lieben, ich habe meinen Fahrer bestellt. Wenn wir in Ruhe ausgetrunken haben, kommt er uns abholen und bringt uns ins Lokal.«

»Dann lassen wir euch Turteltauben für ein paar Minuten allein. Wir machen eine kleine Runde mit Flodo und dann können wir fahren, ja?«

Ich liebe Tonie für diesen Vorschlag!

»Danke! Das ist total lieb von euch.«

Mimi drückt mich noch einmal. »Und du weißt, ich bin deine Trauzeugin, egal ob dir das passt oder nicht!«

Ob mir das passt?

»Nichts anderes wünsche ich mir aus ganzem Herzen, Süße! Danke!«

Die beiden marschieren mit Flodo los und Martin zieht mich auf seinen Schoß.

»Wenn ich gewusst hätte, wie gut sich das anfühlt, hätte ich dich gleich gefragt, ob du mich heiraten willst.«

»Jetzt übertreibs mal nicht!«

Wir stellen so schon einen Verlobungsrekord auf.

»Da fällt mir ein, ich hab dich gefragt, aber du hast Nein gesagt.«

Stimmt. Wir lachen beide laut los.

Wir werden heiraten! Ist das zu fassen? Diesen Urlaub hier werde ich nie mehr vergessen. Überraschend ist die reine Untertreibung.

Statt eines Lokals

Wieder einmal ohrenbetäubende Stille. In meinen Gehirnwindungen.

Sie drücken mich. Eine und einer nach dem anderen. Küssen mich. Haben Freudentränen in den Augen. Meine Mama. Mein Papa. Paul. Flavio. Sogar Sean. Martins bester Freund! Wo kommen sie alle her? Wie kann es sein, dass wir, statt in einem Lokal, um die Verlobung zu feiern, auf dieser großen Motorjacht gelandet sind? Alles ist weiß dekoriert. Auf zwei weiß gedeckten Tischen direkt am Achterdeck stehen Rosen, Eiskübel und Gläser. Zwei Platten mit Kanapees. Jemand hat mir ein Glas Champagner in die Hand gedrückt. Neben Martin steht seine Mutter. Neben mir meine Eltern.

»Sprachlos, Babe?«

Martin sieht mich an und strahlt übers ganze Gesicht.

»Was ...?«

»Ich habe gedacht, wir könnten doch auch sofort heiraten.«

Sofort. Heiraten. Jetzt? Hier?

Gleich fange ich zu weinen an.

»Liebling, du willst mich doch noch heiraten, oder?«

Ja! Oh Gott. Ich weiß grad gar nicht, wie ich mich fühle oder was ich denken soll.

»Ja! Wie ... ähm, wie hast du das gemacht? Also ... dass sie alle hier sind?«

Und vor allem wann? Seit wann plant er das? Wie hat er sie alle herbekommen? Was hat er meinen Eltern gesagt? Oh Gott! Schon wieder so viele Fragezeichen.

»Ich habe alle gestern eingeflogen, in der Hoffnung, dass du heute Ja sagst. Und Mimi und Tonie haben mir bei den Vorbereitungen für die Verlobung und für die Hochzeit geholfen.«

Deshalb sind die beiden am Telefon so kurz angebunden gewesen. Deshalb ist Martin andauernd mit irgendeiner Ausrede verschwunden. Er will mich heiraten. Hier auf der Jacht. Jetzt!

Meine Güte. Das muss ja ein furchtbarer Stress gewesen sein. All das hier in so kurzer Zeit zu organisieren. Ich halte mich an Martins Arm fest. Mir ist schwindlig.

»Gehts dir gut?«

»Jaja, es ist nur … ich bin … einfach überwältigt!«

»Aber du willst mich heiraten, oder?«

Ich blicke in seine Augen. Sein Gesicht, das so viel ausdrückt. Unendlich viel Liebe und Zärtlichkeit für mich. Ein klein wenig Verunsicherung. Vermutlich, weil ich wie ein Brett dastehe. Aber auch Freude, weil ihm diese Überraschung sichtlich gelungen ist und mich sprachlos gemacht hat.

»Ja! Das will ich!«

Engel, helft mir! Martin will mich hier heiraten. Ich muss das dumpfe Gefühl in meinem Kopf loswerden.

Oje. Ich sehe an mir hinab. In diesem traumhaften Ambiente soll ich ihn in diesem Kleid heiraten? Es ist süß. Passend für eine Verlobung. Aber doch nicht passend für unsere Hochzeit! Dabei habe ich mir immer gewünscht, eines von diesen wunderschönen, schlank geschnittenen Etui-Brautkleidern zu tragen. Also wenn ich einmal heiraten sollte.

»So, meine Lieben. Ich als Trauzeugin muss die Braut jetzt einmal entführen.«

Mimi hakt sich bei mir unter und zieht mich vom Deck ins Innere der Jacht.

»Und? Überraschung gelungen, was?«

»Und wie. Aber Mimi, ich sollte mich freuen und fühle mich wie taub!«

Ich kann nicht einmal weinen. Weder vor Rührung noch vor Freude.

»Emotionalen Overflow nennt man das. Aber keine Sorge. Wir haben genügend Zeit, dass du dich erst einmal wieder fangen kannst.«

Wie eine Filmkulisse ziehen Eindrücke dieses Schiffs an mir vorbei. Die weißen Wände. Spots. Tische und Kommoden in dunkelbraunem Holz. Beleuchtete Stufen, die wir gemeinsam nach oben gehen.

»Ich werde ihn heiraten, Mimi! Jetzt gleich.«

Sie bleibt stehen und schaut mich an.

»Ja, wirst du, Süße. Und das ist das Beste, das dir je passiert ist. Glaub mir. Wäre es nicht so, hätte ich dich in ein Auto gepackt und tatsächlich entführt. Aber ihr seid füreinander bestimmt, so wie es aussieht.«

Ja.

Sie hat recht.

Langsam kriecht Leben in mir hoch. Aufregung. Tanzende Schmetterlinge. Überall in mir.

»Okay, Mimi. Dann werden wir jetzt heiraten! Wo bringst du mich hin?«

»In diese Kabine hier drüben.«

Sie ist bester Laune, aber ich weiß nicht. Das muss doch jetzt auch für Mimi furchtbar anstrengend gewesen sein.

»Sag, Mimi, wie ist es für dich, dass Paul und Flavio hier sind?«

Verdutzt sieht sie mich an. Schneidet eine Grimasse und macht eine abwinkende Handbewegung. »Alles okay. Irgendwann musste es ja sein. Martin hat mich gefragt, ob es mir recht sei, wenn er die beiden einlädt. Also: alles gut. Komisch, aber vielleicht ist es einfach anders, weil man als Frau mit einem Mann ohnehin nicht konkurrieren kann.«

Das mag stimmen. »Ich weiß nicht so genau, wie es mir gehen würde, wenn Martin in zehn Jahren darauf käme, dass er schwul ist.«

»Vergiss es, Marisa. Es ist, wie es ist, und wegzufahren, war vermutlich die beste Idee. Irgendwie fühle ich mich sogar auf seltsame Art erleichtert. Ich habe ja schon lange gespürt, dass etwas zwischen Paul und mir nicht passt. Jetzt ist es raus und ich kann mal eine Zeit lang tun und lassen, was ich will. Muss mich nach niemandem richten, und irgendwann werde ich mich hoffentlich wieder verlieben.«

»Das beruhigt mich, Mimi. Also: Dann lass uns mal heiraten!«

»Das werden wir tun, darauf kannst du Gift nehmen«, kichert sie und öffnet eine der weißen Türen in diesem Gang.

»Wow!« Vor mir liegt ein großer Raum mit einem freistehenden Bett und da hängt ... da hängt ein Brautkleid!

Es ist so unfassbar schön! Gerade und eng geschnitten. Bodenlang mit Schlitz. Und es schillert irgendwie zwischen einem sehr strahlenden Reinweiß und einem etwas matteren Weiß. Genau so habe ich mir es immer vorgestellt!

Genau so.

Ich umarme Mimi und schluchze nun doch. »Es ist ... es ist ein Traum, Mimi!«

»Ich hoffe, es gefällt dir. Tonie und ich haben es ausgesucht. Martin sollte es ja nicht sehen. Aber komm. Jetzt schlüpfst du mal rein.«

Andächtig stehe ich vor dem Kleid und greife den Stoff an. Sehr edel. Der Ausschnitt ist wunderschön gearbeitet. Kleine Perlen betonen den raffinierten Schwung, der spitz zusammenläuft.

»Trara, und hier sind die Schuhe!«

Hohe Pumps. Natürlich in Weiß.

Ich nehme das Kleid vom Haken. Es ist kein Zufall, dass Martin heute, einen Tag vor seinem vierzigsten Geburtstag, heiraten will. Ob mir das Kopfzerbrechen machen sollte? »Du, Mimi.

Wir heiraten heute, damit er Zugriff auf sein Geld bekommt. Hältst du das für ein schlechtes Omen?«

Sie zwickt mir in die Wange. »Nein! Wieso denn? Oder hast du einen Ehevertrag unterschreiben müssen? Denk einmal logisch! Wenn es Martin nur ums Geld ginge, hätte er doch einen vorbereitet und längst mit dir darüber gesprochen.«

Stimmt. Das letzte kleine innerliche Fragezeichen hat sich somit in Luft aufgelöst und ich spüre, wie meine Wangen rot werden.

Oh. Eines gibt es noch.

»Und wie, denkst du, hat seine Mutter das aufgenommen? Sehr amused hat sie nicht ausgesehen.«

»Die Schreckschraube wird zwar leider deine Schwiegermutter, aber was will sie denn noch ausrichten? Schlüpf halt endlich ins Kleid, damit wir dich verheiraten können.«

Mimi hat recht. Oh Gott, ist das alles aufregend.

Es klopft und meine Mutter späht zur Tür herein.

»Darf ich?«

Ich gehe zu ihr und drücke sie. »Natürlich, Mama. Ich freu mich so, dass ihr da seid.«

Sie sieht mich tadelnd an. Zum Glück strahlen ihre Augen. »Dank deines künftigen Mannes und dank Mimi. Wann genau wolltest du uns denn von Martin und dir erzählen?«

Ups.

»Äh, also ... ich hab ja ...«

»Silvia, das ist echt eine lange Geschichte! Die Kurzfassung lautet: Er kam, sah, beide verliebten sich, es gab ein Missverständnis, er ist Marisa hierher nachgeflogen und alles ist gut. Die ganze Story gibts nach der Trauung.«

Mama sieht von Mimi zu mir. »Verstehe, dann war das also nicht ganz so einfach. Nur eine Frage, Kind: Bist du ganz sicher, dass du Martin nach so kurzer Zeit heiraten willst?«

Ich drücke sie an mich. »Ja, Mama. Martin ist so anders, weißt du?«

Sie schüttelt den Kopf. »Nein, aber eines weiß ich: Mein künftiger Schwiegersohn ist sehr fesch. Und er hat Manieren und Anstand, denn er hat uns angerufen und Papa um deine Hand gebeten. Und das in der heutigen Zeit! Wir waren hin und weg.«

Oh wie süß. »Das hat Martin getan?« Mein Papa wird vom Sessel gefallen sein.

»Ja, hat er.«

»Meine Damen, ich dränge ungern, aber alle warten auf uns.«

Mama nimmt das Kleid, das jetzt Mimi hält. »Darf ich?«

»Ja klar, Silvia.«

»Übrigens: Papa hat Nein gesagt«, meint sie, während ich aus meinem Sommerkleid schlüpfe. Ich verheddere mich, der Stoff ist überall auf meinem Kopf.

»Was?«

»Keine Sorge, eben hat er zu Martin gesagt, dass er euch seinen Segen gibt, aber er wollte ihn zuerst persönlich kennenlernen. Du kennst doch Papa, der braucht immer erst ein wenig.«

Puh! Dank Mimi bin ich aus dem Kleid draußen.

»Zum Glück ist er nicht bei seinem Nein geblieben!«

Das wäre ein Desaster geworden.

»Kind, mach dir jetzt keine Sorgen! Glaub mir, wir freuen uns so sehr für euch.«

Okay. Ich schlüpfe jetzt in das Kleid. Zum Glück hat Mimi keines mit Neckholder ausgesucht. Aber sie weiß ja, dass die bei meiner Oberweite immer ein Problem sind.

»Es passt wie angegossen!«

Mama schlägt die Hände vor dem Gesicht zusammen.

»Du siehst ... unglaublich aus, Marisa!«

Ich drehe und wende mich, um mich im Spiegel des Badezimmers zu sehen. Sie hat recht. Ein schöneres Kleid hätte ich selbst gar nicht aussuchen können.

»Wenn du magst, stecke ich dir die Haare auf.«

»Ja, bitte, Mama. Du kannst das super!«

»Und ich hab auch Nadeln eingepackt.«

»Macht ihr mal weiter, ich muss den Brautstrauß suchen gehen. Der sollte mit den anderen Blumen hier aufs Boot geliefert worden sein.«

In dem Moment springen die Motoren an.

»Wir fahren raus?«

»Ja, Martin wollte im Sonnenuntergang heiraten. Also müssen wir uns beeilen, denn der ist um kurz vor halb neun Uhr ... warte mal ... okay, in einer Stunde.«

»Das kriegen wir hin«, sagt Mama und ich setze mich auf einen Sessel, damit sie loslegen kann.

Was für ein Tag! Und gleich werde ich Martin heiraten! Er wird mein Mann. Ist das zu fassen? Und Mama ist hier. Oh Gott, ist das alles schön.

***

Ich bin fertig und kann kaum glauben, wie ich aussehe. Mama und Mimi sind kurz nach oben, dafür ist Martins Mutter zur Tür hereingehuscht.

»Ich gratuliere!«

Bitte? Was soll der Unterton?

»Danke, Gina.«

»Das habt ihr euch ja alle schön ausgedacht, nicht?«

Mein Puls beschleunigt. Will sie jetzt echt einen Streit anzetteln? Wo ich in spätestens fünf Minuten nach oben gehen soll?

»Nein, nicht wir haben uns das ausgedacht, falls du mit uns Mimi und mich meinst, sondern dein Sohn hat mir völlig überraschend einen Heiratsantrag gemacht und hinter meinem Rücken diese Hochzeit organisiert.«

Sie schaut mich feindselig an.

»Ja, das ist mir nicht entgangen. Aber ich schwöre dir, ich werde es zu verhindern wissen, dass er in sein Unglück rennt. Nicht einmal einen Ehevertrag hat er aufsetzen lassen!«

Sie schnauft, dreht sich um und verschwindet. Hat sie mir jetzt gedroht? *Oh Gott, meine Engel! Steht uns bei. Die hat doch schon wieder irgendetwas vor.*

Mimi stürzt mit dem Brautstrauß in der Hand zur Tür herein. »So, komm. Jetzt können wir.«

Ich nehme die Blumen. »Du, Martins Mutter war eben hier und hat mir gedroht, sie wird die Hochzeit zu verhindern wissen.«

»Was? Na das soll sie mal versuchen, dann mach ich sie kaputt!«

»Okay. Los, gehen wir.«

Besser, wir beginnen ganz schnell mit der Zeremonie. Was soll Gina denn schon tun können? Also mir fällt nichts ein.

Zwei Singleflitterwochen gehen zu Ende

Mimi hat mich aufs oberste Deck gebracht. In einem salonartigen Raum wartet mein Vater.

Mimi küsst mich und Papa hält mir den Arm hin. »Du siehst bezaubernd aus, Marisa!«

Ich strahle ihn mit laut klopfendem Herzen an. »Danke, dass du da bist!«

Mimi geht nach draußen und Papa küsst mich auf die Stirn. »Na komm, dann wollen wir deinen Martin da draußen nicht länger warten lassen.«

»Nein.«

Schöner geht es nicht! Was für ein Blick! Die Sonne steht etwas über dem Horizont. Alle drehen sich zu uns um. Sind am obersten Deck versammelt, die Motoren sind aus und unsere kleine Hochzeitsgesellschaft sitzt auf blütenweißen Sesseln. Aber da vorn, ganz vorn, da steht er! Martin.

Oh Gott! Wie Martin mich ansieht! Und dieser Song. Mit meinem ersten Schritt auf das Außendeck hat Bruno Mars ›Just the way you are‹ zu spielen begonnen. Nicht ich bin erstaunlich, du bist es, Martin! Du mit diesem Lächeln!

Seine warmen Blicke graben sich bis tief in meinen Bauch. Oh Gott, das ist so schön, dass ich gleich wieder einmal losheulen werde!

Und wie Martin aussieht. Er trägt einen anderen Anzug. Dunkelgrau. Ein Gilet dazu und eine weiße, dezent in sich gemusterte Krawatte. Mein Gott! Und dieser Mann liebt mich einfache Maus? Für immer werde ich dieses Bild in meinem Herzen verwahren.

Sean steht neben Martin und links von ihm Mimi. Martin streckt mir seine Hand entgegen und mein Papa küsst meine, bevor er sie Martin reicht. »Ich wünsche dir alles Glück dieser Erde, mein Kind«, sagt Papa und geht nach hinten.

Martin nimmt meine Hand.

»Ich liebe dich«, murmle ich ihm tonlos zu.

»Und ich liebe dich!« Fest drückt er meine Hand und der Standesbeamte bittet uns alle, Platz zu nehmen.

Der Mann steht vor einem wunderschön dekorierten Tisch, auf dem zwei weiße Rosengestecke stehen. Die Akkorde verklingen in der tief am Horizont stehenden Sonne. »Liebes Brautpaar, sehr geehrte Trauzeugen, liebe Familienangehörige und Freunde! Wir haben uns hier und heute versammelt, um ...«

»Um Himmels willen!«, schreit Tonie auf.

Was ist denn passiert? Ich fahre herum.

Oh Gott!

Da liegt sie.

Am Boden.

Martins Mutter.

Er stürzt auf sie zu und ich brülle: »Wie bekommen wir einen Arzt hierher?«

»Isch bin Arzt!«, sagt Sean.

Ach ja. Stimmt. Martin hatte das erwähnt. So ein Glück!

Der große Franzose beugt sich über Martins Mutter, fühlt ihren Puls mit zwei Fingern an der Halsschlagader, öffnet ihre Augenlider und sagt komplett ruhig: »Isch brauche kaltes Wasser.« Er nimmt ihre Beine und hält sie hoch.

Doch sie schlägt die Augen noch immer nicht auf! Das kann doch nicht sein. Hat sie sich dermaßen aufgeregt, dass sie jetzt womöglich einen Herzinfarkt hatte? *Bitte, bitte, ihr da oben. Macht, dass alles gut wird. Dass es Gina gut geht. Das nichts Ernstes ist, ja?*

»Sean! Soll ich einen Hubschrauber anfordern?« Martin stehen Schweißperlen auf der Stirn. Ich weiß nicht, wie ich ihm helfen soll.

»Nein, hilf mir. Wir tragen sie ins Kühle.«

Die beiden Männer heben ihren leblosen Körper hoch, alle weichen zur Seite und tragen sie nach drinnen, wo sie Gina auf ein Sofa legen. Wieder lagert Sean ihre Beine hoch. Alle um uns herum sehen einander betroffen an, sagen aber nichts. Mimi steht mit einem Glas Wasser bereit. Tonie mit einem feuchten Handtuch, das sie Gina auf die Stirn legt.

Endlich! Sie atmet laut aus, ihr Körper zuckt ein wenig, aber sie schlägt die Augen auf!

Martin küsst seine Mutter auf die Stirn. »Mama, um Gottes willen, was ist denn passiert?«

»Da ist sie wieder!«, jubelt Tonie und auch die anderen murmeln Worte der Erleichterung.

Gott sei Dank! Martin atmet laut seufzend aus. Ich lege meine Hand auf seine Schulter, um ihn etwas zu beruhigen.

Theatralisch fasst sich seine Mutter ans Herz. »Ich weiß auch nicht ... Bitte, Martin, ich will in ein Krankenhaus! Sofort!«

Moment einmal.

Das ist ihr erster Satz? Nicht, was ist los, wo bin ich oder sonst was?

»Madame, das wird nischt notwendig sein. Die Aufregung, die Hitze ... nur ein kleiner Kreislaufkollaps. Bitte trinken Sie ...« Sean hält ihr das Wasser hin, sie trinkt ein paar Schlucke davon.

»Natürlich, Mama. Ich organisiere sofort einen Hubschrauber.«

Täusche ich mich oder hat sie mich für einen kurzen Moment angegrinst?

Mimi stupst mich an und deutet mir, ihr zu folgen. Wir gehen nach hinten ins Schiff.

»Was ist, Mimi?«

»Das hat sie absichtlich gemacht, Marisa. Sie will verhindern, dass ihr heiratet.«

So ein Schmarrn. Das Gleiche habe ich mir auch gerade gedacht.

»Glaubst du das echt?«

»Ja, leider. Ich hab draußen gesehen, wie sie für eine Sekunde geblinzelt hat.«

»Und ich hab gesehen, dass sie mich vorhin siegessicher angegrinst hat, aber niemand sonst scheint es bemerkt zu haben.«

»Und was machen wir jetzt?«

»Keine Ahnung, Mimi. Sie ins Spital fliegen lassen und die Hochzeit vergessen?«

»Nur über meine Leiche, Marisa.«

Sie hat recht. Ich werde mir nicht von Martins Mutter alles versauen lassen!

Wut steigt in mir hoch. Jetzt reicht es aber mit Ginas Theater!

»Ich hab eine Idee, Mimi.« Ich drehe mich um, gehe zu den anderen zurück und sage laut: »Würdet ihr alle mich bitte für eine Minute mit Gina allein lassen?«

Ja. Überleg ruhig, was ich jetzt vorhabe, liebe Gina. Sie sieht mich richtiggehend schockiert an.

»Wieso denn das?«, fragt Martin.

»Ich denke, ich weiß, was deiner Mutter helfen kann. Wenn Sean keine medizinischen Einwände hat, würde ich wirklich gern ...«

Sean schüttelt den Kopf und Martin dreht sich zu Gina hin. »Okay. Mom, ist das in Ordnung für dich?«

Sie nickt und tut dabei so, als sei sie zu schwach zum Atmen. Mir schnürt es immer mehr den Hals zu. Ich muss mich zusammenreißen.

Alle gehen nach draußen. Wir beide bleiben allein zurück.

Ich nehme mir einen Sessel und setze mich neben sie.

»Okay. Du hast gewonnen, Gina. Ich werde Martin nicht heiraten. Wenn wir hier fertig sind, gehe ich nach draußen und sage es ihm. Dann hast du, was du haben wolltest.«

Ich beobachte sie. Ihre Mundwinkel hat sie nicht ganz unter Kontrolle, immer wieder zucken sie nach oben, so als würde sie in der nächsten Sekunde laut loslachen müssen. Aber insgesamt gibt sie nach wie vor die schwer Leidende.

»Gut so.«

Aha. Habe ich es mir ja gedacht. Darauf wollte sie hinaus.

»Ich hab mir schon gedacht, dass das in deinem Sinne ist, Gina. Ich hoffe für dich, er wird nie erfahren, was hier und heute passiert ist. Weißt du, Martin will Kinder. Er hat mir auf Aruba in allen Farben geschildert, wie toll er sich das ausmalt, wenn wir Babys haben und du dann deren Oma bist. Eine, die unkonventionell ist. Eine, von der sie verwöhnt werden und mit der sie Spaß haben. Martin hat gesagt, dass er sich sicher sei, dass auch du, wie er selbst, Sehnsucht nach einer etwas größeren Familie hast.«

Nicht für den Bruchteil einer Sekunde lasse ich sie aus den Augen. Das Gute ist, sie hört mir zu. Das Schlechte ist, sie hat ihre Augen wieder geschlossen.

»Na gut, du wirst schon wissen, wen du anrufen kannst, der ihn nach unserer verpatzten Hochzeit wieder aufheitert. Aber eines versichere ich dir: Ihm hat die kurze Zeit mit mir wirklich gutgetan. Er hat sich geerdet, das hat er mir selbst gesagt. Und glaub mir: Ich hätte jeden Ehevertrag der Welt unterschrieben. Ich liebe seine Augen, die fast schwarzen Punkte rund um das ohnehin schon dunkle Braun. Ich liebe es, wie er in aller Stille neben mir in die Welt eines Gemäldes eintauchen kann, ohne dass wir einander irgendetwas erklären müssen. Ich liebe es, wenn er die Augen aufschlägt und lächelt, weil es ein Morgen ist, den er mit mir teilen kann. Und ich liebe es ...«

»Hör auf!«

Sie sieht mich ernst an.

»Du liebst ihn wirklich, oder?«

»Ja, Gina. Mit oder ohne Geld. Ich liebe deinen Sohn.«

»Und was ist mit mir, wenn ihr verheiratet seid?«

Ein Stich durchfährt meine Brust. Darum geht es hier? Um sie?

»Gina, du bist der wichtigste Mensch seines Lebens. Seine Mutter. Die Großmutter seiner Kinder, sollten wir welche bekommen. Ich kann dir nur sagen, was ich mir wünsche: Ich wünsche mir, dass du dabei bist. Heute, wenn wir heiraten. Sofern wir es tun. Und später als meine Freundin, als jemand, der mir dabei hilft, ihn in seinem Leben nicht zu blamieren. Du weißt, ich bin euren Lebensstil nicht gewohnt.« Sie sieht mich interessiert an. »Und falls wir dann Kinder haben, wünsche ich mir, dass du da bist. Als deren Großmutter, die weder die Geburt noch die ersten Schritte verpasst. Die ausgefallenen Zähne einsammelt und aufhebt und falsch gespielte Blockflöte toll findet.«

Gina setzt sich auf. Kurz wirkt sie wackelig, aber sie streckt mir die Arme entgegen.

»Kannst du mir verzeihen, Marisa? Ich war so töricht. Evelyn, weißt du, sie liebt ihn nicht wirklich. Aber sie hätte einen Vertrag unterschrieben, hätte ein wenig an seiner Seite geglänzt, doch zwischen Martin und mir wäre alles beim Alten geblieben. Ach ja, und er hätte das Geld aus der alten Firma bekommen. Aber du! Bei dir hatte ich das Gefühl, du wirst einen Keil zwischen Martin und mich treiben. Ich habe ...«, sie beginnt zu schluchzen, »gedacht, ich verliere ... meinen Sohn! Dabei ist er alles ... was mir an Familie geblieben ist!«

Ich nehme sie in den Arm.

»Kannst du dir vorstellen, statt einen Sohn zu verlieren, eine Tochter dazuzubekommen? Ach ja, und einen Hund natürlich auch.«

Der liegt still neben dem Sofa.

Gina wischt sich die Tränen aus den Augenwinkeln.

»Ja. Das kann ich. Allerdings nur, wenn du mir verzeihst.«

»Ist schon verziehen, Gina.«

»Da ist aber noch was.«

»Und das wäre?«

»Ich habe euch anonym Geld überwiesen, um euch bei der Finanz anzeigen zu können.«

Nicht wahr! Scheibenkleister. Ich habe ja geahnt, dass irgendetwas Böses hinter dieser Überweisung steckt. Oh Mann, ist sie ein Biest!

»Du warst das?« So eine hinterhältige ... Moment, nein. So darf ich gar nicht denken.

»Ja.«

»Das bringen wir in Ordnung. Du erhältst eine Anzahlungsrechnung für unsere große Hochzeitsparty in Wien. Was hältst du davon?«

Ehrlich. Strafe muss sein!

»Gut. Ja. Doch. Ich glaube, das ist gerecht.« Sie wischt sich über die Augen und reicht mir die Hand. »Dann wollen wir euch mal verheiraten, oder?«

Ich drücke ihre Hand ganz fest.

»Bist du dir da ganz sicher, Gina?«

»Ja. Ja, das bin ich, Marisa.«

Ein Seufzer entweicht mir.

Jetzt wird alles gut. Auch zwischen uns. Denn sie hat etwas, das auch Martin hat. Eine Ausstrahlung, der man sich nicht entziehen kann, wenn ihre Augen lächeln. Und das tun sie jetzt.

»Komm, hak dich bei mir unter, ich bringe dich wieder an deinen Platz, Gina.«

Sie erhebt sich. »Würdest du mir einen Gefallen tun, Marisa?«

»Ja klar, welchen denn?«

»Würdest du nach der Hochzeit auch *Mom* zu mir sagen? Wie Martin?«

Ihr rinnen doch tatsächlich Tränen die Wangen entlang.

»Ja, es wäre mir eine Ehre, Gina.«

»Dann ist gut. Komm, dein zukünftiger Mann wartet da draußen.«

Ich umarme sie. »Danke, Mom.«

Wir öffnen die Glasschiebetüren und treten hinaus. Alle sehen uns an und beginnen zu klatschen.

Ich führe meine zukünftige Schwiegermutter zu ihrem Sessel und drücke ihr einen Kuss auf die Wange. »Dann werden wir wohl jetzt heiraten.«

»Ja.«

Martin ist zu uns gekommen und sieht über meine Schulter. »Bist du wirklich okay, Mom?«

Sie strahlt ihn an. »Ja. Bin ich. Und könnt ihr dann bitte weitermachen, denn die Sonne geht spätestens in ein paar Minuten ganz unter.«

Grinsend nickt Martin und wir setzen uns wieder nach vorn zum Standesbeamten, der mittlerweile, wie zuvor, seinen Platz hinter dem altarähnlichen Tisch eingenommen hat.

Er sagt etwas, von wegen wie froh wir alle sind, dass es der Mutter des Bräutigams wieder gut geht, und dass er die Zeremonie etwas kürzen werde. Kurz spricht er über den Sinn der Ehe.

In dem Moment, als die Sonne vor uns das Meer berührt, fragt er: »Willst du, Martin, die hier anwesende Marisa aus freien Stücken zu deiner Frau nehmen? Sie lieben, achten und an ihrer Seite stehen, in guten wie in schlechten Zeiten? Dann antworte mit *Ja, ich will.*«

»Ja. Ich will«, antwortet Martin, meine Hand in seiner haltend, mit fester Stimme.

»Und du, Marisa. Willst auch du Martin aus freien Stücken zu deinem Mann nehmen? Ihn lieben, achten und an seiner Seite stehen, in guten wie in schlechten Zeiten? Dann antworte auch du mit *Ja, ich will.*«

»Ja. Ich will.«

»Ich habe euch einzeln gefragt, ob ihr miteinander die Ehe eingehen wollt, und ihr habt dies bejaht. Somit erkläre ich euch nun zu Mann und Frau und darf euch bitten, als Zeichen eurer Verbundenheit und Liebe euch gegenseitig die Eheringe anzustecken.«

Just in dem Moment streift Flodo um meine Beine und lässt sich zwischen Martin und mir nieder. Ich sehe Martin an. Er nickt lächelnd ein ›Okay‹. Tja, Flodschi will wohl klar vermitteln, dass er zu uns gehört.

Der Standesbeamte sieht auch schmunzelnd auf den Hund und reicht uns nun ein goldenes Tablett, auf dem zwei wunderschöne Ringe liegen. Martin nimmt den kleineren Ring und steckt ihn mir über. Passt wie angegossen. Nun bin ich dran. Ich sehe ihm dabei tief in die Augen. Auch seine sind feucht.

»Nun dürfen Sie die Braut küssen!«

Martin lächelt und zieht mich überschwänglich in seine Arme. »Wir sind verheiratet, Frau Engel«, raunt er in mein Ohr, bevor er seine Lippen auf meine drückt.

Sanfte Geigenklänge erfüllen den Himmel. Oh mein Gott! Ich heule los. Das ist mein absoluter Lieblingssong. Celine Dions Stimme erweitert den Raum um mich herum. *The Prayer*. Er umschlingt mich und wir versinken in Andacht. Liebe. Unendlichem Glück. Lauschen dem Duett mit Andrea Bocelli.

So unwirklich.

So überirdisch. Entrückt.

Die Sonne versinkt. Der Himmel färbt sich golden.

Ja. Das ist unser Gebet. Dass wir einander in unseren Herzen halten, wenn jede Nacht wieder die Sterne über uns erlöschen. Dass er da oben über uns wacht. Da ist. Uns beschützt. Uns hilft, wenn wir einmal nicht mehr weiterwissen. Dass wir füreinander ein sicherer Ort sind. Einander beschützen. Als Liebende. Als Ehepaar.

Es ist vielleicht unwirklich, aber es ist wahr! Der Mann, den ich über alles liebe, hat mir seinen Nachnamen geschenkt. Aus Teufel wurde Engel. Und jetzt noch dieser Song!

»Ich hab dir gesagt, du machst mich zu einem besseren Menschen. Und ich wünsche mir, genauso zu glauben, wie du es tust«, flüstert er in mein Ohr. »An uns, unsere Liebe und an Engel. Hilfst du mir dabei?«

»Ja. Weil du mich stark gemacht hast, mein Engel!«

Wir versinken in einem leidenschaftlichen Kuss. Die Tränen der Freude schmecken salzig. Noch nie in meinem Leben hat salzig so süß geschmeckt.

Die letzten Töne fliegen hoch hinauf in den Himmel. Plötzlich klatschen alle und stürmen auf uns zu. Ich taumle in die Arme meiner Eltern. Werde von Mimi und Tonie geküsst. Von Sean, Paul und Flavio. Nun steht meine Schwiegermutter vor mir.

Sie drückt mich an sich. »Ich danke dir, Marisa! Und ich wünsche euch alles Glück dieser Erde!«

Gina weint!

Sie weint. Und zwar Rotz und Wasser.

»Und du bist für uns da, wenn wir dich brauchen, versprochen?«

»Ja. Ich bin für euch da.«

Mit einem zärtlichen Blick, wie ich ihn noch nie bei ihr gesehen habe, streicht sie mir über die Wangen.

Martin umarmt sie an den Schultern. »Ich bin so froh, dass es dir wieder gut geht, Mom. Das war echt ein Schreck. Aber was hat dir meine Frau denn gesagt?«

»Das, mein Junge, geht nur sie und mich etwas an.« Sie zwinkert mir zu. »Jetzt wollen wir feiern!«

Martin sieht verdutzt von ihr zu mir. Sichtlich entschließt er sich, nicht weiter nachzubohren. »Ja. Jetzt wird gefeiert. Und

Baby, es tut mir leid, aber wir beginnen mit Prince. Keine Sorge, Keith Urban und so stehen auch auf der Playlist.«

»Perfekt!«

Klingt danach, als ob wir auch tanzen! Wie toll!

»Aber erst stoßen wir mit unseren Gästen auf die zauberhafteste Frau an, die mutig genug war, Ja zu einem Kerl wie mir zu sagen.«

»Es war dein Nachname, ich konnte einfach nicht widerstehen«, kichere ich.

»Du bist mir eine!«

Mein Vater erhebt als Erster das Glas. »Herzlich willkommen in unserer Familie, lieber Martin! Und auch herzlich willkommen, liebe Gina! Auf das Brautpaar! Wir gratulieren euch im Namen aller hier Anwesenden von Herzen!«

Auch wir erheben die Gläser und prosten ihm und allen zu.

Mimi kommt zu mir. »Du hast ein Wunder vollbracht.«

»Wieso?«

»An seiner Mutter.«

»Pst! Ja, aber das erzähle ich dir morgen.«

»Ist gut. Du, sag, ist dieser Sean Single?«

Sie wird rot.

Meine Mimi wird rot!

Ach, wie süß.

»Ja. Ist er. Schon fesch, oder?«

»Was heißt fesch? Ein Adonis von einem Mann. Und ich könnte seinem französischen Akzent stundenlang zuhören.«

»Dann tu es doch. Ab jetzt wird wild gefeiert, wenn ich es richtig verstanden habe.«

»Ja. Sehr wild!«, grinst sie. »Am Mitteldeck sind im Salon Tische gedeckt, das Essen aufgebaut und getanzt wird ab sofort dort auf dem Außendeck. Das ist größer als das hier heroben.«

Wahnsinn! Was sie alles auf die Beine gestellt haben.

»Martin?«

»Ja, mein Engel?«

»Ich denke, ich würde wahnsinnig gern einen Stock tiefer, sagt man das auf einem Boot so, um mit dir zu tanzen.«

»Dein Wunsch ist mir Befehl, Herrin!«

Ich muss lachen. »Das gefällt mir. Bleib dabei.«

Er grinst, sagt aber laut: »Darf ich euch alle nach unten bitten? Die Gläser könnt ihr hierlassen oder auch mitnehmen, wie ihr wollt.«

Meine Mama nimmt Flodschi am Halsband und nickt mir zu. Verstehe. Sie kümmert sich um ihn. Ich schicke ihr einen Luftkuss.

***

»Wow!«

Martin und ich betreten den Salon als Erste. Für uns elf ist ein großer runder Tisch in der Mitte gedeckt. Wieder alles in Weiß. Wunderschöne edle Tischdeko mit Kristallen und sogar echten Kerzenständern. An der Bordwand ist ein Buffet aufgebaut. Sogar große Hummer gibt es.

»Mimi ist ein Organisationswunder«, sagt Martin lächelnd und gibt ein Zeichen. »Darf ich dich um deinen ersten Tanz als meine Ehefrau bitten?«

Ach! Wenn ich schmelzen könnte, ich zerflösse hier und jetzt vor ihm. So aber lege ich meinen Kopf schief und halte ihm meine Hand hin. »Sehr, sehr gern, mein geliebter Ehemann.«

Oh. Noch einmal Bruno Mars? *Marry You*?

»Ich danke dir. Weißt du, ich habe mir gewünscht, dass das heute ein richtig ausgelassenes und ungezwungenes Fest wird.«

Er nimmt mich in die Arme und wir beginnen zu tanzen. Ich fühle mich wie in einem Film. Schöner gehts nicht.

»Tanzt alle mit!«, ruft er unseren Gästen zu und führt mich in Richtung Außendeck. Alle folgen uns shakend auf die Terrasse. Aus dem Augenwinkel sehe ich, dass Sean mit Mimi tanzt. Tja, ich glaube, ich weiß schon, wer später unbedingt meinen Brautstrauß fangen muss. Die beiden geben ein unfassbar tolles Paar ab. Bis auf den Größenunterschied. Sean ist echt ein Riese, verglichen mit meiner zierlichen Mimi. Aber das soll das geringste Problem sein, denke ich. Ich muss Martin noch sagen, dass er Sean ins Gewissen redet. Spielen braucht er mit meiner Mimi nicht. Dann bekommt er es mit mir zu tun!

»Hey Baby, I think I wanna marry you«, singt Martin laut mit und dreht mich im Kreis.

»Hast du schon!«, lache ich ihn an.

»Ja. Das hab ich«, antwortet er und zieht mich eng an sich. »Und das war die beste Idee meines Lebens.«

Wahnsinn. Selbst meine Eltern tanzen ausgelassen. Offen. Mit Gina. Auch Flavio und Paul amüsieren sich prächtig.

»Da kann ich dir jetzt leider nicht widersprechen.«

Wir werden in seinen vierzigsten Geburtstag hineinfeiern. Zum Glück habe ich sein Geburtstagsgeschenk in der Handtasche. Nach langem Nachdenken war mir klar, dass er sich nur eines von mir wirklich wünscht. Daher habe ich eine Karte besorgt, auf der in Rosa und Hellblau ›BABY‹ draufsteht. Ich freue mich so sehr auf seine Augen, wenn ich sie ihm dann nach Mitternacht geben kann! Und ich hoffe so sehr, dass er mein Geschenk möglichst bald annimmt.

›Mein liebster Martin! Zu deinem vierzigsten Geburtstag wünsche ich dir, dass du glücklich bist. Dass alles, was du dir erträumst, Wirklichkeit wird. Du hast mir gesagt, ich solle mutiger sein. Und du hast mir immer wieder, oft auch nur in kleinen Nebensätzen, gesagt, wie sehr du dir ein Baby mit mir wünschst. Daher habe ich nur ein Geschenk an dich (und irgendwie auch gleichzeitig eines an mich selbst): Ich brauche keinen Trauschein und auch keine Sicherheiten, aber ich brauche deine Liebe! Und an dem Tag, an dem du davon überzeugt bist, dass unsere Liebe

stark genug für ein weiteres kleines Wesen ist, nimm einfach diese Karte und lege sie mir aufs Bett. So Gott will, wird er uns ein Baby schenken. Ich liebe dich mehr als alles andere auf dieser Welt. Deine Marisa‹

»Woran denkst du?«

»Dass ich das glücklichste Mädchen auf diesem Planeten bin.«

»Das ist gut, denn so soll es bleiben.«

Und das wird es. Davon bin ich überzeugt, denn nun weiß ich, die Karten hatten mit allem recht!

Danke, ihr Engel!

ENDE

Damit verabschiede auch ich mich von Marisa, Mimi und Martin und sage Danke, dass Sie gemeinsam Zeit mit uns verbracht haben! Ich hoffe natürlich sehr, der zweite und letzte Teil meiner Kurzserie ›Marry me‹ hat Ihnen gefallen!

Herzlichst,
Ihre Mira Morton

PS: Falls Sie Lust haben, es gibt zwei weitere abgeschlossene Serien von mir:

Hollywood Love Story – Serie in 5 Bänden
Secrets-Geheimnisvoll verliebt – Reihe in 3 Bänden

Danke!

Liebe Leserin oder lieber Leser!

Ich danke Ihnen von Herzen, dass Sie gemeinsam mit Marisa, Martin, Mimi und mir diese verrückte Singlehochzeit gefeiert haben und auch auf zwei Singleflitterwochen nach Florida gereist sind. Natürlich hoffe ich sehr, dass mein modernes Märchen Sie ein paar Stunden aus dem Alltag gebeamt hat und Sie Lust haben, mir ein paar Zeilen auf einer der Online-Plattformen als Rezension zu hinterlassen. Das würde mich riesig freuen! Und ich garantiere Ihnen: Ich lese alle Rezensionen. (Aber Achtung: Oft fragen E-Reader nach Rezensionen, die aber nur lokal bei Ihnen abgespeichert werden.)

Überhaupt finde ich es als Autorin immer wieder toll, mich mit meinen Leserinnen und Lesern austauschen zu können.

Abonnieren Sie doch meinen Newsletter auf

www.miramorton.com

und ab sofort sind Sie auf dem neusten Stand über meine Bücher, Hintergrundstorys und Gewinnspiele. Sie können auch gern mit mir direkt auf Facebook in Kontakt treten:

www.facebook.com/MiraMorton.Autorin

Oder: Follow me on Twitter und Instagram: @mortonmira

Ich freue mich auf Sie!

Es ist immer wieder ein Wahnsinn, wenn ich genau an dieser Stelle eines Romans angekommen bin und all jenen danken darf, die Teil meines Miraversums sind. Immerhin ist das nun mein fünfzehnter Roman!

Ich danke euch, mein Dreamteam, von Herzen! Nichts wären meine Bücher ohne eure Leidenschaft und euer Können:

Martina König (Lektorat, Korrektorat) – mein allsehendes Auge!

Chris Gilcher (Buchcoverdesign) – mein kreatives Füllhorn!

Janos R. (Buchsatz E-Book und Print) – mein Mann fürs Detail!

Lisa F. (Bookrix) – meine nervenstarke Frau ›für eh fast alles‹!

Ich umarme euch von ganzem Herzen und danke euch für eure Unterstützung!

Immer wieder rühren mich auch meine Blogger/innen und Leser/innen mit ihren wundervollen Rezensionen und Beiträgen zu meinen Büchern zu Tränen. Es gibt da einen Kreis an Prinzessinnen und Prinzen, ohne die Mira nicht Mira wäre!

Ich knuddle euch alle! Alice, Brigitte, Caro, Gabi, Marion, Petra, Sabine, Sandra, Sonja, Ute, Vero ... – Ihr wisst ja, warum!!!

Ein Danke auch an alle, die regelmäßig mit mir auf Facebook kommunizieren, mir E-Mails schreiben, mich unterstützen, meine Bücher kaufen und lesen, meine Beiträge liken und teilen – was wäre ich ohne euch?

Nun, sollten Sie, liebe Leserin oder lieber Leser, noch nicht genug von Milliardären, Hollywoodstars und großen Gefühlen haben, alle meine bisher erschienenen Bücher und E-Books finden Sie mit Kurzbeschreibungen auf den folgenden Seiten nach den Quellenangaben.

Also: Keep on dreamin'!

Alles Liebe,

Ihre Mira Morton

Die Karten

Das Engel-Tarot: Kartendeck. Gebundene Ausgabe, 8. Juni 2012 von Doreen Virtue (Autor), Radleigh Valentine (Autor), Angelika Hansen (Übersetzer), Verlag: Allegria.

Mimi und Marisa haben damit ein sogenanntes „Keltisches Kreuz" gelegt:

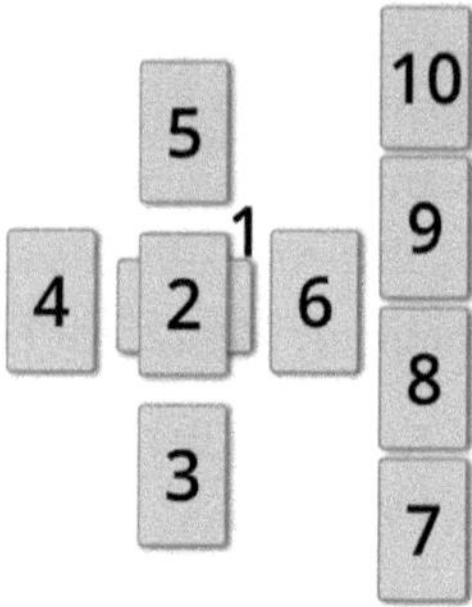

Marisas Ergebnis auf die Frage, wie es mit Martin und ihr als Liebespaar steht, waren folgende Karten:

Karte 1 (Ist-Situation): Zwei des Wassers – Beziehung, die inniger wird. Verzeihung. Konflikt lösen.

Karte 2 (gegenwärtige Herausforderung zum Thema/zur Frage): Sechs der Erde – Geld, Zeit oder Leichtigkeit als Geschenk, neue Karriereoptionen

Karte 3 (Basis der Ist-Situation): Acht der Luft – Die Annahme, in die Falle getappt zu sein. Zu wenig Selbstvertrauen. Angst, zu agieren.

Karte 4 (Vergangenheit, die für die Situation wichtig ist): Page des Wassers – Eine neue Person tritt ins Leben. Eine Beziehung tritt in eine neue Phase ein. Gesteigerte übersinnliche Wahrnehmung.

Karte 5 (die Gegenwart): Ritter des Wassers – Sich verlieben oder einen Heiratsantrag bekommen. Gefühle ausbalancieren. Einladung zu einem gesellschaftlichen Ereignis.

Karte 6 (die nahe Zukunft): As des Wassers – Sich verlieben oder eine alte Beziehung wieder aufleben lassen. Spirituelles Wachstum. Neues Zuhause.

Karte 7 (die Stärke des Fragenden in dieser Situation): Befreiung/Erzengel Azrael – Das Ende einer Phase. Spirituelle Informationen. Zeit für einen Neuanfang.

Karte 8 (die Wirkung anderer Personen auf die Situation): Neun der Luft – Das Schlimmste erwarten. Selbsterfüllende Prophezeiungen. Schlaflose Nächte.

Karte 9 (die Hoffnungen und Ängste des Fragenden in der Situation): Fünf der Erde – Ängste, die um Geld kreisen. Die Klugheit, Hilfe von anderen anzunehmen. Unsicherheit in der beruflichen Selbstständigkeit.

Karte 10 (das Resultat/die Zukunft in Bezug auf die Frage): Die Liebenden/Erzengel Raphael – Innige Liebesbeziehung. Füreinander bestimmt.

Quellennachweise

Meine Geschichte sowie sämtliche Charaktere darin sind frei erfunden. Doch zur Einbettung in die Realität habe ich Namen von realen Personen, Filmen und Filmfiguren, Institutionen, Marken, Firmen, Sehenswürdigkeiten, Lokalen und Locations etc. erwähnt:

Royal Perth Sailing Club

Maxine Barritt Park, Venice, Florida

Louvre, Paris

Flamingo Beach – Aruba, Karibik

Die Schauplätze: Wien sowie Venice, Sanibel Island, Fort Myers, Sarasota, St. Armands Circle, Casey Key – alle Florida, USA und Aruba, Karibik

Folgende Markennamen, Firmen und/oder Produkte: COCO Cocktail, BMW Cabrio, BMW X6, Ferrari, Google, Kelomat, McDonald's, Skype, SpaceX, WhatsApp

Die Maler Maurits Cornelis Escher, Paul Gaugin und Vincent Van Gogh

Folgende Bands und Künstler: Andrea Bocelli, Beach Boys, Celine Dion, Bruno Mars, Prince, The Rolling Stones, Keith Urban

Die Fernsehsendungen/Filme/Serien ›Baywatch‹, ›CSI Miami‹, ›Golden Girls‹

Der Autor Stephen King und ›Verstehen Sie Spaß‹

Die Lokale ›Sharky's On The Pier‹ und ›Fins at Sharky's‹ in Venice, Florida, USA

Das Engelskartendeck von Doreen Virtue

Des Weiteren habe ich Songs und deren Interpreten genannt:

>She's Like A Rainbow< von The Rolling Stones:
Aus dem Album *Their Satanic Majesties Request*, 1967
Written by Mick Jagger und Keith Richards
Label: Decca (UK) und London (US)

>The Sun, the Moon and Stars< von Lovesymbol (Prince):
Aus dem Album *Rave Un2 the Joy Fantastic*, 1999
Written by Prince, Label: NPG und Arista

>Fallinlove2night< von Prince:
Aus dem Album *Hitnrun Phase One*, 2015
Written by Prince, Label: NPG Records

>The Prayer< von Celine Dion featuring Andrea Bocelli:
Aus den Alben *Quest for Camelot: Music from the Motion Picture*, *These Are Special Times* (Dion) and *Sogno* (Bocelli), 1999,
Written by David Foster, Carole Bayer Sager, Alberto Testa und Tony Renis, Label: Columbia und Epic

>Kokomo< von The Beach Boys: Single, 1988, und auf dem Album *Still Cruisin'*, 1989
Written by John Phillips, Scott McKenzie, Mike Love und Terry Melcher, Label: Elektra Records (Single), Capitol Records (Album)

>Just The Way You Are< von Bruno Mars:
Aus dem Album *Doo-Wops & Hooligans*, 2010
Written by The Smeezingtons (Bruno Mars, Philip Lawrence und Ari Levine), Khalil Walton und Needlz, Label: Atlantic und Elektra

›Marry You‹ von Bruno Mars:
Aus dem Album *Doo-Wops & Hooligans*, 2010
Written by Bruno Mars, Philip Lawrence, Ari Levine, Label:
Atlantic und Elektra

Sowie Das Buch: *›Männer sind vom Mars, Frauen von der Venus: Tausend und ein kleiner Unterschied zwischen den Geschlechtern‹*, 2005, von Cris Evatt (Autor), John Gray (Vorwort), Maria Zybak (Übersetzer), Verlag: Piper Taschenbuch

All dies macht meine Geschichte bunter und bettet sie in eine Realität ein, die Sie und ich kennen!